W0413568

SHUSHARRAH

Les auteurs

En 2000, parallèlement à des études d'Histoire, **Emmanuel Chastellière** lance avec deux camarades le site Elbakin.net, dédié à la fantasy sous toutes ses formes. Le site s'est doté d'un prix littéraire en 2010. Depuis 2007, il est traducteur littéraire professionnel, dans les domaines de la fantasy et de la jeunesse. Il a également écrit plusieurs livres dont *Le Village*, sélectionné au Prix des Imaginales 2017, catégorie « roman francophone », et *Celestopol,* sélectionné au Prix Révélation 2018 des Futuriales et au Grand Prix de l'Imaginaire 2018.

Remarqué pour ses nouvelles (son recueil *Punk's not dead*, lauréat du prix Masterton) comme pour ses romans (*Journal d'un marchand de rêves,* lauréat du prix Imaginales), **Anthelme Hauchecorne** se décline en plusieurs genres. Ses univers mettent en scène des héroïnes et des héros abîmés, sensibles... Bref, humains.

© 2021 Scrineo
8 rue Saint-Marc, 75002 Paris
www.scrineo.fr
Diffusion : Interforum

Directeur éditorial : Jean-Paul Arif
Éditrice : Floria Guihéneuf
Mise en page : Clémentine Hède
Correction : CopieQualité
ISBN : 978-2-36740-844-6
Dépôt légal : septembre 2021

ANTHELME HAUCHECORNE

EMMANUEL CHASTELLIÈRE

SHUSHARRAH

ScriNeo

« Cette voûte céleste, infinie, universelle,
Offre à l'humanité une seule coupe à boire.
Lorsque ton tour viendra, retiens tes larmes, sois gai,
Lève haut la coupe, et vide-là jusqu'à la lie. »

(tiré des *Robayat*, de Omar Khayyâm)

I

La neige recouvrait tout.

Elle faisait du monde une page vierge. Comme si la perte, la souffrance, tout avait été oublié. *Si seulement...* songea Jeanne. *Si seulement cette neige pouvait effacer le passé, et pas juste le recouvrir.*

La jeune fille avait à peine jeté un coup d'œil à la grande roue attaquée par la rouille qu'elle distinguait au loin. Tous les jours, elle s'attendait à la voir se décrocher et dévaler l'avenue déserte. C'était en partie pour cette raison que personne n'avait choisi de s'installer dans les environs immédiats de l'attraction. Jeanne vivait dans ce qui était censé être un restaurant, mais ne l'avait jamais été, même du temps où le parc avait dû faire le bonheur des petits et des grands. Elle n'avait jamais vu de ses yeux de véritable établissement de ce genre, alors que ses parents si ; du moins, s'ils n'avaient pas menti à ce sujet. Quelle ironie d'occuper un lieu capable de contenter l'appétit de n'importe qui, alors que Jeanne ne se souvenait plus du dernier jour où elle avait mangé à sa faim. Parfois, elle se mettait derrière le comptoir et faisait semblant d'attendre les clients, mais le seul à franchir le seuil depuis le départ de son frère Adam, trois ans plus tôt, n'était autre que Ben, leur meilleur ami.

Ou des animaux égarés.

Le parc n'en avait jamais abrité à l'époque, mais ils avaient repris leurs droits depuis de longues années. Elle avait déjà croisé des chevreuils, des sangliers, mais aussi des loups, et même un cerf ou deux, tous plus efflanqués les uns que les autres. Une fois, un lynx était même resté une heure à la regarder derrière une fenêtre et Jeanne avait eu la peur de sa vie, tout en se sentant étrangement fascinée par le regard ambré du félin. Beaucoup d'autres devaient échapper à sa vigilance, contrairement aux colonies de perruches qui donnaient l'impression de ne jamais quitter les arbres et de passer leur temps à jacasser, se moquant des humains qui s'étaient crus les maîtres incontestés du monde. La jeune fille ne leur prêtait plus attention. Ces idiotes ne pouvaient même pas servir à donner l'alerte, puisqu'elles s'agitaient pour un oui ou pour un non, même la nuit. Bizarrement, c'était les seuls oiseaux encore présents dans la région.

Quand la plupart des infrastructures qui avaient supporté leur monde s'étaient effondrées les unes après les autres, les villes avaient été abandonnées, puis les villages aussi, avec le temps. Il n'y avait pas eu de cataclysme majeur, de grande catastrophe. D'après les dires de ses parents, les avertissements n'avaient pas manqué. Hausse des températures, puis du niveau de la mer, déplacements de populations, incendies ou inondations, coupures de courant, ouragans démentiels pénétrant toujours plus loin dans les terres… Pourtant, la civilisation avait tenu bon, un temps. Il y avait toujours quelqu'un pour affirmer détenir « la » solution. Il avait fallu se faire une raison quelques décennies plus tôt, lorsque les conflits armés avaient remplacé les guerres commerciales.

Jeanne tourna sur sa gauche, prenant une allée courant entre deux bâtiments – une boutique vide, elle aussi, et une attraction, basée sur une maison hantée.

Une fois seule, elle avait été tentée d'y prendre ses quartiers, mais Ben avait considéré que c'était une idée trop *macabre*. Encore un mot à chérir. Comment savoir si la maison toute proche n'était pas réellement hantée ? Non pas que son avis importe beaucoup, mais elle savait que Ben ne resterait pas tranquille si elle décidait de dormir dans un cercueil ou de se déguiser en momie.

Comme toujours lorsqu'elle éprouvait de la peine, Jeanne se consolait avec la poésie. Pas la poésie des livres, non. Les livres, il n'y en avait presque plus, même si leurs parents en avaient conservé quelques-uns. Ils avaient appartenu à la dernière génération qui avait connu l'école, ou du moins, ce qu'il en restait, un concept totalement abstrait pour Jeanne : se retrouver à trente dans une *salle de classe*, à écouter un *professeur* ? Qu'aurait-il pu leur apprendre ? Les écrits ne valaient plus rien. Ils ne se mangeaient pas. Ils ne vous protégeaient pas. Mais bon sang, les livres *brûlaient* bien. Tous les livres du *temps d'antan*, ou presque, gisaient à présent au fond des poêles. Les contes et les fables, les chants et les poèmes, les grandes *fresques* comme les romans de gare. Au fond, cela n'avait pas d'importance. Les flammes étaient des lectrices voraces, toujours ardentes et jamais repues.

Mais ses chers poèmes, eux, ne la quittaient jamais, gravés en creux.

Les *alexandrins*, les *strophes*, les *rimes*, les *vers*, tout était là, intact, dans sa tête.

Entre les plis de son cerveau, il y avait des rayonnages invisibles, hantés par des fantômes de livres.

— « Soirs tendres de Paris, récita-t-elle, que vous m'êtes amers ; pour l'exilé, Paris obscur, c'est un enfer...[1] »

Paris. À quoi pouvait bien ressembler une grande ville autrement qu'en photo ? Elle n'en savait rien. Enfant, quand ses parents étaient encore vivants, Jeanne leur posait tant de questions ! Depuis, ils étaient morts. Au fil des ans, leurs visages s'étaient effacés. Mais les lettres, les mots, les phrases, toute cette encre s'était mêlée à elle. Adam s'était fait tatouer le crâne, parce qu'il était un garçon tout en surface. Jeanne, elle, se voyait profonde.

L'encre avait infiltré sa peau, son sang. L'encre des livres avait tatoué son cerveau. La plupart des livres étaient morts, brûlés depuis longtemps. Jeanne leur offrait une revanche. Elle leur prêtait sa voix.

— « Quand le ciel gris et rose au-dessus de la Seine ; se repose en tremblant tout son cœur crie et saigne...[2] »

---

1. « Complainte », de Mohammed Dib, 2003.
2. « Complainte », de Mohammed Dib, 2003.

La Seine. Ce nom-là non plus ne lui évoquait rien de précis. Jeanne imaginait qu'il s'agissait d'une rivière. Une petite rivière, perdue au fond des bois. Adam s'était souvent moqué de ses idées. Son frère ne parlait pas beaucoup, sauf pour la critiquer. Il lui reprochait d'avoir la *tête-en-pagaille.*

La *tête-pleine-de-poussière.* La *tête-farcie-de-spectres.*

Paris, la *Seine*, *Montmartre*, ces noms reflétaient une culture disparue. D'après son frère, ce savoir était inutile, obsolète, bon à jeter aux ordures. Jeanne, elle, refusait d'oublier.

La jeune fille sourit en passant devant la terrasse de la maison hantée ; ils devaient être une trentaine à se partager le parc, mais à aucun moment ils ne s'étaient considérés comme une communauté. Jeanne et les autres vivaient leur petite vie chacun de leur côté, sans rendre de compte à personne et sans se sentir obligés de donner un coup de main à qui que ce soit. À l'automne, les derniers mètres menant à son installation se retrouvaient souvent inondés, avec parfois jusqu'à un demi-mètre d'eau. Mais elle n'avait jamais demandé de l'aide pour tenter de régler le problème ou construire de quoi traverser au sec. Elle observait la flaque quand elle devenait une véritable mare afin d'éviter de croiser la route d'une murène ou d'une anguille qui aurait réussi à se faufiler jusque-là depuis le point d'eau voisin, rien de plus. Jeanne traversait la zone avec de l'eau jusqu'aux genoux. Ce n'était pas ce genre de choses qui allaient la déranger.

Le seul groupe électrogène encore vaillant se trouvait à environ deux cents mètres. Elle ne l'entendait pas, mais puisque les ampoules scintillaient au-dessus de sa tête au niveau de la porte de service du bâtiment, elle savait qu'il était en marche. L'odeur entêtante de l'essence avait quelque chose de rassurant.

Elle poussa la porte d'un coup d'épaule. Même si Jeanne avait voulu la verrouiller, elle n'avait pas de clé. Un temps, certains avaient tenu à barrer toutes les entrées du parc, tous les soirs, mais à quoi bon ? Les ferrailleurs, qu'elle avait appris à ignorer, ne se laissaient pas arrêter par deux ou trois barricades de bric et de broc.

Ce n'était pas la place qui manquait dans la région, et en dehors de ses décors délabrés qui avaient su séduire des gens comme Jeanne, sans doute dotés d'un sens de l'humour tordu, le parc en lui-même ne proposait aucun avantage particulier. Ces bâtisses n'étaient pas plus résistantes qu'ailleurs. Au contraire, certains décors s'étaient dégradés très vite, ne perdant pas seulement leurs couleurs mais s'effondrant littéralement. Après tout, voilà ce qu'ils étaient : des décors justement. Il n'y avait plus de parade dans la grande avenue centrale, sauf quand tout le monde se dirigeait vers le même point d'eau.

Par la fenêtre, simple film plastique, Jeanne observa l'extérieur. La neige ne tiendrait pas, il était encore trop tôt dans la saison. Dehors, l'ancien parc dressait ses toitures de tôle ondulée. De temps en temps, des ferrailleurs hantaient les allées et Jeanne s'enfermait tant bien que mal, se faisant la plus discrète possible. Elle n'avait jamais osé adresser la parole à ces gens sans visage, occupés à démanteler un peu plus ce qui restait de leur civilisation pour revendre trois bouts de métal. Adam, lui, était sorti à leur rencontre dès leur première apparition. Il n'avait pas peur.

En tout cas, il ne l'avait jamais montré.

Mais il était parti trois ans plus tôt, pour Shusharrah, une cité, un mirage de l'autre côté de la mer qui attirait des migrants venus des quatre coins du continent.

Adam avait toujours vu Shusharrah comme tout le monde voyait cette cité : comme un dernier refuge. Il était certain d'y trouver de quoi faire éclore ses rêves, lui qui voulait devenir cuisinier depuis son plus jeune âge. Tout ça avait bien changé. Il savait qu'elle n'était pas ouverte à tous, mais il avait toujours été sûr de réussir les épreuves qu'il devrait affronter et de franchir les portes de la ville.

Il avait eu raison après tout, non ? Son frère était bel et bien parvenu à intégrer les rangs de Shusharrah. Et il lui avait promis de la faire venir une fois installé. D'après ses lettres, les citoyens de Shusharrah pouvaient faire entrer une personne sans passer par les défis correspondants. Enfin, c'était ce que les rumeurs prétendaient et Adam avait toujours pensé qu'ils avaient de meilleures chances en s'y rendant séparément. Mais Jeanne savait que c'était surtout une façon de la protéger : si les choses tournaient mal, il serait le seul à en souffrir.

Il s'était entraîné pendant des mois avant d'abandonner sa cadette. Sur un barrage hors-service, où les survivants n'allaient plus que pour pêcher la brème, le sandre, le silure ou la tanche. Bref, des poissons. Plus personne ou presque ne faisait de distinction, à part Adam, quand cuisiner l'intéressait encore. Mais lui n'y allait pas pour pêcher.

Il y allait pour nager avec les poissons encore capables de survivre dans ces eaux croupies.

Pour nager *comme* les poissons.

Adam n'aimait pas l'eau. C'était un obstacle, son véritable adversaire. Il comptait bien passer au travers. Alors, il s'entraînait au lac. Il y nageait du nord au sud et d'est en ouest. Sur des kilomètres. Et ce n'était jamais qu'une répétition à petite échelle. Car ce n'était pas un lac qu'Adam avait finalement traversé, mais la mer. À bord d'un bateau, certes, mais Adam disait vouloir parer à tous les dangers, anticiper tous les problèmes.

Jeanne s'accrochait encore au passé. Tandis qu'Adam avait endurci son corps, elle avait aiguisé sa mémoire. Depuis le départ de son frère, elle s'était toutefois surprise à utiliser *l'attirail* qu'il avait laissé derrière lui. Du matin au soir, elle répétait tout en faisant des tractions, suspendue à une barre grinçante. D'abord, deux ou trois, les dents serrées, les épaules tremblantes. Puis dix, puis trente, avec le temps. Jeanne pouvait réciter des passages de romans de l'aube au crépuscule, sans oublier un mot, chaque goutte de sueur accompagnant une nouvelle *strophe*. Un poème était pour elle un simple échauffement.

La neige qui repeignait de blanc les murs pelés et les monceaux d'ordures finirait bien par fondre. Alors la rouille, le vernis écaillé et la peinture lépreuse reprendraient leurs droits. Sous ce somptueux manteau blanc, c'était la misère toute nue qui grelottait.

Il n'en avait pas toujours été ainsi.

— Cet endroit était beau, autrefois, murmura-t-elle.

— Ça te dirait d'aller te balader ?

Ben était apparu sur le seuil sans prévenir, précédé de son grand sourire. Jeanne connaissait bien Ben, lui et ses conseils pleins de malice et de bienveillance, toujours saupoudrés d'un soupçon d'inquiétude dès qu'il était question du sort de la jeune fille. Parfois, elle avait vraiment l'impression d'y percevoir des remontrances. Et elle n'était pas d'humeur à l'écouter aujourd'hui.

— Non. J'ai autre chose à faire.

Le jeune homme n'avait pas osé regarder ce que Jeanne avait dissimulé en l'apercevant sur le pas de la porte. Car il avait déjà deviné de quoi il s'agissait.

Un sac.

En vérité, Ben se doutait depuis des jours de la tournure des événements. C'était du Jeanne tout craché. Il ne pourrait pas se contenter de bavarder de tout et de rien pour lui changer les idées s'il voulait lui faire entendre raison, pour son propre bien. Comme si la gamine dégingandée qui avait grandi avec lui avait compris que son ami avait remarqué ses affaires éparpillées autour d'elle, elle saisit son sac sans plus hésiter.

Son ami l'observa sans mot dire un long moment sous ses boucles brunes. Jeanne lui tournait toujours le dos.

— Adam te manque, je me doute bien, dit-il enfin. Je sais tout ce qu'il a fait pour toi. Moi aussi, il m'a beaucoup aidé. Sans lui, je ne sais pas comment j'aurais pu m'en sortir. C'est normal d'éprouver de la tristesse. Son départ a été brutal.

Adam avait commencé à envoyer des lettres et quelques babioles à sa petite sœur et même bien plus que celle-ci ne l'avait imaginé, d'autant plus que les messagers en volaient sans doute une partie, évidemment. Sous prétexte de risquer leurs vies sur la route, ces coursiers se permettaient tout et n'importe quoi. Mais tout cela n'avait aucune importance à ses yeux. Pas depuis que le silence avait succédé à ses envois.

— J'ai autre chose en tête, Ben.

Il la regarda donc préparer son voyage, jeter ses maigres affaires à l'intérieur de la besace. Un coup d'œil aux haltères de fortune d'Adam. Ils allaient devoir rester là.

Les gestes de Jeanne demeuraient précipités, empreints d'une fièvre qui avait bien du mal à dissimuler les angoisses qui la tourmentaient, au-delà des apparences.

— Tu ne devrais pas.

— Pas quoi ?

— Partir. Tu ne devrais pas.

Jeanne leva les yeux. Le ton de Ben avait changé. Avec Adam, ils avaient traversé les mêmes épreuves, connu des peines souvent tristement comparables. D'ordinaire, Ben s'exprimait toujours d'une voix légère où perçait son calme et même, parfois, une certaine gaieté.

Ce n'était plus le cas.

— Et pourquoi ça ? Qu'est-ce que tu y connais ?

Ben décroisa les bras.

— Rien, sans doute. Je ne vais pas me faire passer pour un aventurier. Mais je sais une chose, pour sûr : c'est dangereux. C'est beaucoup trop dangereux. Tu l'as répété toi-même à Adam, non ? Et pas qu'une fois.

La jeune fille maugréa mais ne répondit rien pendant quelques instants.

— Ça ne fait rien. Je ne peux plus rester ici de toute façon.

Ben soupira en détournant le regard.

— C'est si terrible ? Je croyais que tu voulais changer les choses, ici. Pour nous.

— Oh, j'ai bien compris qu'il n'y avait pas de « nous » qui tienne. Chacun pour sa peau, hein ?

— Tu ne devrais pas dire ça, répondit Ben en secouant la tête. On est quelques-uns à penser qu'on devrait rejoindre une communauté dont j'ai entendu parler, plus au nord, dans les montagnes. Il y a encore plein de sources là-bas. Le coin est sauvage, mais…

Jeanne lui accorda un bref coup d'œil. Elle n'aurait même pas dû discuter. Non ! Elle n'aurait même pas dû le laisser entrer. Ses intentions étaient évidentes : il voulait tout simplement la convaincre de ne pas partir, exactement comme elle avait voulu le faire avec Adam autrefois.

Sans succès.

Mais elle connaissait bien Ben : calme et généreux, il n'en demeurait pas moins souvent très têtu, lui aussi. C'était sans doute l'une des raisons de son amitié avec Adam. Sous des dehors affables, Ben n'hésitait pas à lui résister pour lui faire savoir ce qu'il pensait vraiment. Une bouffée de colère envahit la jeune fille ; et malgré tout ça, Ben non plus n'était pas parvenu à décourager Adam.

— Jeanne, écoute-moi, reprit-il pour la troisième fois. Tu n'es pas naïve, tu ne peux pas croire à toutes ces histoires. Adam t'a convaincue il y a trois ans, mais personne ne s'en va faire fortune à Shusharrah. C'est trop beau pour être vrai ! Ceux qui ne meurent pas au cours de la traversée connaissent une vie de misère. Au soleil peut-être, mais une vie de misère quand même.

— Peut-être, mais ce n'est pas le sujet, Ben.

— Ceux que Shusharrah nous vole, elle ne les rend jamais. Shusharrah est un ogre.

— Justement, je veux retrouver mon frère et découvrir la vérité, répéta-t-elle. Je dois le rejoindre. C'est à ça que doit servir cette somme.

Comme pour souligner son propos, elle tira une bourse de sous sa tunique et l'agita à hauteur de visage.

— Mais pourquoi tu as changé d'avis ? Tu avais déjà de quoi payer la traversée il y a des mois, réplique Ben. Je ne dis pas ça contre toi, mais c'est la vérité.

Jeanne se figea brusquement, les deux mains plongées dans son sac. Ben devait se douter qu'elle serrait les poings.

— Mais parce que j'avais peur, qu'est-ce que tu crois ! Cette *ville* me fait rêver et me fait peur à la fois, Ben ! On en a assez discuté tous les deux ! Je ne comprends pas le silence d'Adam ! Que veux-tu que je te dise ? Qu'il avait raison ? Que cette terre est foutue ? Oui, mille fois oui, voilà.

Ben fit non de la tête, encore et toujours.

— Je sais que je te l'ai déjà dit, mais moi je reste persuadé que notre Terre a un avenir. Je n'ai pas grand-chose à offrir, c'est vrai, mais je me suis toujours contenté de peu. C'est peut-être parce que je suis beaucoup moins malin qu'Adam ou toi, pour sûr ! Si toi, il t'en faut davantage, ça ne me dérange pas. Au contraire, ça me ferait plaisir !

— Tu me prends vraiment pour quelqu'un comme ça ? Tu crois que j'ai besoin de dépendre d'autrui ou que j'aime faire des caprices ?

— Je ne voulais pas te blesser. Ton frère et toi, vous avez toujours été un peu différents de nous autres. Vos parents et leurs livres, toutes ces choses que tu sais, que tu te plais à apprendre par cœur… C'est…

Incapable de trouver ses mots, le jeune homme ne put continuer sa phrase, mais fouilla soudain dans la poche arrière de son pantalon. Jeanne haussa un sourcil. Un instant plus tard, Ben en tirait un objet ressemblant fort à une montre.

— En tout cas, c'est pour toi, reprit Ben. Ça vient justement de Shusharrah, d'après ce qu'un type m'a dit à la foire le mois dernier. Lui n'a pas pu entrer dans l'enceinte de la ville. Je voulais attendre pour te l'offrir… Enfin, ça devrait te plaire, pour sûr !

Surprise, déstabilisée, mais avant tout curieuse, la jeune fille saisit délicatement l'objet entre ses doigts gourds. Cela ressemblait bel et bien à une montre, avec un bracelet lisse et noir percé de trous et un cadran tout rond au milieu. Au dos, on retrouvait le symbole de Shusharrah, le Faravahar et ses deux ailes déployées. Sous un certain angle, à la lumière, il lui semblait deviner des symboles, mais le cadran, encore chaud, demeurait entièrement noir dans sa main.

— Qu'est-ce que c'est ?

Ben haussa les épaules.

— Je ne peux pas te le dire avec certitude. Je pense que c'est une sorte de talisman, peut-être. En tout cas, je n'ai pas menti, ça vient tout droit de Shusharrah. On dirait bien qu'ils ont besoin de se protéger eux aussi !

— Un talisman ? répéta Jeanne tout en manipulant l'objet sous tous les angles. On dirait une montre, je trouve.

— Une montre ? Dans ce cas, elle devrait indiquer l'heure ! Tu as déjà vu une montre avec un écran noir ?

— Il paraît qu'il y a des objets qui parlent à Shusharrah. Et qui peuvent donner toutes sortes d'informations à leurs propriétaires sur ce qui les entoure.

Ben sourit.

— S'il y a des objets aussi incroyables, peut-être que celui-là a décidé de faire la tête et de garder le silence !

Le jeune homme avait choisi de plaisanter, mais Jeanne savait qu'elle ne se trompait pas. Certains anciens lui avaient raconté que les cieux étaient auparavant remplis de boîtes de conserve muettes permettant de communiquer à des milliers de kilomètres de distance, des satellites, bourrés de câbles, de transmetteurs et de circuits imprimés. Mais aujourd'hui, seule Shusharrah demeurait encore debout pour saisir ces signaux. On racontait que le soleil lui-même avait décidé de punir l'humanité avec une tempête aussi invisible que terrible. Les cieux avaient pris des teintes arc-en-ciel pendant des semaines à cette époque, encore une chose que Jeanne n'avait pas vue de ses propres yeux. Mais tout le monde lui avait dit que le ciel n'était jamais redevenu comme avant. Les hivers s'étaient faits plus durs, plus longs, les étés intenables, arides.

— Il n'y a pas de compartiment pour une pile, crut bon de préciser Ben. Donc, tu vois, ce n'est pas une montre.

— Ou pas une montre dont on peut se servir ici, répliqua Jeanne.

Ben hocha la tête.

Partout autour d'eux, le crépuscule les épuisait de son joug d'airain. Il n'y avait pas de magie ici, il n'y en avait jamais eu sur ces terres. Mais croire avoir affaire à un talisman plutôt que voir dans cet objet un artefact impossible à utiliser avait quelque chose de rassurant, même si c'était à bien y réfléchir tout aussi piteux.

— Qu'elle te porte chance quand même, si tu veux bien. Comme ça, au moins, tu penseras à moi. Ou tu pourras l'échanger si ça te dit ! Après tout, peu importe. Les objets venus de Shusharrah sont convoités, tu sais, ajouta-t-il encore, soudain sur la retenue.

— Je sais.

— Oui, bien sûr. Je… Je suis prêt à tout pour toi. Tout, mais pas Shusharrah. Cette ville a peut-être tué ton frère à l'heure qu'il est ! Adam était…

Jeanne le foudroya du regard à ce mot.

— Adam *est* mon meilleur ami, insista Ben. Je l'ai perdu et je ne veux pas te perdre toi aussi, pas maintenant. Pas sur un coup de tête ou parce que tu es prise de remords.

À nouveau, le ton de sa voix se durcit. Mais dans son regard, la jeune fille sentait bien qu'il lui en coûtait de s'adresser à elle ainsi. Et pourtant, il persista.

— Tu n'as pas su le retenir et ça te ronge de l'intérieur. Crois-moi, je sais ce que c'est. Moi aussi, j'ai vu venir l'inévitable et j'ai préféré l'ignorer en me disant qu'il renoncerait au dernier moment. Mais cet imbécile ne s'est pas défilé.

Sa douleur était évidente ; lui qui pesait chaque mot laissait parler librement son cœur.

— Ce n'est pas un coup de tête, répond Jeanne, radoucie. Enfin, pas autant que tu le crois, ajoute-t-elle en refermant son sac. Je n'ai plus de nouvelles de lui depuis plusieurs mois. Bientôt un an. Un an ! Il n'est jamais resté silencieux aussi longtemps auparavant. Jamais ! Tu sais que ce n'est pas normal.

— C'est bien ce que je dis. Pour sûr, je ne le lui souhaite pas, mais il lui est peut-être arrivé malheur. On ne peut pas l'exclure. Une mauvaise rencontre, ça peut arriver partout.

— Justement, il a besoin de moi. Je ne peux pas reculer maintenant.

— Et pourquoi pas ? C'est ton frère, je comprends, mais tu ne lui dois rien. Tu as su te débrouiller sans lui, pour sûr. Il aurait dû t'écouter, *nous* écouter et rester avec nous.

Encore ce « nous » ! Jeanne ne put s'empêcher de ressentir une pointe de gêne, mais surtout d'agacement. Une tempête enflait sous son crâne. Il n'était plus question d'une mare à peine troublée par un jet de galet, mais bien d'une déferlante.

— Mais il ne l'a pas fait. Une mer me sépare de lui. Je dois y aller.

La jeune fille saisit son sac, et d'une main, le jeta sur son épaule gauche. Il rebondit sur son dos et elle grimaça malgré elle à son contact. Elle devait partir, tout de suite. Si elle laissait Ben continuer à lui parler, à la supplier, elle céderait, piteusement. Elle ne voulait pas, mais c'était une possibilité. Elle ne pouvait pas l'ignorer.

Jeanne devait s'arracher à cet endroit, à ses attaches. Pour son frère. Elle avait assez répété ses gammes.

Jeanne fit un pas en avant, bien décidée à ne plus hésiter. Ben détourna le regard. La jeune fille eut tout juste le temps d'entrevoir son incrédulité, mais surtout la peine qui brillait dans ses yeux en comprenant qu'elle lui échappait. Après son meilleur ami, Ben devrait se résigner à un second départ bien douloureux.

Trop, sûrement.

Sur le seuil, Jeanne se raidit, un pied dedans, un pied dehors.

Ben venait de la saisir par le poignet.

Il ne la serrait pas. Ce n'était pas une démonstration de force, comme Adam en avait été coutumier, mais un geste de pure affection. Lentement, les doigts de Ben glissèrent jusqu'à sa main. C'était son premier contact peau à peau depuis trois ans, depuis sa confrontation avec son frère, quand elle avait compris qu'il comptait partir sans elle. Elle aurait voulu prendre la main d'Adam en cet instant, mais c'était impossible. La chaleur qui se dégageait des doigts de Ben était moite. Sa paume, poisseuse. L'humidité du parc en était sans doute responsable, mais cette sensation devenait de plus en plus désagréable.

Jeanne ne se dégagea pourtant pas. En se tournant vers lui, elle constata qu'il fuyait en revanche toujours son regard, de peur de ce qu'il pourrait bien y lire.

— Je te le demande pour la dernière fois, Jeanne. Ne pars pas, dit-il à mi-voix.

Jeanne ferma les yeux, les paupières tremblantes. Voilà qu'elle était ramenée trois ans en arrière. C'était elle qui s'était retrouvée à supplier Adam dans cette même pièce, réclamant qu'il reste ici, qu'il ne l'abandonne pas.

— Ben, je suis certaine que tu peux faire ta vie sans moi. Tu es à ta place ici, tu aimes cet endroit, bien plus que moi, et je t'admire pour ça, sincèrement. J'ai voulu le croire, mais je ne peux pas rester en arrière. J'aurais fini par rejoindre Adam de toute façon.

— Je peux survivre sans toi, pour sûr. Mais ce n'est pas ce que je veux. Tu sais très bien pourquoi je m'inquiète autant.

— Parce que tu es quelqu'un de généreux qui pense toujours à son prochain et…

Ben l'interrompit d'un éclat de rire aigre.

— Moi, généreux ? Mais c'est à moi que je pense. Je suis tout le contraire de quelqu'un de généreux quand tu es concernée. Bien sûr que Shusharrah me fait peur. Tu penses la même chose et tu as raison. Mais je ne crains pas ce qui pourrait t'arriver, pas vraiment.

Son camarade releva la tête.

— Je crains de ne plus jamais te revoir. Voilà ce que je redoute plus que tout.

La jeune fille aurait souhaité ne plus rien entendre au-delà de ce seuil.

— Je suis bien obligé. Je suis amoureux de toi, Jeanne, c'est comme ça.

C'est comme ça. Quel aveu ! Quel romantisme, comme disaient les livres ! Elle songea à mille histoires, si romanesques, capables de faire battre son cœur. Mais la jeune fille devait être honnête, elle savait bien que Ben était aussi maladroit que sincère. Elle avait beau se sentir proche de lui, le voir comme un autre frère, ou un cousin, ce regard n'était clairement pas celui de Ben à son égard.

— Ben…

Le jeune homme lui lâcha la main de lui-même.

— Ne me dis rien ! Je sais bien que tu ne partages pas mes sentiments. Ce n'est pas grave, ça non plus. Je n'exige rien de ta part.

— Ah oui ? Tu n'es pas en train de me demander de rester, une fois de plus ?

Ben eut un sourire triste.

— J'ai dit que je me sentais égoïste, c'est vrai, mais pas à ce point tout de même, répondit-il en secouant la tête. J'ai bien compris : je ne pourrai pas te faire changer d'avis et tu ne vas pas oublier ton frère pour mes beaux yeux. D'ailleurs, ce n'est pas ce que je voudrais ! Mais... je refuse de te laisser partir toute seule.

— Ben, voyons...

— Je suis sérieux, Jeanne ! De toute manière, je n'ai pas le choix. Si tu ne veux pas renoncer à ton plan, alors je n'ai qu'une solution : t'accompagner. Mais je ne voulais pas en arriver là s'il y avait une chance de te faire changer d'avis. Et encore maintenant, si...

— Je pars, Ben. Il n'y a rien à négocier.

— Très bien. Alors, je te suis. Il n'y a rien à marchander non plus, je te le dis, pour sûr.

Cette fois, Jeanne ne put retenir un sourire. Lorsqu'elle discutait avec Ben, il était facile de se sentir lovée dans une bulle ouatée. Mais elle savait pertinemment que le monde ne demandait qu'à déchirer cette bulle, quels que soient les mots de son ami.

— C'est trop dangereux, tu l'as dit toi-même.

— Raison de plus, objecta Ben. Il faut quelqu'un pour veiller sur toi, puisque tu ne veux rien entendre. Et tant pis pour le reste...

Le reste. Il n'y avait pourtant plus de non-dits entre eux, Ben s'en était assuré en confessant ses sentiments. Pouvait-elle le laisser derrière elle à présent ? Il n'était pas question de l'emmener pour l'utiliser comme bouclier ou par pitié. Jeanne ne se le pardonnerait pas.

— Je ne fais pas ça en espérant gagner ton affection, Jeanne. Crois-moi.

Désormais, le jeune homme soutenait son regard sans broncher.

— Je te crois.

— Si la traversée est aussi dangereuse qu'on le dit, autant nous entraider. À mon avis, Adam n'aurait pas voulu que sa sœur voyage seule. Il avait même parlé de revenir te chercher en personne, non ? Avec les honneurs ! S'il t'arrivait malheur... Je suis persuadé qu'il reviendrait justement me régler mon compte de ses propres mains ! Je pourrais m'entraîner avec tes haltères, mais...

Ils échangèrent un rire gêné, mais un rire malgré tout.

— Possible.

— Laisse-moi venir. Qu'est-ce que ça change pour toi ?

Jeanne se contenta d'un signe de tête. Elle savait déjà ce qu'elle allait dire si elle reprenait la parole.

— Alors, c'est tout vu ! Partons tous les deux, décréta Ben.

Jeanne n'avait pas envie d'ajouter un mot de plus à leur conversation.

Au-delà de l'émotion à fleur de peau chez Ben, le jeune homme avait raison : elle n'avait jamais voulu accomplir ce voyage seule. Déjà, à l'époque, si elle se montrait honnête avec elle-même, Jeanne avait rêvé de partir avec Adam.

Shusharrah les appelait toutes et tous.

2

Jeanne passa dans l'ombre du bâtiment surmonté d'une étrange flèche, mouchetée de neige souillée qui dégoulinait lentement le long de ses arêtes.

Une église. Autrefois, il y a encore un siècle à peine, on disait que les gens s'y pressaient, au moins une fois par semaine. Mais leur dieu n'était pas réapparu pour les sauver lorsque le continent avait sombré dans le chaos. Il n'y avait pas eu de miracle ni de sauveur providentiel. Alors, pour la première fois depuis bien longtemps, les foules s'étaient détournées non seulement des lieux de culte mais aussi de leurs idoles de bois et de pierre. La religion n'était plus un recours ni un refuge.

Beaucoup d'églises et d'autres bâtiments du même ordre étaient tombés en ruines. Quant aux autres, ils pouvaient être abandonnés, comme cette chapelle, ou bien occupés, comme n'importe quelle construction capable de servir d'abri. Il y avait de quoi en tirer des ressources, pour se chauffer par exemple.

La jeune fille frissonna. Les vitraux étaient tous brisés, sans exception. Mais la porte principale tenait toujours debout. Aucune lumière ne s'échappait de l'édifice. S'ils avaient su qu'ils se trouvaient si près d'un tel endroit, Ben et elle auraient pu y passer la nuit. Beaucoup d'autres avaient dû le faire avant eux. Avaient-ils ensuite pris la route de la côte pour rejoindre les passeurs ?

Probablement. Une semaine déjà qu'ils avaient commencé leur périple. *Périple.* Encore un mot que Jeanne savourait. Il roulait sur sa langue avec gourmandise. Tous les soirs, quand ils parvenaient à allumer un maigre feu, elle lisait un chapitre ou deux de l'un des rares livres qu'elle avait emportés avec elle. Avec comme seule carte, celle, si petite, si peu détaillée, du dictionnaire de poche aux pages cornées. Jeanne n'avait pu se résoudre à les laisser tous derrière elle, persuadée qu'ils ne serviraient à personne dans le parc. C'était peut-être prétentieux de sa part, ou méchant, mais elle en était convaincue. Personne ne lui avait jamais demandé à emprunter l'un de ses ouvrages, personne n'en avait même volé un ! Elle était seule avec ses histoires, lues et relues.

« Ah, toi et tes livres… », répétait Ben.

Son ami souriait, mais Jeanne savait bien que son expression amusée n'était qu'une façade. Il avait toujours eu du mal avec les livres. Et même… avec le fait de lire, tout simplement. Jeanne avait tenté plusieurs fois de lui enseigner les bases et Ben avait accompli quelques progrès, sans jamais réussir à se défaire de ses faiblesses et de ses doutes. Malheureusement, contrairement à ses parents, la jeune fille manquait de patience et avait oublié beaucoup de ce qu'ils avaient pu lui apprendre. Deux fois déjà depuis le début du voyage, Ben lui avait demandé timidement si elle pouvait lui faire la lecture et Jeanne n'y avait rien trouvé à redire, même si elle savait que c'était avant tout pour lui une façon d'entretenir leur lien. Il avait aussi voulu aller chasser, mais là encore, Ben n'était pas Adam et il était chaque fois revenu bredouille.

Parfois, quand il s'endormait, toujours le premier malgré ses efforts pour veiller, Jeanne regardait son cadeau, cette montre. La jeune fille était persuadée qu'il ne s'agissait pas d'un bracelet ordinaire. Elle avait beau le tapoter, tenter de trouver un bouton, le bracelet restait désespérément muet, éteint.

La plupart du temps, ils ne croisaient personne, d'autant plus que les deux jeunes gens avaient décidé de couper à travers champs et d'éviter les voies les plus larges. Cinquante ans d'abandon avaient suffi à la nature pour revenir, si bien qu'entre vouloir arpenter une ancienne chaussée brisée par des racines ou traverser les bois, il n'y avait pas grande différence. Il y a quelques décennies, les hommes aimaient se promener dans la nature un jour tout en la détruisant le lendemain. Jeanne, elle, n'avait jamais aimé le couvert des arbres. Comment savoir quels dangers se terraient dans ce labyrinthe ? Tous ces bruits qu'elle ne connaissait pas, ces odeurs si différentes de son îlot de béton… Mais la jeune fille respectait la nature, la considérait avec une déférence teintée de peur. Si tout le monde avait agi de même par le passé, peut-être que le cours de leur existence n'aurait pas adopté une tournure aussi radicale.

C'était ce que Jeanne se répétait encore en s'arrêtant après avoir repris la route à peine quelques minutes plus tôt. À ses pieds, un poisson mort. Il ne bougeait plus, mais ni les vers, ni les fourmis, ni aucun autre animal ne l'avaient encore touché. Le cadavre gisait là, gueule ouverte, la dévisageant d'un regard vide.

— Qu'est-ce qu'il y a ? demanda Ben, avant de se raviser. Oh.

Malgré l'incongruité de cette vision, Jeanne eut soudain envie de s'agenouiller, de saisir délicatement l'animal entre ses mains offertes et de le serrer contre sa poitrine. Était-il tombé du ciel, plutôt que d'une carriole ? Après tout ce qu'on leur avait raconté sur le siècle passé, cette hypothèse était-elle réellement folle ? Tout avait commencé par des sécheresses. Certaines rivières, certains fleuves même, s'étaient taries pendant des semaines. Au début, pendant des étés particulièrement chauds. Puis ces cours d'eau étaient restés à sec, deux, trois, quatre mois. Les plus petits s'étaient asséchés pour de bon, à la grande surprise de ceux qui n'avaient rien voulu voir venir. Privés d'eau, des territoires entiers s'étaient transformés en déserts, au cœur même de l'Europe, y compris loin à l'est. Le sable avait envahi de grandes capitales persuadées que ce genre de tempêtes concernaient uniquement les autres continents. Ces taches jaunes s'étaient étendues parfois sur des centaines de kilomètres carrés et il était impossible de les repousser. Malgré les efforts désespérés d'une poignée de personnes, il était déjà trop tard.

Les deux générations précédentes affirmaient qu'au cours des premières années après les catastrophes, on apercevait souvent d'immenses incendies au loin. Toujours au loin, car bien entendu, tout le monde avait préféré les fuir. Mais ils s'étaient répétés, encore et encore. Il ne s'agissait pas de forêts en proie aux flammes, car elles avaient déjà reculé à l'époque, surtout ici, en France. Dans ce cas-là, si elles ne brûlaient pas, il devait bien s'agir d'autre chose, non ?

Jeanne avait entendu parler des « apprentis sorciers », un nom qui pour elle évoquait là encore des histoires, des contes. Ces hommes et ces femmes avaient tenté d'inverser les dégâts causés par tous ceux qui les avaient précédés. Ceux-là mêmes qui avaient nié pourtant si longtemps l'existence de ces changements. Pourquoi vouloir contraindre les gens à quoi que ce soit quand on pouvait créer un nouveau marché à se partager et montrer que la science était capable de tout ? N'était-ce pas ce qu'on leur avait reproché, de ne pas écouter les scientifiques ? Mais le climat n'avait rien voulu entendre. Au contraire, certaines initiatives avaient eu des conséquences plus terribles encore. On racontait même qu'un immense pays, très loin à l'est, avait tout misé sur ces techniques, précipitant sa perte. Ils avaient voulu modifier les nuages pour augmenter les pluies, obtenant le résultat opposé. Trente ans sans une goutte d'eau sur plus de la moitié du pays. Comment disait-on déjà ? Le remède s'était révélé pire que le mal. La main de l'homme désespéré avait porté un ultime coup à tout semblant d'équilibre.

Les incendies monstrueux, les tornades dignes de ce conte que lui avait raconté sa mère, *Le Magicien d'Oz*, n'avaient fait qu'accélérer le processus, se jouant des hommes et de leurs certitudes. Mieux, ils les avaient balayés, sans pitié. Non, il n'y avait pas eu de crise majeure, même si ses parents avaient souvent parlé de la grande éruption qui avait coupé l'Amérique du monde pendant près d'une décennie. Mais pour la plupart des gens, il avait simplement été question de regarder le monde s'écrouler lentement, avec l'impression qu'il était toujours temps d'agir.

Toujours temps.

Toujours.

Temps.

Non.

La pollution avait quant à elle atteint un niveau tel qu'il arrivait que des volées entières d'oiseaux tombent du ciel, comme foudroyées. Ce n'étaient pas seulement des poissons morts échoués sur une plage ou des hardes de chevreuils décimées par un virus. Les attaques étaient venues de toutes parts, pesant sur les sociétés jusqu'à ce que les liens unissant les gens cèdent un à un. Là encore, comme pour tout le reste, personne n'avait voulu y croire. Qui avait envie d'admettre qu'il ne pourrait jamais avoir la vie qu'on lui avait promise ? Bien avant eux, détourner les yeux s'était révélé plus facile. Certains avaient même encouragé les sceptiques, nommant aux plus hautes responsabilités des hommes et des femmes niant la réalité pour mieux servir leurs seuls intérêts. Des pays pourtant censés incarner les plus modernes des voies s'étaient ainsi fourvoyés.

— Ne le touche pas, intervint Ben. On ne sait pas ce qui a pu lui arriver. Ce n'est pas le moment de tomber malade !

Son ami avait raison.

Jeanne détourna les yeux. Au loin, la côte se dessinait déjà, ravagée d'entailles, parsemée d'éoliennes aux pales brisées. Ils arrivaient au bout du chemin.

Elle savait qu'elle aurait dû trouver un *estuaire* ici, de larges étendues de sable, de roseaux. Mais une fois encore, même après la catastrophe, l'homme ne s'en était pas tenu là, entraîné toujours plus loin par sa peur de disparaître. La veille, ils avaient aperçu au loin une étrange procession, faites de charrettes et de camions à fond plat crachant une fumée noire. Toutes et tous étaient chargés à ras bords de sable.

Ce même sable arraché aux plages de la région et qui laissait la mer ronger un peu plus encore le rivage, chassant ceux qui creusaient, les empêchant de pêcher, de s'installer. Ben affirmait qu'il devait être utilisé pour de la construction. Construire, encore ? N'y avait-il pas de la place pour tout le monde ? Mais certains fiefs voulaient asseoir leur pouvoir, quitte à consumer leur dernier bout de chandelle encore plus vite. Jeanne ne pouvait qu'espérer que les choses ne se déroulent pas de la même manière de l'autre côté des flots. Elle eut un sourire triste.

Au moins, là-bas, le sable ne manquait pas.

Jeanne secoua la tête en s'écartant finalement du poisson tombé à terre. Elle tentait de ne pas trop songer à Shusharrah. Personne ne savait grand-chose sur cette cité, si ce n'était qu'elle se trouvait dans les montagnes. Mais s'agissait-il seulement d'une cité ? Adam n'avait jamais abordé les détails dans ses courriers. Jeanne avait déjà vu une carte du monde, mais à quoi correspondaient des noms comme l'Amérique, l'Australie, la Chine ?

Ils étaient devenus aussi mythiques que Cipango ou même l'Atlantide.

Plus aucun avion ne volait, déjà bien avant sa naissance.

Autrefois, tous les pays du monde se réunissaient en conseil pour prendre de grandes décisions et arbitrer des conflits. Il n'en allait plus ainsi. Ce que l'on appelait « pays » n'existait plus en soi. L'Europe tout entière représentait une zone à éviter, abandonnée à son sort. Que personne ne se batte pour ses restes, ses cendres, signifiait sans doute que les autres continents devaient avoir leurs propres problèmes à régler, s'ils n'étaient pas tombés eux aussi.

Au-dessus de sa tête, les nuages s'écartèrent soudain, la ramenant à l'instant présent. Le ressac aurait dû l'apaiser, mais il ressemblait beaucoup trop au râle d'un mourant pour cela. Jeanne frémit et sentit la chair de poule remonter le long de ses bras, comme si un noyé revenu des profondeurs, invisible et glacé, venait de la prendre dans ses bras, pour l'entraîner vers le rivage.

Le port clandestin s'étirait sous un soleil blafard, mais ses odeurs frappèrent Jeanne bien davantage que cette vision. La puanteur des algues en décomposition, des restes des rares poissons de la journée, les relents âcres du fioul… La jeune fille fronça le nez mais ne dit rien, au contraire de Ben.

— On ne devrait pas être ici, chuchota-t-il.

Jeanne lui répondit sans même prendre la peine de se retourner.

— Tu as dit que tu voulais m'accompagner, non ? Si tu m'as suivie pour tenter de me dissuader une nouvelle fois, tu peux rebrousser chemin tout de suite.

Elle savait qu'il ne répondrait pas, aussi Jeanne s'engagea au milieu des rochers.

Pas question pour elle d'approcher les lieux par la route, qui *charriaient* le gros des mauvaises rencontres. Autrefois, le port était protégé par une digue, modeste, à l'image du port, mais celle-ci s'était à moitié affaissée des années plus tôt. Des grues inertes se dressaient encore ici ou là, incapables de charger quoi que ce fût. Le port n'avait jamais accueilli de bâtiments de belle taille et il ne comptait plus qu'une poignée de barques aux couleurs délavées. Jeanne plissa les yeux. Les passeurs clandestins devaient se retrouver de l'autre côté de la crique, à l'écart de la capitainerie abandonnée. Aucun drapeau ne flottait plus sur le port.

À l'horizon, le soleil semblait avoir le plus grand mal à s'arracher aux flots verdâtres qu'il ne parvenait pas à bleuir. Comment l'aurait-il pu ? Il n'en était plus capable depuis longtemps.

Tout à coup, Ben la dépassa sans bruit, non sans manquer glisser sur un rocher trop lisse pour la prendre de vitesse.

— Laisse-moi ouvrir le chemin, ça pourrait être dangereux. Ce sera dangereux, se corrigea-t-il.

Il dérapa de nouveau et cette fois, Jeanne tendit le bras pour lui saisir le poignet et l'empêcher de tomber tête la première dans l'eau.

— Mon voyage a failli tourner court, répondit-il avec un pauvre sourire, les mains sur les genoux.

— Tu ne voulais pas venir, après tout.

— Parce que je sais ce qui nous attend, répliqua-t-il, tout sourire disparu.

Il désigna le port d'un signe de tête.

— Si tu doutes de moi, tu verras que ce que tu entendras ici n'aura rien de différent.

Jeanne soupira : comment lui faire comprendre qu'elle n'accepterait jamais de croire de telles *sornettes*?

Il n'y avait pas encore beaucoup de monde sur le port, du moins, en apparence. Quelques vieux pêcheurs aux paniers vides, le regard tourné vers le large, alors qu'ils n'avaient sans doute jamais pris la mer eux-mêmes. Une poignée de marchands, venus négocier l'achat du poisson avec leurs charrettes tirées par des ânes aux côtes visibles sous leur poil miteux, pour le moment à l'abri des mouettes qui vociféraient plus fort que les hommes. Mais le vacarme avait rapidement enflé en pénétrant dans la baie. Aux quatre coins du port, sauf dans une zone que la jeune fille repéra bien vite. La masse des clients potentiels des passeurs, tête basse. Le groupe apeuré qu'elle comptait rejoindre, un parmi tant d'autres. Malgré tous les espoirs censés être nourris par Shusharrah, la peur de la traversée semblait encore régner sans partage.

— Suis-moi, se contenta-t-elle de dire.

Ben lui emboîta le pas, reprenant bien vite la tête.

— Demande-leur, non ? Je suis sûr qu'ils ont plein d'histoires à raconter sur Shusharrah. Certains ont même déjà dû tenter la traversée.

— S'ils sont prêts à essayer de nouveau, c'est bien la preuve qu'ils n'ont rien rencontré d'effroyable.

— Ou qu'ils sont désespérés.

Quoi qu'il en soit, Jeanne n'échangea pas plus de trois phrases avec le premier à lever les yeux sur les deux jeunes gens, puis changea brusquement de direction pour rejoindre un nouveau sentier longeant le rivage.

— Les passeurs sont installés là-bas.

— Je sais, dit Ben. J'en ai déjà croisé certains, l'an dernier, lors de la foire d'hiver. Si tu veux, je peux t'aider à négocier. Peut-être qu'en ayant affaire à un homme…

Elle l'interrompit en levant les yeux au ciel. Pas de ça avec elle.

Jeanne aurait pensé les trouver sur le port, à harceler les candidats au voyage, ou bien à se pavaner en attendant qu'on les aborde. Au moins, à régner sur la grève, comme s'ils en étaient les véritables maîtres. Mais ils étaient éparpillés sur les rochers, chaque groupe de son côté, leurs navires amarrés non loin. À vrai dire, ce n'était pas si surprenant : leur commerce n'avait rien à voir avec la pêche. S'ils ne se cachaient pas, les passeurs préféraient mener leur existence à l'ombre du phare.

— Il va falloir voir les conditions qu'ils proposent. Je ne parle pas seulement du prix. Tous les bateaux ne se ressemblent pas. La traversée n'est pas de tout repos, alors on devrait en choisir un qui ne soit pas à deux doigts de sombrer. Je n'ai pas envie d'écoper pendant des jours, pas toi ?

— Tu songes vraiment à ça ?

— Pourquoi pas ? Le confort a son importance.

— Je ne crois pas que ce soit leur souci principal. Ça m'étonnerait qu'il y ait plusieurs classes sur les bateaux. (Malgré elle, elle sentit ses dents se serrer.) Arrête, Ben. Ne me prends pas pour une idiote. C'est pour moi que tu fais ça, mais je ne suis pas en sucre ! La seule chose qui compte à mes yeux, c'est d'arriver à bon port et au plus vite. Je me fiche qu'on me donne un coussin pour m'asseoir ou même un gilet de sauvetage.

— Jeanne, tu…

Vérifiant que personne ne les regarde en cet instant, la jeune femme entrouvrit son manteau, dévoilant sa bourse. La monnaie n'avait plus vraiment d'utilité, mais le métal contenu dans les pièces, lui…

— Je paie, je choisis.

Jeanne n'était pas seulement têtue. La jeune fille se sentait investie d'une véritable mission et rien ne pourrait la faire dévier de cette voie. Elle savait que les passeurs, quels qu'ils soient, ne recherchaient pas le confort de leurs clients. Leur intérêt était d'en entasser le maximum dans un minimum de place, à fond de cale, au milieu de malades, de vieillards, ou de brutes. Pour ce qui était de cette dernière catégorie, elles seraient déjà bien assez nombreuses dans les rangs des passeurs.

— Très bien. Tu as raison. Je te laisse faire dans ce cas. Mais je reste à tes côtés.

— Je ne t'en empêcherai pas.

Jeanne fit encore quelques pas, une main en visière, et observa les navires. L'un d'entre eux dominait tous les autres, un bâtiment bien trop grand à son goût, une sorte de brique grise – *anthracite*, rectifia Jeanne – flottante. La voyageuse avait entendu parler de ces monstres d'autrefois, des bateaux de pêche capables d'engloutir des dizaines de tonnes de poissons, lancés sur les flots en désespoir de cause alors que leurs proies étaient déjà si rares. Même reconverti, ce type de navire n'avait aucune chance de passer inaperçu, et à coup sûr, il embarquerait peut-être une centaine de voyageurs.

— Et celui-ci ? fit Ben, en pointant du doigt le bâtiment. Je crois que c'est l'un de ces magasins flottants qui font le tour des îles. Peut-être qu'il traverse la mer, enfin, en longeant la côte. Mais si tu veux rejoindre Shusharrah au plus vite…

La jeune fille jeta un coup d'œil au bateau. En principe, il fallait environ trois jours pour traverser sur un navire à moteur de taille correcte. Avec le temps, les délais avaient enflé, pour atteindre parfois une semaine entière. Mais les passeurs ne gagnaient rien à faire durer le trajet, bien au contraire. Si certains devaient ralentir, c'était uniquement parce que la mer se révélait souvent dangereuse. Avec la montée des eaux, le nombre de tempêtes avait lui aussi suivi une courbe ascendante. De véritables ouragans – des *medicanes* – parcouraient la mer, d'un bout à l'autre des côtes.

— Et en cas de tempête, j'ai plus confiance en cette barge que dans une coque de noix pour ne pas couler par le fond, renchérit Ben. J'imagine qu'on aurait plus de chances à proposer nos services pour nettoyer ou ce genre de choses. Je ne crois pas que les passeurs recherchent des aides de ce genre. Eux, clairement, il n'y a que l'argent qui les intéresse.

Jeanne secoua la tête. De toutes les choses qui n'avaient pas changé, il avait fallu que le concept même de monnaie persiste. Impossible de voyager sans avoir quelque chose à céder.

— Ce qui compte, c'est retrouver Adam. Beaucoup de grands auteurs ont traversé ainsi, dans des conditions spéciales.

Elle se concentra un instant, fouillant sa mémoire à la recherche de la citation qu'elle sentait tourbillonner sous son crâne.

— Et à l'aurore, armés d'une ardente patience, nous entrerons aux splendides villes[3]...

— Oh, oui, oui, je te crois sur parole, coupa Ben. Une seule ville, ça m'ira déjà très bien.

Pour la première fois, leur ancienne complicité affleurait de nouveau.

— Quoi ? Tu as peur que je te raconte une anecdote de trop ? Il faudra bien s'occuper si l'on met une semaine à traverser !

— Je crois que je préfère encore passer quinze jours sans apercevoir une seule fois le soleil à frotter les planches de tous les ponts de ce navire. Vraiment.

Jeanne lui adressa un clin d'œil. Tous deux s'approchèrent de la rampe d'embarquement. Une femme d'une cinquantaine d'années emmitouflée dans un long manteau de cuir élimé supervisait le départ. Ses longs cheveux gris étaient tirés en arrière et noués par une unique natte, qui virevoltait d'une épaule à l'autre.

— Vous êtes attendus à bord ? demanda-t-elle sans attendre.

— Non, mais...

— Je vous arrête tout de suite : c'est un bateau réservé aux marchands.

— Vous traversez la mer ?

---

3. « Adieu », de Arthur Rimbaud, 1873.

— On cabote jusqu'à Gibraltar, confirma-t-elle, comme s'il s'agissait d'un lieu connu de tous. Mais ça ne change rien. Si vous ne faites pas partie de la guilde, nous n'avons pas de place pour vous. Vous avez quelque chose à vendre ?

Jeanne déglutit péniblement. Tout à coup, les livres dans son dos lui parurent beaucoup plus lourds. Il s'agissait de ses seuls biens de valeur. Sept pauvres romans, si dérisoires, et son vieux dictionnaire déformé. Pouvait-elle vraiment prétendre s'en débarrasser pour monter à bord ? Et de toute façon, qui voudrait les acheter ? Personne. Lire était un luxe pour la plupart des gens.

— Alors ? insista la femme. Vous êtes gentils, les jeunes, mais je n'ai pas que ça à faire.

Dans son dos, Jeanne sentait le regard perçant de Ben posé sur son sac.

— Je... Désolée, souffla-t-elle, avant de reculer précipitamment.

Un instant de doute lui donna des picotements au bout des doigts. Était-ce une bonne idée, finalement ? N'aurait-elle pas dû attendre encore un peu ? Adam finirait bien par lui donner des nouvelles.

— M'en voulez pas, les jeunes ! lança malgré tout la marchande. Avec nous, la traversée dure trois semaines !

Trois semaines ? C'était beaucoup trop. Quitte à avoir pris la route, Jeanne n'en pouvait déjà plus d'attendre.

— Vous cherchez à traverser ? fit une voix derrière eux.

Ben fut le premier à faire volte-face. Il ouvrait déjà la bouche, mais Jeanne le prit de vitesse et demanda :

— Pourquoi cette question ?

Le nouveau venu esquissa un sourire. C'était un homme entre deux âges, au visage tanné par le grand air. Ses sourcils broussailleux avaient viré au gris. Impossible de savoir s'il en allait de même pour ses cheveux, dissimulés à l'ombre d'une capuche qui avait aussitôt retenu l'attention des deux jeunes gens. Le tissu – la matière – de cette capuche était de couleur changeante à la lueur du jour, arborant toute une palette de teintes luisantes.

— Vous cherchez un bateau ? répondit l'homme, bras croisés.

Il avait tout l'air d'un marin avec sa casquette de feutre bleu qui dépassait de la capuche. Et Jeanne n'avait encore jamais vu l'un d'entre eux porter un vêtement de ce genre.

— Vous en avez un ?

— Mes hommes et moi, oui. On doit bientôt partir mais il nous reste quelques places à bord, si ça vous intéresse.

— Vous vous rendez à Shusharrah ? demanda Ben.

— À ton avis ? Qui voudrait aller ailleurs ? (Il écarta sa capuche.) Si vous cherchez des marchandises exotiques... C'est là-bas que vous les trouverez.

Le visage de Jeanne s'était fermé.

— Vous êtes actifs depuis longtemps ?

Le sourire du marin réapparut.

— Actifs ? Six saisons, je dirais. Passeur, c'est un métier difficile, petite. Il suffit de jeter un coup d'œil autour de toi : tu as vu beaucoup de gamins de ton âge, hein ? Je suis un peu leur grand-père à tous ! Mais beaucoup ne reviennent pas. C'est pour cette raison que les effectifs se renouvellent si souvent. L'appel du grand large !

— Quel beau discours ! Je ne verserai pas de larmes. Pour vous aussi, c'est une décision à prendre. Ceux qui ont fait le choix de cette vie-là connaissent les risques et vous y trouvez votre compte ! rétorqua Jeanne. Vous n'offrez pas de navette gratuite.

Le vieux marin releva la tête, visiblement amusé.

— Quoi de plus normal ? Moi et les autres, on est là pour vendre du rêve. Et le rêve n'a pas de prix.

— Vous en fixez un, pourtant.

— Le juste.

— Le vôtre.

— Le seul.

Le silence retomba, seulement brisé par le ressac. La passe d'armes avait pris fin. Jeanne devait s'incliner. Même si c'était plus fort qu'elle, même si son instinct lui hurlait que tout cela était injuste, il lui fallait garder le silence. Elle avait besoin de trouver un navire.

Ben fit un pas en avant et lui saisit le bras.

— Jeanne, murmura-t-il, d'une voix tendue. C'est trop risqué. Ce genre de passeurs te prendra tout. Ce n'est pas du tout ce qui était prévu. Tu risques d'arriver à Shusharrah les poches vides.

— Et alors ?

Son ami plissa les yeux.

— Tu sais que je ne pense pas à moi en disant ça. Je te préviens. Ne fais pas n'importe quoi pour gagner quelques jours. C'est trop risqué.

— Tu l'as déjà dit, répliqua mollement Jeanne.

C'était sans doute sa décision la plus importante depuis qu'ils avaient quitté le parc. Payer moins et se ménager de quoi négocier plus tard. Ou retrouver Adam au plus vite. La jeune fille secoua la tête. Pourquoi hésitait-elle encore ?

— Venez donc jeter un coup d'œil au bateau, reprit le marin. S'il ne vous dit rien, vous n'êtes pas enchaînés, vous pourrez faire le tour des autres. Bon, si vous êtes pressés, n'attendez pas le tanker. Lui, je ne crois pas qu'il lèvera l'ancre avant trois jours encore. Au bas mot. Et ensuite, sa carcasse se traînera sur les flots pendant des semaines. Et quand je dis des semaines…

Léon, qui venait de faire les présentations, les conduisit près du mouillage de son navire, une goélette à deux mâts équipée d'un moteur. Cinq autres marins occupaient le pont et préparaient le bateau. L'un d'eux jeta un coup d'œil à Jeanne en la voyant approcher et siffla entre ses dents.

Ben se raidit, mais Léon intervint sans attendre.

— Pas de ça, Ru. On se conduit bien devant une future cliente.

— Je n'ai pas encore décidé.

Léon s'inclina.

— Vous m'avez l'air raisonnable. Je le répète, posez toutes les questions que vous voulez autour de vous. Je suis sûr qu'en moins d'une heure, tout le monde vous aura dit qu'on peut faire confiance à La Vaillante et à son équipage.

Jeanne en observa les membres tandis que Ben inspectait le navire lui-même. Tout comme leur capitaine, ils avaient entre quarante et cinquante ans, voire un peu plus. Ils étaient sans aucun doute les plus expérimentés de tous les passeurs du port, pas de doute. Et Léon l'avait bien dit : ils étaient toujours revenus et beaucoup ne pouvaient en dire autant. Discrètement, la jeune fille échangea un regard avec Ben, qui hocha la tête. Son examen de la coque et des éléments extérieurs de l'embarcation paraissait l'avoir rassuré, du moins un temps.

Un détail avait néanmoins retenu son attention.

— Votre navire a l'air correct, je vous l'accorde, fit Jeanne. Mais ça ?

Elle tendit le doigt sur la coque, criblée d'impacts de balles.

Le visage de Léon ne changea pas. La jeune fille se demanda un instant s'il avait décroisé les bras depuis qu'il s'était présenté à eux sur les rochers. Au loin, de lourds nuages noirs s'amoncelaient, écrasant la mer.

— Je vous l'ai dit, c'est un métier mouvementé. Hélas, certains n'hésitent pas à ouvrir le feu quand ils voient des bâtiments battant pavillon tricolore. Une vieille habitude, sans doute. Et beaucoup tirent à vue, peu importe le drapeau.

Pour la première fois, il perdit tout humour, en désignant d'un signe de tête le mât nu, dépourvu de toute couleur.

— Vous ne vous en rendez pas compte, mais ce continent, ce pays n'est plus rien. Nous ne sommes plus rien aux yeux du monde.

3

Le murmure moqueur des vagues la réveilla.

Jeanne cligna des yeux, bercée par une chaleur étrange. Elle se redressa en sursaut en comprenant qu'elle s'était assoupie sur l'épaule de Ben, avant que sa tête ne glisse lentement sur le torse de son ami. Adossé au bastingage, le jeune homme avait fait de son mieux pour lui éviter une position trop inconfortable.

— Tu as pu dormir un peu, c'est bien, dit-il à mi-voix.

La jeune fille eut soudain honte d'avoir réagi de façon si brusque. Ben avait pu croire que son sursaut n'était dû qu'à la tension qui les habitait tous depuis qu'ils avaient mis un pied à bord, mais Jeanne savait que c'était faux. Son compagnon de route n'avait eu de cesse de veiller sur elle depuis qu'ils avaient pris la mer. C'était gentil, quoique Jeanne ne voulait dépendre de personne. Et encore moins donner raison à son camarade. Surtout, pas de « je t'avais bien dit que tu aurais besoin de moi ! ».

La plupart des immigrés demeuraient sur le pont, y compris pour faire leurs besoins, suspendus dans le vide, les deux mains sur le bastingage. Il y avait bien des toilettes, mais Ben et Jeanne n'avaient pas pu s'en approcher. Leur usage était réservé à l'équipage et à un couple qui avait dû débourser une fortune, bien plus encore que la jeune fille, pour occuper une cabine privée, la seule avec celle du capitaine. La vingtaine de passagers s'entassait donc à même la tôle, partageant de bien trop près les affres du mal de mer.

Tout le monde évitait cependant la poupe, où se trouvaient huit cages contenant divers animaux, dont des lapins, aussi nombreux que souffreteux. Il y avait aussi trois chiens, des bâtards au poil jauni qui n'avaient plus que la peau sur les os. L'un d'eux semblait être aveugle, par-dessus le marché. Ni leurs barreaux, ni le souffle du vent, ni même l'orage menaçant n'étaient capables de retenir leurs cris plaintifs. Un autre s'était même échappé, sautant par-dessus le bastingage en pleine mer à la poursuite de quelque chose. Un rat ? Personne n'avait songé à le remonter et on l'avait laissé là, nageant vers la mort. Hommes ou animaux étaient logés à la même enseigne pour les repas. Les passeurs fournissaient « gracieusement » des fonds de boîtes de conserve aux étiquettes passées depuis longtemps et qui ne contenaient certainement pas ce qu'elles avaient dû abriter à l'origine.

En silence, la jeune fille avait refusé d'y toucher une fois ses maigres provisions réduites à néant. Comme par hasard, les mariniers leur avaient interdit d'embarquer avec plus de cinq kilos chacun, prétextant des soucis de charge.

Jeanne avait vu deux des plus jeunes passagers chercher à dérober la nourriture de l'un des chiens et elle avait failli se lever pour les arrêter. De quel droit se permettaient-ils de voler ? Mais ce combat n'était pas le sien. Et si les gamins se faisaient mordre, tant pis pour eux. Chacun n'avait qu'à calculer les risques qu'il était prêt à prendre. C'était un pari, comme tous les autres. Elle-même avait tout misé sur ce navire. Et une fois à Shusharrah, si elle ne trouvait pas Adam, elle et son ami n'auraient plus rien, ou presque, pour assurer leur survie. Juste quelques livres.

— La côte n'est toujours pas en vue, nota-t-elle, tentant de faire diversion.

Ben secoua la tête.

— Non. Pas encore, mais ça ne devrait plus tarder. (Il leva les yeux un instant, par réflexe, avant de baisser vivement la tête, frappé par le soleil.) Nous sommes quand même partis depuis quatre jours.

Les deux jeunes gens se retournèrent vers la porte de la cabine. Un passeur, à la barbe tressée teinte en rouge, n'avait pas bougé depuis leur départ, à croire qu'il n'avait pas besoin de se reposer. Le capitaine, Léon, n'était pas sur le pont. Deux autres marins discutaient près de la proue, dont celui qui se faisait appeler « le bosco » et jouait le rôle de maître d'équipage. C'était lui qui faisait respecter les règles à bord, tandis que Léon conservait le rôle du capitaine beau parleur, même si la rumeur de l'orage dans le ciel empêchait toute conversation allant au-delà d'une poignée de mots.

Ils étaient loin de se préoccuper de leurs passagers. Jeanne l'avait compris avant même l'embarquement.

Elle avait tout de même fait attention chaque fois qu'elle ne pouvait s'empêcher de toucher la montre glissée dans sa poche. Ne surtout pas attirer les regards. Ces hommes semblaient avoir parié sur le désespoir, la fin de tout. Ils cherchaient juste à faire fortune pour en profiter au cours des quelques années où la planète voudrait bien encore de l'humanité.

Ben jeta un coup d'œil à un petit groupe de trois hommes, les plus taciturnes de tous les migrants présents. Il n'avait pas encore osé leur adresser la parole depuis qu'ils avaient levé l'ancre, mais cette fois, ne sachant quoi faire d'autre, il les interpella. La matinée risquait autrement de se résumer à ruminer leurs mornes pensées.

— Excusez-moi…

Les trois hommes levèrent la tête, mais ne répondirent pas. Ben décida de poursuivre, ignorant le coup de coude de Jeanne, à moins qu'il ne l'ait interprété comme un signe d'encouragement.

— Je vous ai entendus discuter et je me demandais… vous vous êtes déjà rendus à Shusharrah, c'est bien ça ?

L'homme au centre du groupe hocha la tête et désigna d'un geste discret le passeur jouant les vigies, un Faravahar autour du cou.

— Vous avez déjà vu un pendentif de ce genre ? chuchota Ben.

— C'est le symbole de l'appartenance à la cité. En principe, seuls les habitants de Shusharrah peuvent rester là-bas. Nous, on s'est déjà fait refouler deux fois, mais jamais deux sans trois, paraît-il, alors on retente encore le coup.

— Vous êtes aussi revenus en bateau ?

— Ouais, ricana-t-il. Bientôt, Shusharrah paiera pour renvoyer les voyageurs de l'autre côté.

Il s'était exprimé dans un murmure rauque, mais l'un des passeurs, dans son dos, l'avait entendu, après s'être rapproché sans bruit. L'œil vif, il avait dû également saisir le geste désignant son camarade.

— Pour devenir Shusharrien, il faut le mériter, les galeux, leur lança le marin mercenaire. Il n'y a pas de droit du sol ou même du sang là-bas. Rêvez pas.

Jeanne avait décidé de garder le silence, mais sa résolution vola en éclats.

— Comment vous le savez ? Il est à vous, ce médaillon ?

— Qu'est-ce que ça peut te faire ? répliqua l'autre, une main sur la crosse en bois de son arme. Tu me crois fou ? (Il jeta un coup d'œil par-dessus son épaule, comme pour vérifier que Léon ou un autre de ses camarades n'approchait pas à son tour.) Vous me faites rire. Vous rêvez de Shusharrah, mais vous ne vous rendez pas compte de la réalité. La ville que vous espérez atteindre, c'est un mirage. Elle n'existe pas.

— Facile à dire pour vous.

— Facile, ouais, c'est ça. Shusharrah n'est pas faite pour nous. On le comprend vite.

L'homme tourna les talons et s'en fut en direction de la poupe. C'était tout juste s'il n'avait pas craché ses derniers mots. Que voulait-il donc dire ? Pas pour nous ? Parce qu'ils venaient de l'autre côté de la mer ? Les pays n'étaient plus que des mots jetés sur le papier qui avaient perdu le lien avec leur passé et leur histoire, des mots réduits à l'état de regrets.

Jeanne sursauta quand l'homme qui avait pris la parole avant l'intervention du passeur l'interpella.

— Vous êtes français tous les deux ?

La jeune femme se contenta d'un signe de tête, alors que le voyageur donnait l'impression de poser les yeux sur elle pour la première fois. Ce n'était pas une supposition bien difficile à faire. Les « Français » étaient les plus nombreux à risquer la traversée, déjà à l'époque d'Adam. Mais avant de quitter le parc, Jeanne ne s'était jamais considérée comme française, pas une seule fois. Et voilà qu'on la renvoyait à ce seul statut. Ce pays n'existait plus. Pourquoi se sentir associée à des frontières disparues ?

— T'as un frère ou un cousin, non ? Vous avez un peu le même regard.

Le cœur de Jeanne rata un battement. À quoi bon le nier ? Sa première piste potentielle venait de se dessiner sous ses yeux.

— Vous avez croisé mon frère ?

— Ton frère, alors, intervint le plus à gauche. C'était pour notre premier voyage, il y a… Oh, j'ai l'impression que c'était hier. Lui, je crois bien qu'il n'a pas dû dépenser un rond pour la traversée.

— Ah bon ? fit Ben, incapable de dissimuler sa surprise.

— Ouais. Il est cuisinier, non ? Il s'est mis bien avec les passeurs. Pas ceux-là, précisa tout de même le premier à avoir pris la parole. Il les a si bien régalés pendant la traversée qu'à mon avis, il a même dû débarquer avec les poches pleines. Alors que nous…

— Vous êtes sûrs ? Comment s'appelait-il ? demanda encore Jeanne.

L'autre haussa les épaules.

— J'en sais rien. On lui a pas demandé. On prend pas la mer pour se faire des amis.

— Plus riche qu'à son départ ? reprit Ben, cherchant autant que possible à détourner l'attention des uns et des autres de Jeanne. Ça doit bien être le seul, pour sûr.

Les trois clandestins éclatèrent de rire d'un même élan.

— Tu l'as dit, petit, fit le premier. Tu l'as dit.

La cheminée toussa et étouffa la réplique de Ben. Jeanne saisit le poignet gauche de son ami pour lui faire comprendre qu'ils avaient assez discuté pour le moment. Pour la journée, même. Elle n'avait aucune envie de poursuivre. Elle réprima un sourire. Tout ce que ces trois hommes avaient retenu de son frère, c'était sa cuisine. Comme beaucoup avant eux.

La journée s'écoula sous un soleil aussi fuyant que froid. L'orage grondait toujours, lui aussi insaisissable. Cette mer était désormais entièrement soumise aux tempêtes, à leurs colères. Au bout de quelques heures, Jeanne observa que le navire laissait moins d'écume dans son sillage. Elle n'aurait jamais pensé qu'ils avanceraient aussi lentement, mais depuis le début du voyage, ils n'avaient jamais dépassé les dix nœuds.

— On a encore ralenti, dit-elle.

— Oui, j'ai remarqué, confirma Ben, jetant un coup d'œil par-dessus le bastingage. Il y a environ une demi-heure. Un peu plus, peut-être.

Dans la pénombre, Jeanne brava le soleil dardant ses ultimes rayons à l'horizon pour observer une fois de plus la mer. Si elle ne pouvait pas encore la voir, elle en était sûre cette fois : la terre. La côte. Elle était là, bientôt.

Elle plissa les yeux, cherchant encore et toujours à apercevoir un bout de terre, n'importe quelle avancée, un arbre, un oiseau. N'importe quoi. Elle crut saisir l'ombre d'immenses ailes au-dessus de leurs têtes, déjà emportées par la nuit, une seconde plus tard.

Si proche !

Jeanne dut saisir le bastingage à deux mains pour réprimer ses tremblements. La peur pouvait frapper si vite ! Ben s'était déjà relevé, debout à ses côtés, l'interrogeant du regard sans oser dire un mot. Mais il avait bien senti que son amie était traversée par un véritable torrent d'émotions.

— Quelque chose ne va pas ? souffla-t-il.

Une fois de plus, l'envie de répondre à sa prévenance par une réplique acerbe l'envahit, mais elle la ravala en constatant autre chose : le bateau était en train de s'arrêter, comme s'il refusait de poursuivre sa route, d'entrer dans la nuit.

Jeanne se retourna vers la vigie. Léon était de retour sur le pont. Le navire ne hoquetait plus. Sans hésiter, la jeune femme se dirigea droit sur le passeur en chef.

— Que se passe-t-il ? Pourquoi vous avez coupé les moteurs ?

— Arrête, Jeanne, souffla Ben. Si ça se trouve, ils ont un rendez-vous au petit matin avec un contact et il faut attendre ici. La côte n'est pas loin.

Léon ricana.

— Ton ami a raison, enfin, pour la seconde partie. Si la nuit n'était pas tombée, vous pourriez déjà l'apercevoir, avec des jumelles en tout cas.

— Et en quoi se trompe-t-il dans ce cas ? Vous n'avez pas de contact en ville ?

Léon, le capitaine, se tenait les bras croisés. Au cours des derniers jours, et passées les premières heures de voyage, il avait vite perdu sa bonhomie pour devenir de plus en plus taciturne et surtout de plus en plus nerveux. Son navire paraissait avoir perdu tout attrait pour lui, sans même parler des passagers. Mais il passait, lui comme ses hommes, de plus en plus de temps les yeux levés sur les nuages.

— Là n'est pas la question. Tu pensais que la ville se dressait en bord de mer ? On ne s'approche plus des côtes de Shusharrah, c'est tout. Des mois que ça dure. Deux ans peut-être. Trop dangereux.

— Selon qui ? Vous ?

— Écoute, gamine, tu n'avais jamais pris la mer, alors ne prétends pas tout savoir. Tu n'as pas vu l'albatros dans le ciel ? Je ne sais pas comment, mais ces oiseaux renseignent la ville. Ils doivent être équipés d'un système de surveillance qui traque les navires comme le nôtre.

Ben posa une main sur son épaule, mais Jeanne ne bougea pas. Le mal de mer l'avait quittée en même temps que l'arrêt des moteurs.

— Je comprends mieux pourquoi vous êtes les « meilleurs » passeurs. C'est ça, le secret de votre longévité ? C'est sûr que si vous restez bien planqués à des milles et des milles du moindre grain de sable, c'est facile. Il n'y a vraiment pas de quoi se vanter.

— Pense ce que tu veux. De toute façon, tu as payé.

— J'ai payé pour rallier Shusharrah en bateau. Pas pour faire une balade en mer.

Léon sourit.

— Mais le marché n'a pas changé. Tu vas pouvoir atteindre la côte, je n'ai qu'une parole. Et mes camarades aussi.

D'un pouce, il désigna une chaloupe.

— Si tu veux rejoindre la magnifique cité de Shusharrah, tu vas devoir le faire en canot. (Il haussa le ton.) Et c'est valable pour vous tous !

L'un des trois hommes qui avaient déjà tenté la traversée esquissa un geste, mais ses deux camarades l'obligèrent à rester assis. Personne n'osa protester, pas même le couple de privilégiés, remonté en hâte sur le pont, ouvrant des yeux ronds comme des billes. Tous les passeurs étaient réunis à présent, le doigt sur la détente de leurs pistolets. Ces armes fonctionnaient-elles seulement ? Disposaient-ils vraiment de munitions ? Tout le monde était trop lâche pour chercher à le savoir. Le bateau comptait quatre canots. Léon leur expliqua qu'ils pourraient s'entasser dans deux d'entre eux. Et encore, s'entasser, ils n'étaient pas si nombreux, non ? Chacun pourrait facilement trouver une place sans se marcher sur les pieds. De quoi auraient-ils bien pu se plaindre ? Shusharrah n'était plus très loin, n'était-ce pas l'essentiel ?

Un à un, les clandestins se levèrent et se dirigèrent sans même y avoir été invités vers le canot de sauvetage le plus proche. Léon n'avait même pas eu besoin de donner le moindre signal. Pendant ce temps, le passeur n'avait pas quitté Jeanne des yeux, toujours souriant. Son manteau moiré jeté sur ses épaules se paraît de mille reflets au crépuscule.

— Alors ? On aimerait bien ne pas trop traîner dans le coin. Vous n'avez pas oublié les impacts de balles sur la coque, non ? Vous n'avez pas plus envie que nous de voir des pirates arriver. Croyez-moi.

Une fois de plus, Jeanne était renvoyée à sa faiblesse et à son ignorance. Avant ce *périple*, son horizon était toujours resté si étroit ! Elle s'en voulut d'autant plus en se tournant imperceptiblement vers Ben, comme s'il pouvait vraiment l'aider à se faire respecter, comme s'il n'était pas possible de faire autrement que de s'en remettre au jeune homme pour défendre ses intérêts.

Et Ben fit un pas en avant.

— Ce n'est pas ce qui était convenu, répondit-il d'une voix légèrement chevrotante mais la nuque raide. On a payé le prix fort pour monter dans ce bateau et vous ne nous avez jamais parlé d'un canot. De quel droit vous pourriez tout changer au dernier moment parce que ça vous arrange ?

— Justement pour cette raison, fit Léon. Ne joue pas les héros devant ta copine, crétin. Ça ne mènera à rien, ni avec elle et encore moins avec nous.

Derrière Léon, deux passeurs mirent soudain Ben en joue. Jeanne n'y tint plus et intervint. Elle ne pouvait pas laisser son ami se mettre en danger. S'il était là, sur ce pont, c'était uniquement par sa faute à elle. Parce qu'elle n'avait pas su le dissuader de la suivre, alors qu'il n'avait absolument rien à gagner, mais tout à perdre.

— S'il vous plaît...

— Assez discuté, coupa le capitaine. Que cela convienne ou pas à Son Altesse, nous avons rempli notre part du contrat. La côte est en vue, à vous de rejoindre Shusharrah.

— Écoutez, reprit-elle malgré tout, j'ai une idée. Mon frère habite la ville. C'est une question d'argent, alors, s'il le faut, Adam pourra payer plus.

Léon se renfrogna.

— Pour qui vous nous prenez ? Même si ton frère peut payer, comme tu dis, peu importe. Nous n'allons pas nous mettre en danger pour toi. Donc ça suffit maintenant, descends dans ce canot.

Jeanne avait cru reprendre la main, ou du moins redevenir l'interlocutrice privilégiée des passeurs. Mais Ben n'avait pas l'intention de céder aussi vite.

— Pas question, fit-il, les poings serrés. Vous êtes vraiment aussi lâches ? C'est pour ça que personne ne connaît vos agissements, parce que vous larguez vos clients dans de simples canots ? Combien atteignent vraiment la côte, hein ? Si les trois quarts se retournent et meurent noyés, tu parles ! Pas de trace, pour sûr !

— Chacun joue son rôle, petit âne. Le tien maintenant, c'est de monter dans la barque, rien de plus.

— Ah oui ?

— Ben, s'il te plaît, chuchota Jeanne.

Le jeune homme donnait l'impression, pour la première fois, d'avoir oublié jusqu'à sa présence.

Un quatrième marinier agita la main droite.

— Ils sont tous à bord ! s'écria-t-il. On lâche la chaloupe ?

— Tu ne vois pas que ces deux-là sont toujours ici ? aboya Léon.

— Et on ne prendra pas ce canot ! renchérit Ben. Ramenez-nous. Je veux rentrer au port. Comme ça, on trouvera bien quelqu'un d'autre, quelqu'un d'honnête, pour nous débarquer de l'autre côté. Pas comme vous.

— « Honnête », c'est ce que tu as dit ? Tu trouves qu'on n'est pas honnêtes ? répondit le capitaine. Tu ne manques pas d'air, petit. Je dois admettre que je ne te voyais pas ainsi.

Après tout, ça fait quatre jours que tu rampes dans l'ombre de ta copine, comme si tu avais peur de disparaître. Tu la suivais aussi quand elle devait pisser, raconte ? Tu vides son pot ? Ça t'excite peut-être ?

Les autres marins partagèrent un même rire gras.

— Allez-y, insultez-moi, ça ne changera rien.

Sans même se retourner, le jeune homme saisit la main de Jeanne et la rapprocha de lui.

— Ramenez-nous. Ça ne change rien pour vous. On veut juste rentrer.

Le cœur serré par le doute, Jeanne ne put s'empêcher de se demander si Ben n'agissait pas de la sorte afin de lui donner une chance de plus, une dernière, de renoncer à ce voyage dément. Pourquoi sentait-elle aussi monter en elle un agacement tout aussi réel que sa peur ?

— Mais ça ne marche pas comme ça, pauvre idiot.

Les deux passeurs qui les tenaient en joue firent un pas en avant. Léon lui-même franchit la distance les séparant, plaçant soudain le canon d'une arme jusqu'ici invisible au contact de la poitrine du jeune homme.

Jeanne frissonna dans la nuit.

— Ben…

Son ami ne se tourna pas vers elle, défiant Léon du regard. Il semblait habité par une détermination inédite.

— Contactons ton frère, Altesse, répondit le capitaine, le nez levé sur les nuages. J'espère pour vous deux qu'il va répondre…

La vigie vint se porter à leur hauteur.

— Patron, on ne va tout de même pas…

— Essaie de voir si tu obtiens quelque chose. (Il sourit.)

Emmène-la avec toi au poste de radio. Tu auras peut-être besoin d'aide. Assure-toi qu'elle parle fort. *Très* fort, pour qu'on l'entende bien.

— Le poste de radio ? Oh. (La vigie lui retourna son sourire.) D'accord, je vois.

— Elle ne va nulle part, coupa Ben. On vous attend ici.

— Il faut te montrer un peu compréhensif, petit. Vous voulez débarquer en sécurité ou pas ? Alors, il faut être prêt à faire des efforts pour obtenir ce qu'on veut dans la vie.

— Je ne vous laisserai pas faire n'importe quoi.

Le sourire du capitaine se fit plus large encore à ces mots. Plus large que jamais.

— Ah oui ?

Jeanne sursauta et Ben recula d'un pas.

Sa meilleure amie, sa seule amie, ne comprit pas tout de suite ce qui venait de se passer. Il y eut d'abord l'odeur, âcre, qui lui chatouilla les narines et lui donna l'envie, stupide, si stupide, d'éternuer. Puis un filet de fumée blanchâtre dans la nuit, qui paraissait s'échapper des cheveux mêmes de Ben.

Le jeune homme s'écroula sur lui-même, foudroyé, à trois pas du bastingage.

— Non !

Jeanne se précipita à genoux pour le prendre dans ses bras et ne plus voir la tache rouge qui grandissait sur sa poitrine. Le capitaine avait tiré à bout portant.

— Finalement, pas la peine de chercher à contacter ton frère. De toute façon, tu sais, ça n'aurait rien changé, gamine. Tu veux voir Shusharrah ? Tu la verras peut-être, mais pas avec nous. Pas le temps pour ces conneries. On doit repartir.

Jeanne aurait voulu relever la tête, le clouer sur place, mais le trou dans la poitrine de Ben semblait aspirer ses dernières forces, la figer dans ce terrible instant.

— Les gars, jetez-moi ça dans le deuxième canot ! Et faites-moi disparaître les rames ! Les autres sont déjà à l'eau ?

Jeanne n'écouta pas la réponse, pas plus qu'elle ne se souciait de savoir que les autres passagers avaient déjà quitté le navire. Elle ne s'en était même pas rendu compte. Tous avaient disparu ; il ne restait plus que Ben.

Mais il était déjà trop tard pour lui.

Le jeune homme cherchait sa main, ou du moins le crut-elle. Ses yeux ne la voyaient plus et ses membres tremblaient, de plus en plus lentement. Peut-être n'était-ce qu'un réflexe, tandis qu'il se vidait de son sang.

Elle ne réagit pas tout de suite quand un passeur l'empoigna, l'arrachant à Ben à peine leurs doigts liés, pour la jeter dans le canot le plus proche. Impossible de se défaire de cet étau de chair. Jeanne crut un instant qu'ils allaient tout simplement la laisser tomber dans les flots tête la première, pour couler à pic ou nager pour rien, une heure, deux avant de sombrer. Non. Elle chuta lourdement, atterrissant sur le côté, mais la douleur n'était rien. Elle n'avait que faire de cette barque.

Aucun passeur n'avait esquissé le moindre geste.

— Ne t'inquiète pas, Altesse, on ne va pas te laisser seule en mer, renchérit encore Léon, désormais accoudé au bastingage, presque négligemment. Ce ne serait pas très charitable !

Un instant plus tard, Ben la rejoignit, jeté par-dessus bord à son tour, au milieu des rires. Jeanne n'eut pas le temps de s'écarter. Son camarade lui tomba dessus, de tout son poids. Combien aurait-elle donné pour l'entendre maintenant prendre la parole, alors qu'elle avait si souvent trouvé qu'il parlait trop ! L'imbécile. Mais Ben n'était plus là.

Il n'y avait plus qu'un cadavre à ses côtés, un cadavre qui la contemplait les yeux grands ouverts, les bras jetés à son cou.

4

Jeanne ne vit pas le navire des passeurs disparaître dans les nuées.

Elle ne voyait plus rien, à vrai dire. Si elle pivotait en direction des cris des marins, elle devrait croiser le regard mort de Ben et elle ne parvenait pas à s'y résoudre.

Pourquoi semblait-il si paisible depuis qu'ils étaient seuls tous les deux ? Elle avait même cru le voir sourire un peu plus tôt. Leur canot dérivait sur les flots. Les passeurs l'avaient mis à l'eau sans rames, comme une ultime punition adressée aux deux frondeurs. Quelques heures plus tôt, à moins qu'une poignée de minutes seulement se soient écoulées, les cris des autres clandestins avaient résonné à ses oreilles. Elle n'avait pas compris ce qu'ils disaient. Cherchaient-ils à attirer son attention ? À l'exhorter à les rejoindre ? Que voulaient-ils donc ? Qu'elle saute et risque de se noyer en pleine mer ? Il n'y avait peut-être que cent ou cent cinquante mètres entre les deux embarcations, mais

Jeanne n'avait jamais eu l'occasion de nager sur une telle distance. Elle ne s'était pas préparée, pas autant qu'Adam.

Et comment aurait-elle pu abandonner Ben ?

L'autre canot avait même une lanterne, mais pas celui de Jeanne. Il n'y avait rien, rien à part une vieille radio, qui ne devait sans doute pas fonctionner. Les passeurs l'avaient abandonnée à son sort. Elle était maintenant condamnée à errer sous la lune, jusqu'à ce que le canot se retourne ou bien qu'elle meure de faim. Et si les courants la ramenaient près de la côte… Elle n'avait rien à espérer. Son voyage s'achevait avant même d'avoir réellement débuté.

La jeune fille se cala contre la coque, remontant les jambes contre sa poitrine.

Elle n'avait pas eu le temps ni même songé à tendre la main vers son sac lorsque les passeurs s'étaient débarrassés d'elle. Jeanne les avait vus jeter ses livres à la mer en riant. Elle porta la main à son cœur. Il ne lui restait que les lettres de son frère, les toutes dernières, qu'elle avait emportées avec elle, glissées dans le revers de sa veste. Et la montre offerte par Ben, si lourde dans sa poche. *Tu parles d'un talisman !* Les ouvrages avaient disparu, leurs pages sans doute déjà réduites en bouillie informe, en rubans de pâte à mâcher. Elle les avait vus s'éparpiller lentement, inexorablement. Jeanne sursauta, relevant la tête malgré elle en entendant un grondement au loin, puis de nouveaux hurlements montèrent entre deux vagues.

Un orage ? Un coup de canon ? Elle baissa bien vite la tête, incapable d'affronter la réalité de la nuit sous la froide lumière des étoiles, alors que les ailes immenses des albatros passaient et repassaient sous la lune.

Pas d'orage dans ce cas. Il n'y avait pas d'éclairs, ni même un nuage au-dessus de son canot. C'était donc encore une fois l'homme qui se retrouvait à l'origine de ces grondements furieux qui rebondissaient sur les flots.

Jeanne ouvrit la bouche, prête à interpeller Ben, avant d'éclater d'un rire cassant et furieux. Lui répondrait-il ?

— Tu crois ? murmura-t-elle finalement. Mais non, je ne suis pas encore assez à bout, n'est-ce pas ? Je n'ai pas assez faim, pas assez mal.

Des tremblements la saisirent. Une colère soudaine manqua lui faire claquer des dents, tant elle se sentait à nouveau emportée par cette rage, tandis que le canot tournoyait désormais lentement sur lui-même. Il en irait peut-être ainsi pendant des jours. Pourquoi pas des semaines, si la mer se jouait d'elle ? Jeanne aurait dû espérer que les autres s'en sortent, touchent terre, mais en cet instant, cette preuve de générosité lui était tout bonnement impossible. Elle n'espérait qu'une chose : que la nuit l'emporte, avec Ben.

Mais il n'en fut rien. À l'aube, les rayons du soleil et la faim la réveillèrent sans pitié. Le canot dérivait toujours. Rien n'avait changé. La gorge sèche, la langue lourde et douloureuse, Jeanne battit des paupières, avant d'écarquiller les yeux d'horreur. Une mouette était perchée à la proue du canot et elle redouta aussitôt que l'animal s'en fût pris à Ben. Heureusement, il n'en était rien. Pas encore, du moins. Heureusement ? Pour qui ? Pour elle, bien sûr.

Jeanne grogna. Encore un oiseau, bien vivant cette fois-ci. Ben n'en avait que faire qu'un oiseau lui picore les yeux, non ? Il ne pousserait pas de cri épouvanté, pas plus qu'il n'éclaterait de rire ou marmonnerait dans son dos car il n'osait soutenir son regard.

Tout cela n'avait plus aucun sens.

La jeune fille serra les poings tout en cherchant à se relever pour chasser la mouette mais elle bascula piteusement en avant, s'écorchant les genoux à même le plat-bord.

— C'est pas vrai…

La mouette s'en fut malgré tout en criant, non pas apeurée mais presque amusée. Jeanne ne représentait pas une menace pour elle.

La naufragée savait que boire de l'eau de mer lui donnerait encore plus soif, mais elle ne parvint plus à se retenir et plongea une main dans l'écume. Elle dut bien vite renoncer à contempler les flots, au fur et à mesure que le soleil se hissait toujours plus haut. Jeanne croisa les mains sur son ventre. La faim la tenaillait et elle avait l'impression ainsi que les tremblements la gagnaient et envahissaient tout son être.

La matinée passa à ressasser les souvenirs amers de cette traversée, soudain interrompue par des grésillements sourds. Au début, Jeanne n'y prêta pas attention, convaincue que son esprit lui jouait des tours. Après tout, l'autre canot avait disparu lui aussi. Il n'y avait plus personne en vue désormais, ni passeurs ni clandestins. Aucun autre navire n'était apparu au loin, pas plus que la côte, qui se dérobait toujours à son regard. La brume était de retour, dévorant tout semblant de réalité au-delà du bastingage.

Mais la jeune fille se souvint du vieux poste de radio aperçu la veille. Fébrile, elle ouvrit la porte du compartiment et vit qu'un voyant vert brillait bel et bien.

Non sans hésitation, la main tout près du transistor comme si les mots pouvaient la blesser, la jeune femme saisit le micro et ouvrit le canal.

Trop tard.

Un instant, les chuintements perdurèrent, puis s'évanouirent. Plus rien. Le poste s'était tu, le voyant éteint de nouveau. Jeanne n'avait même pas eu le temps de formuler un mot, un seul.

Elle lâcha le cordon du micro, qui retomba entre ses genoux, sans un bruit. Jeanne se frappa la cuisse droite du poing. Elle n'avait pourtant pas rêvé. Elle était certaine que la radio s'était bel et bien allumée, là, sous son nez. La jeune fille se mit à renifler. Non, elle ne pleurerait pas ; elle ne se retournerait pas vers Ben. Elle avait jeté la seule bâche qu'elle avait trouvée sur le cadavre de son ami. À moins de se réfugier dessous elle aussi, Jeanne n'avait plus rien pour supporter les rayons du soleil, qui, eux, ne lui accordaient aucun répit.

Pas plus que la faim, qui semblait se nourrir de ses doutes, de ses questionnements : Adam, encore lui. Son silence. C'était pour lui qu'elle s'était lancée dans ce voyage.

Pour occuper son esprit, la jeune fille relisait les lettres, mais même à l'ombre de sa chevelure, le papier lui-même devint vite trop brillant pour ses yeux. Des larmes se mirent à perler au coin de ses paupières, tout aussi salées que l'eau de mer. Jeanne secoua la tête pour les chasser mais sa vision se troubla malgré tout. Passer un bras couvert de sueur sur son visage ne l'aida pas davantage, bien au contraire.

Jeanne étouffa un juron, incapable d'en *débusquer* un à la hauteur. Elle n'avait plus besoin de relire les lettres.

Elles les connaissaient presque par cœur, des passages entiers lui revenant en tout cas en mémoire, souvent au pire moment. « Shusharrah est un endroit magnifique. Je suis bien content d'être arrivé. Je vais tout faire pour réussir. Nous serons bientôt réunis. Je te le promets. » Des banalités, en fin de compte. Et jamais un mot de regret, alors qu'il avait levé la main sur elle quand elle avait voulu le retenir. Adam n'avait jamais aimé écrire. L'exercice même ne lui plaisait pas. Ses lettres évoquaient une saveur amère.

Mais il n'était pas là.

Shusharrah n'était pas là.

Jeanne se recroquevilla sur elle-même, la tête à même le bois du canot. Elle laissa s'écouler l'après-midi ainsi, ce dont elle prit conscience lorsque le soleil entama sa course vers le crépuscule.

Si ses rayons disparurent et si la peau de la jeune fille cessa de cuire, il n'en alla pas de même de la faim. La lune ne lui fut d'aucun secours et si la faiblesse qui la rongeait peu à peu lui évitait de trop réfléchir, elle ne lui permit pas de se soulager.

Jeanne était incapable de choisir une position pour dormir, ou plutôt tenter de se reposer les yeux. Elle n'avait pas le courage de tourner le dos à Ben, mais n'avait pas non plus réussi à regarder sa silhouette cachée sous la bâche noire. La mouette n'était pas revenue. Jeanne n'en avait vu aucune tournoyer au-dessus de sa tête. La jeune fille ricana. Était-elle donc si peu digne d'intérêt, même pour des charognards ? Elle inspira profondément, avant de recracher le peu de salive qui lui restait. Le sel ne voulait pas quitter ses lèvres parcheminées.

Serrant la poignée de lettres entre ses doigts engourdis, elle chercha à s'endormir, en vain. Une fièvre étrange l'avait envahie. Ses cheveux restaient collés sur son front, ses dents claquaient. La brise saline avait pris le relais des morsures *mordorées*. À force d'ânonner des paragraphes entiers écrits par Adam, Jeanne avait cru parfois entendre une autre voix, pas celle de son frère, mais pas celle de Ben non plus. Comme si la silhouette recouverte de plastique s'était découvert une voix propre. Jeanne aurait voulu plonger dans ses souvenirs de lecture, se réfugier dans les histoires d'autrefois, mais seuls les mots de son frère se dessinaient sous ses paupières.

— Non. Je ne t'écouterai pas, répéta Jeanne, alors que la voix s'élevait à nouveau, à la fois si proche et si loin.

Après tout, la voix ne faisait que répéter les mots de son frère quand Jeanne elle-même y avait renoncé pour la nuit. Elle ne portait en elle que des mensonges.

Le petit matin ne fut pas plus clément que le précédent envers la jeune fille, qui se réveilla cette fois en sursaut. Instinctivement, elle se jeta tant bien que mal vers la radio, saisissant le micro avant même de vérifier si elle émettait quoi que ce soit.

Rien.

Lentement, Jeanne posa les yeux sur Ben. Pas un bruit. Plus de voix. Jeanne laissa ensuite son regard vagabonder au-delà du bastingage du canot et se figea, le cœur battant. L'autre canot de *La Vaillante* avait réapparu, retourné sur lui-même. Jeanne recula par réflexe, bien vite bloquée par le bois.

Son canot était entouré de cadavres.

Ceux-là mêmes des migrants qui avaient voyagé avec elle à bord du navire des passeurs. Ils flottaient, s'entrechoquant parfois, dans une danse aussi terrible que ridicule, quand leurs mains se frôlaient. Jeanne fut saisie d'une crainte, plus vive que toutes les autres : que l'un des morts heurte le bastingage. Et si l'un d'eux n'était pas décédé, et si l'un des clandestins cherchait à monter à bord ? Elle n'avait rien à offrir, si ce n'était le canot lui-même. La jeune fille gémit, ses crampes d'estomac devenaient de plus en plus fortes. Elle avait beau se savoir condamnée elle aussi, elle n'avait aucune envie qu'on la jette par-dessus bord. Comme pour la narguer, il n'y avait pas un bruit autour d'eux, seulement l'écho des vagues, à croire que tous les cadavres qui constellaient la surface retenaient en réalité leur souffle avant de passer à l'assaut. Cette vision d'horreur aurait dû la révulser, la pousser à hurler en vidant ses poumons au point de finir les larmes aux yeux, mais elle n'en avait plus la force. Cette masse grouillante résumait à elle seule son triste avenir.

Pour la centième, la millième fois, Jeanne explora du regard les maigres mètres carrés que lui offrait la barque. Elle n'avait aucune solution. Elle ne pouvait pas se frayer un chemin parmi les morts, espérer les distancer. Les courants les avaient ramenés à elle et c'était la mer, encore elle, qui déciderait de la libérer.

— Je n'en peux plus, souffla-t-elle.

Libère-moi.

Jeanne se figea. Quelqu'un avait bien parlé, et cette fois, elle avait reconnu sa voix. Ben. Impossible, et pourtant… Comme étouffée, la voix résonna depuis la bâche.

Libère-moi. Jette-moi par-dessus bord, poursuivit-il. *Je ne peux pas rester avec toi. Si on te retrouve, il te faudra tout expliquer. Que diras-tu ?*

— Mais je n'y suis pour rien, murmura-t-elle, toujours le dos tourné. Je ne les ai pas provoqués, ce sont les passeurs qui ont agi d'eux-mêmes. Je suis désolée mais…

Libère-moi.

Jeanne ne savait plus à qui elle avait affaire. À moins qu'elle ne le sache que trop bien : son esprit malade tentait de lui transmettre un message. La vision du cadavre de son ami devenait insoutenable. L'apparition des autres immigrants était une bénédiction sinistre mais bien réelle. Elle pouvait se séparer de Ben, de tout ce qu'il représentait, de ses sentiments qui avaient choisi le pire moment pour se manifester. Midi était encore loin. Le soleil lui-même n'était pas vraiment là pour jouer les témoins. Elle n'avait qu'à s'approcher, mettre un genou à terre, saisir la toile de la bâche. Avec un peu de chance, elle l'effleurerait à peine avant de le faire basculer pour de bon.

Libère-moi.

C'était bien lui qui insistait, non ?

Encore un peu et son corps ne tarderait pas à empester. Pour cette seule raison entre toutes, Jeanne n'aurait dû connaître le moindre scrupule. Elle ne pouvait pas rester au côté d'un mort en train de se décomposer au soleil. N'importe qui aurait fait la même chose. La jeune fille n'avait qu'à fermer les yeux. Voilà tout ce qu'elle avait à faire.

Fermer les yeux.

Jeanne tendit les deux mains en avant et frémit au contact de la bâche.

Ce fut presque avec honte qu'elle glissa une main sous le corps de Ben pour le soulever, avec honte qu'elle fut soulagée de le sentir toujours ferme sous ses doigts. Et si c'était lui qui avait appelé les morts ? Ses véritables compagnons désormais. Mais Ben n'était qu'une coque vide, une enveloppe. Avec un grognement furieux, elle parvint à le hisser sur le rebord.

Encore un effort, un ultime effort. Elle serra les dents pour étouffer ses cris, ses pleurs.

Le cadavre de Ben bascula dans la mer, rejoignant tous les autres clandestins du voyage. Aussitôt, Jeanne se laissa retomber sur le dos, les yeux rivés sur le ciel. Elle ne voulait plus contempler la mer.

Jamais plus.

Adieu, Ben.

Elle s'endormit en fin de matinée, bien plus facilement qu'elle ne l'aurait cru. La culpabilité avait disparu avec Ben, à moins que la folie n'ait pris le dessus. Pouvait-on vraiment perdre la tête en deux ou trois jours ?

La faim se manifesta à nouveau. De plus en plus vive. Bientôt, son ventre n'avait même plus la force de protester, comme si son estomac s'était lui aussi recroquevillé, réduit à la taille d'une pomme ou d'une orange, un fruit qu'elle n'avait jamais goûté. La soif demeurait le pire des tourments. Jeanne avait commencé à parler à haute voix pour chasser la solitude mais elle n'en était plus capable. Sa gorge lui refusait ce droit.

Elle roulait d'un côté à l'autre du canot, refusant de regarder l'horizon. C'était la dernière chose qu'elle pouvait encore se permettre, un bras sur les yeux. La faim la tenaillait de façon si vive qu'elle ne sentait même plus les crocs du soleil lui mordiller la peau.

Plus de Ben, plus d'Adam.

Il ne lui restait plus que des mots qui n'étaient plus d'aucun réconfort, jetés maladroitement sur le papier. Si elle se montrait véritablement honnête avec elle-même, la jeune fille savait que ces mots ne l'avaient jamais consolée. Les paroles d'Adam n'étaient rien d'autre que du vent. Sans ses promesses, il ne restait que l'aigreur et la colère pour peser au fond de son estomac et de son cœur.

Tu parles. Belle réussite.

Alors que l'après-midi cédait de nouveau la place au crépuscule, Jeanne envisagea même de les jeter elles aussi, tout comme elle avait joué avec l'idée de fracasser le poste de radio sur la coque du canot. Cela ne changerait rien. Tout était de la faute d'Adam. Rien de ce qu'elle pourrait bien faire entre ces foutues planches ne changerait quoi que ce soit à son destin.

Dans un état second, Jeanne saisit une première feuille et la roula en boule, péniblement. Elle aurait dû pouvoir accomplir quelque chose d'aussi simple en un éclair mais la jeune fille eut l'impression d'y consacrer une bonne minute, peut-être plus. Puis, au lieu de jeter cette première lettre le plus loin possible, elle la porta lentement à sa bouche.

Elle se mit à mâcher, de plus en plus vigoureusement, presque avec hargne. Le papier avait un goût aussi amer qu'elle l'avait imaginé. Elle n'était jamais surprise quand il était question de déceptions. Un orage se mit à gronder au loin, sous un vent chargé d'embruns, reprenant les cris que le papier étouffait dans sa gorge, comme pour amplifier encore sa colère.

Jeanne déglutit, une fois, deux fois. Mais la feuille passa. Avec un petit ricanement presque sinistre, elle saisit une autre lettre. Elle avait faim, après tout! Faim, mais plus de mots, plus de paroles rassurantes ou pleines d'espoir. Simplement cette sensation presque animale, instinctive, ce ventre vide à combler, coûte que coûte. La jeune fille avala une troisième lettre, puis une quatrième. Elle les dévorerait, toutes.

Toutes.

Mais le nœud dans ses entrailles ne voulait pas se dissiper. Bien vite, elle n'arriva plus à mastiquer. Une boule de papier à moitié changée en pâte lui collait maintenant aux dents, prête à l'étouffer. Des larmes lui montèrent aux yeux. Qu'elle meure donc, là, tout de suite, qu'elle rejoigne finalement les autres, tous les autres, qui avaient perdu la vie sur cette mer, déjà bien avant le début de leur chute à tous. Levaient-ils les yeux sur elle depuis l'abîme ?

Mais Jeanne ne s'arrêterait pas. *Tu m'entends, Adam? Au diable tes lettres ridicules. Si je dois disparaître, elles disparaîtront avec moi. Je n'en ai plus besoin.* Une quinte de toux brisa net ses réflexions, la pliant en deux. Ce n'était que des mots creux, vides de sens, de chair. La jeune fille se recroquevilla sur elle-même, incapable de reprendre son souffle. Des relents de bile remontèrent dans la bouche, lui emplirent les narines, lui arrachèrent une grimace.

Mais au prix d'un terrible effort, elle finit par avaler le plus gros de la boule de papier, la gorge gonflée, frémissante. Cette fois, les pleurs éclatèrent librement, non pas à cause de la douleur ou de la peur, mais du chagrin, ce chagrin dont elle avait refoulé l'existence même.

Avec une nouvelle quinte de toux, elle recracha un dernier lambeau de papier et les sanglots la balayèrent de plus belle. Jeanne rampa sur les planches, avant de s'adosser au banc près de la poupe et de replier les genoux. Elle pouvait encore s'évanouir, peut-être. Si elle restait à l'ombre du canot suffisamment longtemps, elle s'effacerait, avec un peu de chance.

La jeune fille crut le jour déjà de retour, mais il ne s'agissait pas des rayons du soleil. Un faisceau de lumière bien plus terrible encore et surtout bien plus froid se braqua droit sur elle, qui n'esquissa pas le moindre geste. Elle battit des paupières, ses pupilles se rétrécirent. Un navire avait surgi. Sa coque était plongée dans la pénombre et Jeanne entendit des cris retentir depuis le pont. Mais ils n'avaient rien à voir avec les hurlements et les rires rauques des passeurs. Les nouveaux venus s'exprimaient dans une langue qu'elle ne connaissait pas.

Elle en oublia Ben, Adam, les cadavres qui avaient accompagné sa dérive, l'orage qui avait répondu à ses tourments. Elle aurait dû se relever, se jeter à leur rencontre. Mais elle n'avait toujours pas bougé, ni même ouvert la bouche.

Jeanne se surprit à penser qu'en restant les yeux fermés suffisamment longtemps, le navire disparaîtrait à son tour. La jeune fille n'avait plus envie de tout cela, plus envie de conclure ce voyage.

Mais comment l'admettre, même dans son cœur brisé ?

5

— Où tu crois qu'ils nous emmènent ?

Jeanne préféra ignorer cette question déjà répétée trois fois par le plus jeune du groupe.

Aucun d'entre eux n'avait la réponse. Quelques heures plus tôt, ils étaient encore de parfaits inconnus, enfermés désormais dans une cellule aux barreaux de bois, sous le couvert de la nuit. Impossible de distinguer leurs ravisseurs. Quatre silhouettes n'échangeant pas le moindre mot. Seul le lancinant grincement des roues osait troubler le silence nocturne. Une sorte de camion hoquetant et crachant une fumée noire et nauséabonde les tractait.

La jeune fille ne se souvenait pas avoir été sauvée de sa dérive mortelle. Car elle avait été *sauvée*, non ? Avec d'autres naufragés, une petite vingtaine, récupérés dans les flots, tout près de la côte, si près en fin de compte. Leurs sauveteurs les avaient réunis à bord de leur propre navire, avant de les jeter à terre. Elle avait cru à une intervention de Shusharrah, mais Léon et les autres avaient eu raison de la mettre en garde : des pirates l'avaient retrouvée, même si aucun des visages alentour n'avait pris place à bord de *La Vaillante* avec elle.

Fiévreuse, Jeanne se souvenait à peine des heures précédentes, passées sur une plage en compagnie des autres. Personne n'avait parlé, protesté. Les gens se montraient toujours aussi prompts à détourner les yeux. Elle-même avait vite renoncé à contempler le rivage. Un premier cadavre était venu s'échouer sur les galets ; puis un autre. Et un troisième. Chaque fois, la jeune fille avait eu peur d'une chose : de reconnaître Ben. Ses cheveux bouclés désormais lisses, son visage boursouflé, sa chemise imbibée de sang, ce même sang que la mer n'aurait pas su laver… Jeanne ne s'en sentait que plus coupable.

Lâche.

Mais c'était ça ou céder à une crise de panique qui attirerait fatalement l'attention de ces pirates.

D'où venaient ces prisonniers ? Sans doute des mêmes horizons qu'elle, car plusieurs s'exprimaient en français. Ou dans *un* français, avec leurs propres codes, leurs propres inventions, une langue qui n'était déjà plus la sienne. Avec un frisson, elle avait surtout noté qu'ils étaient tous jeunes, de quelques années de plus ou de moins qu'elle, à croire que leurs sauveurs avaient choisi qui repêcher. Non. Elle ne devait pas réfléchir ainsi. La plupart de ceux qui tentaient la traversée étaient jeunes de toute façon, voilà tout. Jeanne avait gardé les yeux rivés sur ses pieds nus, en tentant d'ignorer les pleurs, les nez pleins qui reniflaient sans cesse. Ceux qui les avaient récupérés, tous des hommes, les avaient laissés à flanc de dune, sous un auvent de toile. Malgré les heures qui s'étaient écoulées, Jeanne avait eu l'impression que ses pieds resteraient flétris à jamais, ridés, mous, presque incolores, comme une ultime morsure de la mer qui ne voulait pas relâcher sa prise. L'un de ses ongles avait noirci, gonflé. Elle ne se souvenait pourtant pas avoir reçu de coup, mais là encore, la réalité la frappait, sans détour.

Leurs kidnappeurs, puisqu'il fallait bien les appeler ainsi, semblaient « dignes » des passeurs dans leur comportement et leur mépris. Contrairement aux marins, eux portaient des masques, même si la jeune fille soupçonnait que ce soit pour se protéger du soleil. Ils semblaient faits de bric et de broc, taillés dans des plaques de bois, ou de plastique. Impossible de le savoir. Certains étaient ornés de plumes, ou bariolés de dessins grossiers. Leurs peaux se paraient autant de brûlures que de vilaines cicatrices. Tous ces hommes tenaient surtout des armes à la main ou passées en bandoulière, des armes d'apparence bien plus rudimentaire que celles des passeurs. Pour certains, c'était une simple crosse changée en gourdin, pour d'autres, un tranchoir rouillé. Ils s'exprimaient avant tout en criant. Ou, du moins, Jeanne n'était pas parvenue à distinguer un traître mot de leurs échanges. Quelques-uns avaient glissé dans leur bouche une espèce de bec métallique et ils pouvaient apparemment communiquer aussi en sifflant, des notes toujours brèves et stridentes, comme leurs *vociférations*.

Face à eux, personne n'avait de toute façon la force ou le courage de protester, ou de leur poser la moindre question. Pas encore. Il était trop tôt pour affronter la vérité.

Ils avaient pris la route un peu plus tôt, entassés dans cette charrette, sans un mot, sans destination, sans protestation.

Jeanne soupira quand le plus jeune reprit la parole pour ânonner les mêmes mots, encore et encore.

— Il paraît… Il paraît que ce n'est pas la première fois. Vous n'avez pas entendu parler de disparitions ces derniers mois ?

La jeune fille resserra sa veste légère sur ses épaules. De quoi parlait-il ?

À défaut de pouvoir détailler l'apparence de leur sinistre escorte, elle voulut se concentrer sur les environs, brinquebalée par les grincements de la charrette. Elle ne connaissait pas ce type de paysage plongé dans la pénombre étouffante de la nuit. Aucun bâtiment, aucun arbre, aucune lumière… Seulement des collines nues et de l'herbe jaunie, à perte de vue.

Elle n'avait encore jamais vu une telle *contrée.*

La nuit tombée depuis n'avait rien arrangé à leur situation. La caresse des étoiles ne changeait rien au froid mordant. Elles étaient si pâles, si fragiles, qu'on redoutait de les voir disparaître à tout instant. Jeanne entendit monter d'autres murmures. Certains prisonniers commençaient à faire connaissance, à demander à leur voisin sa terre d'origine, tissant des premiers liens. Elle réprima une grimace, de peur de trahir la sensation qui l'avait envahie au point de lui donner un goût de bile dans la gorge. Après tout, il était logique d'avoir peur. Peur de tout, peur de tout le monde. Les laissés-pour-compte avaient toujours *l'effroi* chevillé au corps, tel un boulet de plomb. Mais elle avait fini par s'y habituer sans le savoir, car cette appréhension l'accompagnait comme une ombre depuis des années, une ombre toujours prête à lui chuchoter à l'oreille de rester cachée dans son trou. Jeanne pensait s'en être accommodée, à défaut d'avoir réussi à la semer.

Mais elle s'était amèrement trompée.

Elle comprenait ses camarades d'infortune : dans une situation inconnue, quoi de plus normal que de vouloir se reposer les uns sur les autres contre l'adversité ? Les quatre silhouettes qui les entouraient ne comptaient de toute évidence pas leur confier la moindre bribe d'information ou portion de nourriture. Juste après leur capture, on leur avait jeté à même le sable une *pitance* qui ressemblait davantage à des épluchures mêlées à des bouts d'os où pendaient des lambeaux de chair à l'odeur écœurante. Un chien l'aurait écartée du bout de la truffe, à moins que leur repas ne soit justement constitué du cadavre de l'une de ces créatures efflanquées. À cette pensée, Jeanne avait recraché la seule bouchée qu'elle avait osé prendre.

Elle aurait souhaité observer ses ravisseurs, mais son regard ne pouvait supporter leur vue plus de quelques secondes, comme si elle avait cherché à contempler le soleil en plein midi. Elle se sentait incapable d'exprimer autrement cette sensation ô combien désagréable.

— Combien de temps ? Cela fait combien de temps que l'on se trouve ici ? répéta le plus jeune du groupe. Je n'arrive pas à m'en souvenir…

Jeanne connut un instant de doute : que racontait-il encore ? Ils avaient pris la route en fin d'après-midi, soit quelques heures plus tôt. Non ? Ici, les routes n'existaient pas. Et si un chemin, quel qu'il soit, s'était autrefois étiré jusqu'à l'horizon… le temps et le vent s'étaient ligués pour le faire disparaître. Pas seulement des cartes, mais des regards de chacun. Impossible de distinguer la moindre chaussée, un fossé sur le côté, des traces de goudron ou de terre battue. Il n'y avait pas de voie.

Simplement des carcasses rouillées, de temps en temps. Les vitres brisées, les pare-chocs arrachés, un banc de cailloux servant de pont dispersé aux quatre vents. Il ne restait pas une seule roue aux rares véhicules reconnaissables du premier coup d'œil.

En tout cas, personne n'arpentait la piste serpentine. La jeune femme ne se souvenait pas d'avoir croisé quiconque depuis des heures.

La nuit régnait sur le monde comme sur sa mémoire, avalant Ben, Adam lui-même.

Étrange.

Jeanne sentit soudain un regard peser sur elle et frissonna. L'un de leurs ravisseurs la dévisageait. Ses yeux n'étaient que deux puits sombres et indéchiffrables, tandis que ses bras avaient l'air beaucoup trop longs pour son corps, lui donnant une allure animale. Elle qui voulait tellement savoir à quoi ceux-ci pouvaient bien ressembler sous leurs masques n'osait plus bouger, malgré l'envie grandissante de glisser la main sur cette foutue montre.

Les chuchotements s'étaient tus. Pourtant, le chariot n'avait pas fait halte. Un besoin irrépressible de s'enfuir monta en elle, d'autant plus qu'aucun lien n'entravait ses mouvements. Seulement cette boule au ventre qui la figeait sur place. Personne ne s'imaginait que l'un des prisonniers tenterait de s'échapper, comme s'ils représentaient de la simple vermine.

— Je veux pas aller à la mine, gémit le plus jeune, toujours le même, comme pour souligner leurs interrogations communes. Je me suis enfui de chez moi pour éviter ça. Je n'ai aucune envie de retourner là-bas. Non, vraiment. La poussière, les flammes…

— اصمت[4]

Le mot avait été prononcé de façon claire, sans avertissement, claquant tel un fouet. Mais la voix qui s'était exprimée n'avait rien d'humain sous ce masque, sonnant comme une réprimande rauque, une gerbe de cliquetis hargneux.

Le gamin se figea, ses traits tordus au point de donner l'impression que son visage allait se fendre.

Un autre prisonnier en profita.

Un garçon d'une quinzaine d'années. Tout comme lui, Jeanne avait déjà remarqué un barreau plus fragile que les autres. Le gamin l'écarta d'un coup d'épaule. L'un des gardiens se trouvait à moins de deux mètres mais il tenta sa chance, se laissa couler dans l'herbe et se mit aussitôt à courir.

— Il s'enfuit ! Là, regardez ! Là !

L'un des prisonniers pensait sans doute sauver sa peau en le dénonçant. Trahi au bout de dix pas. Mais quoi de plus surprenant ? Ils avaient depuis longtemps appris à jouer les loups pour tenter de survivre un jour de plus dans la fosse où l'on jetait les rebuts.

---

4. « Tais-toi ! » en arabe.

Chacun pour soi.

Les cliquetis sinistres résonnèrent de nouveau dans son dos, comme animés d'une colère rampante. Tant mieux. Jeanne rentra la tête dans les épaules, s'imaginant, le souffle court, dans la peau du fuyard. À tout instant, elle s'attendait à entendre le sifflement perçant d'une balle, suivi d'un impact ravageur dans un bras, une jambe. Ou peut-être la tête, s'ils n'avaient pas envie de s'embarrasser d'un prisonnier *récalcitrant.*

Tout comme Ben.

Et le coup partit.

Sans détonation, sans fumée, sans même que le chariot s'arrête. Mais le garçon s'effondra, sans un mot. Pas de cri, pas de hurlement. Il n'en alla pas de même des pleurs. Peut-être leurs geôliers avaient-ils eux aussi perdu patience à force de les entendre geindre.

Irrésistiblement, Jeanne tourna la tête dans la direction opposée, contemplant à présent une colline chauve, à l'ombre d'un pan de falaise abrupt.

— C'est pour la drogue, siffla une jeune femme, tout près d'elle dans la cage.

Jeanne lui jeta un coup d'œil en coin et s'aperçut que la prisonnière regardait droit devant elle, comme si elle n'avait pas cherché à entamer la conversation. Son français était hésitant, mais Jeanne était certaine d'avoir bien compris.

— C'est le plus probable. Travailler dans les champs, pour la drogue, reprit la jeune femme, d'une voix toujours étouffée.

Sous son voile, ses lèvres demeuraient invisibles.

Pour la première fois, Jeanne aurait voulu prendre la parole, lui poser des questions.

Trouver quelqu'un pour la rassurer.

Toujours sans un regard pour elle, sa voisine leva soudain les yeux vers le ciel, puis tendit un doigt, un seul, droit sur les étoiles.

— L'oiseau de fer !

Jeanne suivit son doigt du regard. L'oiseau de fer ? Le capitaine des passeurs avait mentionné d'étranges albatros surveillant les mers pour le compte de Shusharrah. Mais des oiseaux de fer ? S'agissait-il de…

L'explosion brisa la nuit un instant plus tard.

Quelque chose venait de tomber, *juste* devant l'engin qui tractait leur cage de fortune. Les yeux écarquillés, Jeanne vit le capot s'envoler dans les airs, puis le camion bascula sur la droite, entraînant avec lui leur cage, qui s'écrasa lourdement. Au milieu des cris et des éclats de bois, la jeune fille percuta le sol dur, tandis qu'une deuxième, puis une troisième détonation retentissaient. La terre, si sèche, si dure, était littéralement pulvérisée, vague après vague, s'élevant un peu partout à l'ombre de la falaise.

Leurs kidnappeurs hurlaient, tiraient dans les airs, dans le vide, en vain. Au milieu d'une avalanche de corps, celle-là même qu'elle avait tant redoutée, Jeanne vit deux hommes masqués disparaître dans une nouvelle gerbe de terre, alors même que les derniers barreaux de sa cage cédaient.

Cette fois, c'était sa chance. Elle pouvait fuir. Peu importe la destination. Elle devait fuir cette nouvelle nuit d'enfer. Terre, mer, rien n'avait changé. Les dents serrées, Jeanne regarda une dernière fois ses pieds. Ils ne resteraient plus immobiles. Elle s'élança sous les bombes, sans un regard pour les autres, sans un regard pour les créatures volantes qui tournoyaient autour du convoi.

Une bombe explosa vingt mètres à sa droite et elle fonça droit vers le cratère. Il n'y aurait jamais de second impact au même endroit. Jamais. Elle vit l'un de leurs ravisseurs encore debout lever son arme sur elle, puis, avec un sourire mauvais, Jeanne constata qu'il avait disparu à son tour ; dans une gerbe de sable et de sang.

Son cœur avait à peine eu le temps de rater un battement.

La falaise. Elle voulait atteindre la falaise devant elle, coûte que coûte. Ivre de fatigue, Jeanne crut distinguer, tout en haut, une silhouette esseulée.

Ben. Adam.

Non.

La falaise était son unique horizon à présent, le seul qui compte. Ce mur de pierre lui semblait solide, capable de défier le temps lui-même.

Mais ses jambes ne voulaient plus la porter. L'épuisement, la faim l'avaient rattrapée. Un sifflement aigu monta derrière ses oreilles et…

Jeanne bascula en avant, poussée par un souffle métallique.

6

Malgré les questions qui ne cessaient de lui marteler les oreilles, Jeanne avait toujours la sensation d'entendre le souffle de la bombe sous son crâne, dans sa mâchoire, et même dans son cœur battant la chamade.

Pourtant… depuis combien de temps était-elle arrivée… où donc exactement ?

— Et toi, tu ne veux vraiment pas parler ?

Sous l'immense tente qui accueillait des dizaines et des dizaines de destins brisés, Jeanne avait encore du mal à relever la tête. Un sifflement incessant rebondissait sur les parois de toile, presque plaintif. Ils étaient trois dans un angle aux parois brunes, sous le feu des questions de la même personne. Celle-ci ne s'était pas encore présentée, mais à l'évidence, elle semblait pressée et bien peu disposée à faire preuve de patience.

Les deux autres migrants interrogés avec Jeanne n'avaient pas hésité à faire entendre leur voix, dès la première question, à l'ombre des rideaux qui les séparaient sommairement. L'un d'eux s'exprimait en arabe, l'autre en anglais. Du moins, le pensait-elle. Jeanne avait du mal à suivre ces deux conversations et pas seulement du fait de sa maîtrise défaillante de ces deux langues. La jeune fille était encore frappée par une immense fatigue. Elle ne savait même pas depuis quand elle avait finalement rallié cet endroit. Une semaine ? Sûrement moins, mais elle n'aurait pu le jurer.

Elle se souvenait seulement d'une bordée de questions en fuyant le soleil ardent et de s'être changée entre deux rideaux, honteuse, tremblante. Au départ, cette tente lui avait paru devoir être un abri, après les passeurs, après la cage, après le souffle de la *funeste* explosion. On l'avait laissée s'allonger, se reposer, après un bref examen médical qu'elle avait traversé dans un état second. On l'avait nourrie sans même qu'elle ait besoin d'ouvrir la bouche, par une sonde. Une heure plus tôt, on était venu lui retirer ce tube glissé sous sa peau sans un mot.

— Tu m'as comprise ?

Une nouvelle fois, l'homme en face d'elle lui adressait la parole en français.

C'était son troisième choix après l'arabe et l'anglais, mais Jeanne n'avait pas réagi la première fois, pas plus qu'avec l'anglais. Son interlocuteur semblait en tout cas passer d'une langue à l'autre sans la moindre difficulté. Jeanne baissa les yeux sur ses genoux. Elle ne se reconnaissait pas, vêtue à la mode de Shusharrah, avec des habits amples et légers, aux couleurs vives. Il ne lui restait plus rien de sa vie précédente, pas même ses vêtements, trop sales, trop abîmés, jetés dans un coin, comme si personne n'osait les toucher. La montre devait toujours se trouver là, dans sa poche arrière de pantalon. Si seulement elle avait pu tendre le bras !

Jeanne n'avait plus que des souvenirs, tous aussi douloureux que la douleur inscrite au plus profond de ses muscles. Elle s'était réveillée sur ce lit avec la sensation tenace d'être prisonnière de ses draps, comme changés en camisole.

Pour la première fois, Jeanne redressa la tête, déterminée à croiser le regard de son interlocuteur. Il arborait une longue robe pourpre et de petites créatures de métal tournoyaient autour de sa tête, formant une couronne en mouvement perpétuel. La sévérité de ses traits était encore accentuée par un bouc soigneusement taillé. Mais ce fut la vision du Faravahar qui la laissa bouche bée. Cet homme portait fièrement ce symbole autour du cou.

— Il est normal que tu te sentes perdue, lui dit-il encore, comme capable de lire dans ses pensées. Tu as été récupérée par nos forces en patrouille.

— Pas eux, souffla la jeune fille.

Son interlocuteur cessa de faire les cent pas.

— C'est vrai. Intéressant… Tu préfères donc parler de tes camarades ?

— Ce ne sont pas mes camarades. Ils n'étaient pas avec moi. Ils ont tenté de rejoindre Shusharrah par une autre voie.

— Et cette voie ne s'est pas révélée couronnée davantage de succès, comme tu as pu le constater, répliqua posément le représentant de la cité, tout en pianotant la surface d'une ardoise argentée. Peu importe le chemin que vous avez choisi, l'échec est toujours au bout. Shusharrah n'ouvre pas ses portes à n'importe qui. Ne te méprends pas, nous ne sommes pas venus vous sauver en intervenant.

— Mais les passeurs nous ont parlé d'oiseaux…

Il fronça le nez.

— Des drones ? Rien à voir avec eux, même s'il vaut mieux que ces imbéciles le pensent. Nos appareils ne sont pas là pour les surveiller. En revanche, nous pouvons intervenir quand il s'agit de protéger Shusharrah. Les bandes qui sévissent dans la région sont bien pires que les passeurs.

— Alors, ce doit être quelque chose, ironisa Jeanne.

Le visage de cet adulte décidé à la mine austère se ferma un peu plus.

— En effet. De temps en temps, nous devons intervenir quand la menace se rapproche, c'est aussi simple que cela. La mer ne suffit plus à ces pirates. Comprends-tu ?

Jeanne hocha simplement la tête et retomba dans le silence. Que dire de plus ? Elle souffrait encore de vertiges et cet homme avait raison. Elle n'avait rien à gagner à le contredire, encore moins à le contrarier.

— Je ne suis pas là pour te renvoyer à la mer, ajouta-t-il. Mais je n'ai pas de patience avec ceux qui pleurent sur leur sort.

— Je ne…

— Voyons, bien sûr que si. La culpabilité de la survivante. Tu as eu de la chance de ne pas mourir avec les autres qui ont tenté la traversée avec toi et tu te sens mal.

— De la chance ? De la chance ?

— Je ne connais pas ton passé, mais ne te crois pas unique. Tu n'imagines même pas combien de visages comme le tien je vois passer. Vous êtes tous les mêmes, à peu de chose près. Si tu veux rester ici, tu vas devoir apprendre à te débrouiller par toi-même. Et vite.

Pour la première fois depuis longtemps, Jeanne eut la sensation de sentir battre de nouveau son cœur.

— Je pourrais rester… à Shusharrah ?

Son interlocuteur parut s'agacer.

— Ne t'ai-je pas déjà dit que nous n'allions pas vous rejeter à la mer ? Bien sûr, depuis que votre continent a sombré dans le chaos, il n'est pas question de vous accueillir les bras grands ouverts. Puis j'ai dit ici, pas spécifiquement à Shusharrah même. Nous ne pouvons pas nous le permettre. Nous devons nous protéger avant tout.

Jeanne ouvrit la bouche, mais l'homme se déplaça pour s'adresser aux deux autres, optant pour l'anglais. Il avait de nouveau disparu derrière le rideau. La jeune fille eut beau tendre l'oreille, elle ne parvint pas vraiment à comprendre de quoi il était question, mais les deux réfugiés se levèrent et s'inclinèrent profondément. Du moins, Jeanne distingua leur ombre à travers le tissu, avant qu'ils ne la laissent seule avec le représentant de Shusharrah.

— Bien. Il ne reste plus que toi, soupira-t-il. Il serait temps que l'on en finisse. Pourquoi as-tu décidé de traverser la mer ? Possèdes-tu des talents cachés ?

— La France n'est plus sûre. Depuis…

— Oui, oui, vous survivez dans vos huttes de ferraille et de branches. Je te l'ai dit, des gens comme toi, j'en rencontre des dizaines tous les jours de l'année. Mais je te demandais la raison précise de *ta* venue. Vous fuyez tous l'Europe, nous sommes bien placés pour le savoir à

Shusharrah. Mais derrière tout cela, chacun nourrit des raisons plus personnelles de faire le voyage. Je ne crois pas que tu échappes à la règle. Tu es venue par la mer, donc avec des passeurs.

Jeanne se figea. Le souvenir des conditions de voyage, de leurs altercations, de la mort de Ben, de la nuit dans la carriole… Tout se bouscula dans son esprit, se déversant sans pitié derrière ses paupières mi-closes, qu'elle ne parvenait plus à fermer complètement.

— Les passeurs, oui. Ça ne vous dérange pas que ces hommes sans morale dépouillent les migrants ?

— Dépouillent ? Et pire encore, n'est-ce pas ? répondit son interlocuteur, sans aucune moquerie ou mépris dans la voix à présent.

Il s'était exprimé avec une douceur inédite, qui mit Jeanne en colère, une colère qu'elle avait cru éteinte. Pour un peu, elle l'aurait remercié de l'avoir ranimée.

— Oui, pire.

Que lui raconter d'autre ? Son histoire n'appartenait qu'à elle. Jeanne n'avait pas à lui expliquer ce qu'elle avait enduré, seule ou avec les autres à bord du navire, puis dans le canot.

— Je m'appelle Melchisédech, reprit le représentant de Shusharrah, décidant de changer de sujet, ou d'approche. Je ne sais pas si tu l'avais entendu tout à l'heure. Ou compris.

Jeanne ravala sa salive et fit « non » de la tête.

Elle n'avait pas compris le nom de cet homme, perdu au fil de ses mots de pouvoir et d'ordre. En l'observant plus en détail, elle ne put s'empêcher de remarquer que sa tenue était la preuve d'une fortune certaine. Tout le monde ne pouvait pas s'offrir de costume aussi *onéreux*. Le regard de Jeanne poursuivait son examen. Tout chez Melchisédech respirait la richesse, *l'opulence*, cette même richesse à l'origine de tant de malheurs, cet argent qui avait déclenché tant de conflits, tant de rancœurs.

Pourquoi en serait-il autrement ici ?

— Bien. Si tu n'as rien de plus à déclarer, ce n'est pas grave. Nous avons réussi à reconstituer ton parcours, c'est l'essentiel. As-tu des talents particuliers, Jeanne ? Te distingues-tu de quelque manière que ce soit ?

La jeune fille s'agita sur son lit. Elle n'aimait pas cette question.

— Qu'est-ce que cela peut bien vous faire ?

— Mon rôle est d'estimer les ressources à disposition pour nos besoins. Et tu es une ressource potentielle, comme les deux autres. Et je m'entretiendrai avec d'autres dès que cette conversation aura pris fin.

Son regard se porta pour la seconde fois sur le symbole que Melchisédech portait autour du cou. Ce médaillon qu'elle avait cru convoiter, qui avait porté tant d'espoir depuis qu'elle l'avait aperçu chez le passeur. Ce symbole qui n'était plus qu'un bout de métal terne et froid. Jeanne en était certaine. Si elle avait pu le toucher du bout des doigts, il serait resté glacé. Le salut existait peut-être ici, mais la jeune fille n'était pas prête à en payer le prix. En tout cas, pas celui qu'elle supposait dissimulé derrière les belles paroles du représentant de Shusharrah.

— Je suis venue retrouver mon frère.

— Oui, c'est ce que tu as indiqué aux personnes qui t'ont accueillie sous cette tente.

Melchisédech ne la regardait plus, les yeux rivés sur son ardoise.

L'homme en robe rouge fronça les sourcils.

— Adam, Adam… Oui, tiens, tu ne mens pas, étonnant. Nous avons bien eu un Adam dans nos rangs, mais il n'a jamais fait partie de nos recrues.

Le cœur de Jeanne rata un battement.

— Comment ça ? Qu'est-ce que vous racontez ? C'est n'importe quoi, il m'a écrit, il m'a raconté…

Elle s'interrompit. Que lui avait-il raconté finalement ? Pas grand-chose de concret.

— Un peu de retenue, veux-tu ? Ton frère a bien connu Shusharrah, mais en tant que garde de la cité. Il a échoué à notre examen d'entrée pour faire partie de nos meilleurs éléments. Enfin, ce n'était déjà pas si mal pour quelqu'un comme lui.

Quelqu'un comme lui ?

Sous le drap, Jeanne serra les poings.

— Vous l'avez prévenu que j'étais là ?

Pour la première fois depuis leur rencontre, le visage de Melchisédech se radoucit quelque peu.

— Ce serait difficile… Ton frère a disparu lors d'une intervention ici même dans le bidonville, cela va faire bientôt un an. Nous n'avons pas retrouvé sa trace, seulement son pass et une partie de son équipement. Le bidonville qui étouffe Shusharrah est un endroit dangereux, malgré tous nos efforts.

Mais Jeanne ne l'écoutait plus. Adam lui avait donc menti. Adam était certainement mort. Après tout ce qu'il avait fait pour arriver jusqu'ici, après avoir abandonné sa sœur pour ça, après lui avoir fait croire qu'il avait réussi à intégrer la ville, qu'il avait finalement trouvé *quelque chose* à la hauteur de ses ambitions…

Tout, tout était faux. Et elle ne pourrait même pas le lui reprocher en face.

— Il… Il est mort ?

Melchisédech, qui avait poursuivi son discours, s'interrompit, presque étonné.

— Eh bien, tout porte à le croire, oui. Cet endroit est peuplé d'ingrats qui pensent qu'on leur doit tout et qu'ils n'ont aucune règle à suivre. Mais personne ne leur a demandé de venir jusqu'ici !

Mais si les gens venaient à Shusharrah, c'était poussés par l'espoir… ou son contraire. Jeanne secoua la tête, tremblante. Elle n'avait pas le temps pour ces considérations si dérisoires tout à coup.

Le représentant de la cité secoua la tête, puis caressa son bouc.

— Adam est mort ? répéta-t-elle, incapable d'articuler une autre question, quelle qu'elle soit.

— C'est la possibilité la plus probable en tout cas. Une mauvaise rencontre. Ou bien il se cache quelque part, mais pour quelle raison un garde de Shusharrah voudrait-il la quitter ?

L'un de ces appareils argentés s'agita en tourbillonnant au-dessus de son épaule droite.

— Bien, je suis désolé pour ton frère. C'est triste, mais il n'est pas le premier et ne sera pas le dernier. C'est un monde dangereux et Shusharrah ne peut pas protéger les gens d'eux-mêmes. Ce n'est pas notre fonction.

— Il… Il m'avait…

— Si tu n'es pas intéressée par nos programmes, j'ai assez à faire.

— Je… Je…

Le souffle lui manquait.

Incapable de respirer, le corps de Jeanne ne parvenait plus qu'à une seule chose : faire défiler sous ses yeux brouillés de larmes les souvenirs d'Adam, de leurs moments de connivence, mais aussi de leurs terribles disputes. De leurs adieux. Les mots échangés dans leurs lettres n'avaient jamais effacé ce qui s'était passé ce jour-là, comment il avait levé la main sur elle. La jeune fille ne lui avait jamais tout à fait pardonné ce geste.

Et désormais, elle ne pourrait jamais le faire.

Jeanne rejeta le drap bleu et bondit hors de son lit médicalisé, sous le regard éberlué de l'évaluateur.

— Mais que fais-tu ?

La colère le disputait à l'incrédulité dans sa voix.

Jeanne ne pouvait rester un instant de plus sous cette tente. Elle se jeta sur ses affaires, les saisit, cherchant la montre avec précipitation. Ce souvenir, c'était tout ce qu'elle voulait conserver de ces *frusques.* Si elle ne quittait pas les lieux sur-le-champ, elle avait l'impression qu'elle se retrouverait à errer d'un lit à l'autre, privée de tout, jusqu'à s'effondrer sans jamais pouvoir se relever. Adam avait disparu. La raison même de sa venue.

Adam était mort.

La montre sous ses doigts, enfin.

Derrière les lourdes tentures de tissu qui se dressaient à sa droite et à sa gauche, elle n'avait qu'une crainte : que les morts des canots l'aient suivie jusqu'ici, qu'ils se lèvent, tous, pour l'attirer à eux. Cette pensée n'avait rien de rationnel. Ils n'étaient pas là. Impossible. Il n'y avait que des malades, des hommes et des femmes trop faibles pour se défendre, à son image. Quand bien même auraient-ils retrouvé les noyés, il n'y avait aucune raison de les avoir ramenés ici.

Shusharrah n'était qu'un mirage. Ben avait raison. Et il était mort. Son corps perdu à jamais sous les flots puants. Soudain, les plis de la tente battant sous la brise lui évoquèrent la mer. Non. Elle devait sortir au plus vite, peu importe les dires de cet homme, peu importe les silhouettes inconnues qui se dressaient devant elle.

Adam était mort lui aussi.

Sortir d'ici.

Vite. Vite !

Seul sortir comptait.

7

— Pousse-toi de là !

Jeanne s'écarta malgré elle, bousculée d'un coup d'épaule.

La jeune fille errait dans le campement depuis une bonne heure à présent, harcelée à nouveau par les rayons du soleil et le vent qui ne voulait pas retomber et lui jetait constamment des mèches crasseuses devant les yeux. Elle n'avait pas cru que le ciel puisse être aussi limpide, ici ou n'importe où ailleurs. Ce bleu était si vif qu'il en devenait douloureux. Elle avait quitté la tente sans même s'en apercevoir. Ses jambes l'avaient-elles portée comme animées par une volonté propre ? Jeanne n'en savait strictement rien.

Une fois mention faite de la disparition d'Adam, le discours de Melchisédech lui avait paru tellement futile… Shusharrah était le rêve de son frère, pas le sien. Elle s'était embarquée dans cette aventure pour le rejoindre et elle avait conduit Ben à sa perte. Comme si la douleur de la perte de son frère ne suffisait pas, un sentiment de culpabilité tentait de refermer ses mâchoires sur son cœur déjà si fragile.

Alors qu'elle s'était crue dans la cité, Jeanne prenait conscience que cette tente se dressait aux abords d'un véritable bidonville. Un immense bidonville. Malgré sa stupeur, il ne lui avait fallu qu'une poignée de secondes pour se retrouver assaillie par un mélange d'odeurs âcres de cendres, de sueur et de haillons crasseux.

Combien de personnes s'entassaient-elles au pied de la montagne ?

Les hauteurs du camp de réfugiés lui masquaient la cité, dissimulée derrière d'immenses pics noircis. Le bidonville n'était qu'une succession de constructions en tôle et en bois à perte de vue, empilées tant bien que mal les unes sur les autres. Les autorités de la cité toute proche avaient fini par décider d'organiser un tant soit peu les choses, du moins en ce qui concernait les bâtiments eux-mêmes. Les habitants avaient sans doute peu à peu façonné cet endroit au gré de leurs déceptions et de leurs espoirs déçus.

De leurs souvenirs, aussi.

Dans un coin, un pauvre robinet vert-de-gris gouttait, près de toilettes qui n'avaient plus de porte, sans doute depuis longtemps déjà. Une flaque teintée de rouille brune s'étirait devant eux, comme pour délimiter la zone, au-delà des barbelés qui eux se dressaient de tous côtés. Il n'y avait pas de simples grillages pour encadrer le camp, mais des palissades recouvertes de ces épines de métal, luisantes sous le soleil de plomb. Des postes de sécurité, non, des *miradors*, étaient disposés à intervalles réguliers tout le long des barbelés, et, derrière cette zone de démarcation entre les deux entités, on apercevait d'immenses portes masquant le début d'un défilé, des structures métalliques reprenant la forme de leur précieux Faravahar. Entre les portes menant à la cité et ces grilles s'étendait une zone composée de baraquements gris. Ils semblaient tous formés de blocs identiques, gris et sans fenêtre. Beaucoup plus solides que les abris de fortune du bidonville, certes, mais pas vraiment plus beaux. Ils devaient servir d'entrepôts ou de casernes, comment savoir ? C'était en tout cas impressionnant. Mais le contraste avec le bidonville n'en était que plus flagrant.

Jeanne eut très vite la sensation d'étouffer. Les rayons du soleil étaient pareils à des coups de marteau sur du métal chauffé à blanc, frappant sans répit. Les deux mains sur les genoux, pliée en deux, la jeune fille ne parvenait pas à reprendre son souffle. Comme si ses poumons refusaient de laisser entrer un air aussi chaud, de peur d'être brûlés.

Mais elle devait trouver une solution. Cette région n'avait rien de commun avec l'image qu'elle s'en était faite. Sous ses yeux, les montagnes la séparant de Shusharrah avaient quelque chose d'infranchissable, comme un mur de pierre démesuré. Les pics eux-mêmes ne parvenaient plus à conserver un soupçon de neige. Lever la tête exigeait toutefois un effort trop grand pour Jeanne. Se protéger les yeux d'une main face au soleil ne suffirait pas, elle le savait déjà. Des chutes de rochers dessinaient des torrents poussiéreux à flanc de montagne, comme si la pierre elle-même fondait en plein jour.

Inutile de lever les yeux aussi haut : la tôle des toits, changée en miroir d'argent, avait décidé de s'en prendre à elle.

Jeanne ne s'en rendit compte qu'à cet instant, mais l'homme qui l'avait bousculée s'était exprimé en français, sans même hésiter. Cette langue avait représenté son premier choix. Elle se surprit à le chercher des yeux, au milieu des cris, des silhouettes.

Où était-il passé ?

Où se cachaient ceux qui restaient ses compatriotes ? Le camp était animé par un bourdonnement incessant qui s'élevait largement au-dessus des toits de guingois. *De guingois.* Elle tâcha de se concentrer sur le mot, de se réfugier dans ses souvenirs de lecture, un temps, pour recouvrer son calme, sentir ses battements de cœur ralentir. Mais c'était impossible. La jeune fille saisit des mots d'anglais, d'arabe bien sûr, d'espagnol aussi, et de français, et sans doute de tout un tas d'autres langages qui, à ses oreilles, n'étaient qu'un fracas de syllabes impossibles à déchiffrer. Elle pouvait se protéger des couleurs en fermant les yeux, mais pas des senteurs qui assaillaient elles aussi ses sens. Le brûlé dominait tout, accompagné de notes plus suaves mais tout aussi écœurantes, qu'elle ne parvenait pas à identifier.

— *Harraga ! Harraga !*

Elle plissa les yeux. Ses parents avaient fait quelques années d'arabe à l'école et lui en avaient transmis des bribes. Mais ce mot-là ne lui disait strictement rien. *Si* c'était bien de l'arabe, pour commencer. Elle pivota sur sa droite ; deux personnes discutaient avec animation.

— Venez par ici ! Qui veut du poisson frais ?

Un marchand ? Du poisson frais ? Comment pouvait-il être frais ? Comment pouvait-il proposer du poisson, d'abord ? Quelques femmes allongées par terre semblaient vendre des paquets de gâteaux bosselés, du savon, du sel. Tout et n'importe quoi, étalé sur des tapis élimés ou à même la poussière.

Jeanne voulut faire un pas en avant, mais la question d'un nouvel inconnu la retint.

— T'es perdue ?

Sur ses gardes, elle fit volte-face, rattrapée bien vite par un vertige. Une main se tendit et se posa sur son épaule.

— Tout va bien ? lui demanda cette fois la voix.

Jeanne releva la tête, se dégageant instinctivement.

— Hé, du calme ! J'te veux pas de mal, tu sais ? Je m'appelle Karam. Et toi ? T'es nouvelle, c'est ça ?

— Je… J'étais… Je viens…

— Houla, calme-toi, hein.

Le garçon jeta un coup d'œil en arrière.

— Personne ne te poursuit, tu sais. J'veux pas te faire de peine mais t'as pas l'air d'être quelqu'un d'important. T'es pas une princesse déguisée, j'me trompe ?

Jeanne se contenta de faire non de la tête.

— Voilà. Tu peux souffler.

Elle soutint son regard pour la première fois. Pouvait-elle vraiment souffler ? La jeune fille était encore sous le choc de l'annonce concernant Adam, à même de ravager l'avenir qu'elle avait cru trouver ici.

— Tu veux venir avec moi ? Faut faire *belek*[5], ma belle.

La jeune fille battit des paupières. Pourquoi fallait-il qu'il parle autant ? Elle qui n'avait pas prononcé plus de quelques

5. « Se méfier », « faire attention » en arabe.

phrases depuis trois jours, qui n'avait pas entendu un seul mot empreint de sympathie et rien à part des accents inconnus, voilà qu'elle avait soudain l'impression de vivre un second interrogatoire après celui de Melchisédech.

— Jeanne. Je m'appelle Jeanne, hoqueta-t-elle.

Le garçon qui l'avait interpellée ne devait pas avoir plus de quinze ans. Peut-être même treize.

Karam lui sourit.

— Jeanne ? C'est joli ! T'es la première Jeanne que je croise, tiens. Tu veux venir avec moi ?

La jeune fille se frotta le poignet.

— Où ça ?

— T'es française, non ? On s'est regroupé dans un coin du camp. Enfin, une partie d'entre nous, vu qu'on est des milliers dans la zone. Si tu cherches de quoi grailler, où dormir, on peut t'accueillir.

Jeanne hésita. Karam semblait sincère, et sympathique. Ses yeux vifs toujours en mouvement étaient à moitié dissimulés sous de lourdes mèches de cheveux d'un brun crasseux, qui se balançaient au rythme de ses phrases débitées à toute allure, comme s'il risquait de se retrouver à court de mots l'instant suivant.

Après tout, ne fallait-il pas s'entraider entre réfugiés venus du même endroit ? Ils étaient tous originaires du même bout de terre, tous perdus de l'autre côté de la mer, abandonnés. Il était sans doute logique de se regrouper. Mais pourquoi lui faire confiance ? Faire confiance à qui que ce soit ?

— Vous êtes installés loin ?

Le sourire de Karam s'élargit.

— Non, pas trop. Alors, tu veux venir ?

La jeune fille garda le silence mais hocha la tête. Malgré sa méfiance, rester seule les pieds dans le sable s'apparentait à une condamnation. Elle avait besoin de repères, quitte à elle-même jouer les voleuses, si elle devait en arriver là. Et elle avait surtout besoin de fuir ses pensées, ses fantômes. Adam était mort. Et elle n'avait plus rien.

Le garçon prénommé Karam la conduisit dans un dédale de baraquements, à l'opposé des quelques tentes officielles, si blanches. Jeanne se sentait littéralement étouffer, pas seulement à cause de ces odeurs, toujours aussi présentes. Ce brouhaha, cette chaleur brute… Elle était si loin de sa campagne, du parc dans lequel elle avait vécu pendant des années. Les taudis se fendaient en étroites ruelles, de quatre pas de large, parfois trois, à peine.

Au-delà des abris de tôle, Jeanne avait l'impression de déceler des structures aux courbes douces, lui évoquant des coques de bateau éventrées et renversées sur le côté. La plupart d'entre elles étaient pleines de trous, colmatés par de simples bâches ou laissés tels quels. Quand il manquait trop de couples, Jeanne se disait qu'elle avait affaire à un grand animal échoué à la carcasse aux trois quarts dévorée. Ou à un petit. Certaines de ces « habitations » étaient plus modestes encore que le canot qui l'avait conduite sur le rivage de ce continent. Jeanne plissa les yeux. Toutes avaient dû arborer des teintes vives par le passé, dont il ne restait aujourd'hui que quelques traces presque effacées. Le temps, et le vent chargé de sable avaient dû faire de leur mieux pour que la peinture disparaisse.

La maigre végétation était essentiellement constituée d'arbustes secs et épineux. La terre était noire, comme de l'argile volcanique. Tout était si sec malgré l'altitude. Bientôt surgirent d'étranges monticules, des tertres évoquant de gigantesques carapaces de tortues tombées sur la plaine.

Jeanne observa un homme, de dos, les épaules rentrées, penché sur un petit monticule de terre fumant, entre deux murs de paille. Pourtant, de là où elle se trouvait, elle ne discernait aucune flamme. Il ne s'agissait pas d'un feu de camp.

Son guide improvisé jeta à peine un coup d'œil.

— Il prépare du charbon de bois, indiqua Karam. On n'a pas d'électricité dans le coin. Quasiment pas. Alors, le charbon de bois, c'est la seule source pour faire cuire le moindre truc. Quand on a quelque chose à se mettre sous la dent.

— Mais… Je ne vois pas d'arbre.

L'autre lui décocha un grand sourire.

— On est passé aux buissons ! Des arbres… J'me souviens même pas si j'en ai vu dans ma vie, tu sais. Des arbres ! Genre, un baobab ? Un chêne ? Ça doit être impressionnant.

Le tas de terre fumait toujours. Jeanne s'était arrêtée pour contempler plus attentivement cette étrange technique, mais son camarade la tira par la manche.

— Faut pas rester là. Viens.

— Pourquoi ?

— Il risque de croire que tu veux lui voler son charbon. Ça arrive souvent. C'est pour ça qu'il reste à côté. Parfois, tu t'éloignes un peu trop longtemps ou même tu t'endors devant, et… il te reste trois pauvres bouts à tes pieds quand tu reviens.

Il fronça les sourcils en la voyant secouer la tête.

— Quoi ? T'es plus dans ton royaume, princesse. C'est fini, ça. À ta place, j'me pincerais pas le nez ou tu vas vite devoir le faire t'le temps. Ton petit cœur doit s'accrocher.

— Je…

La jeune fille chercha ses mots, mais préféra renoncer. Il avait raison et elle n'avait rien à dire. Pourquoi chercher à faire valoir un point de vue différent quand elle n'avait rien de solide pour l'étayer, simplement ses préjugés ?

— Vous en faites, vous aussi ?

— De quoi, du charbon de bois ? Parfois, mais c'est quand même plus simple avec de l'essence.

Pendant ce temps, l'homme n'avait pas quitté des yeux son monticule ; pas un seul instant. Se battre pour quelques braises grises… Jeanne constata une nouvelle fois que son parc lui manquait. Imaginer vivre à Shusharrah était une chose, mais ce bidonville, lui… Il n'était plus question d'espoirs. Ces braises-là s'étaient éteintes lors de sa traversée en mer, et l'annonce de la mort de son frère les avait soufflées, loin, très loin.

Elle ne savait pas du tout où Karam l'emmenait. Jeanne n'avait aucune raison de lui faire confiance, mais qu'avait-elle à perdre ? Rien. Elle gardait les yeux baissés, rivés sur ses pieds. Sous la tente, on lui avait donné des chaussures aux allures de sandales de cuir souple. Elle s'en apercevait seulement maintenant. Par chance, les deux étaient à la bonne pointure. Rester tête basse lui permettait aussi de fuir les rayons du soleil, si aveuglants ici, comme sur la mer, sur le bateau des passeurs. Son cou la démangeait déjà. Elle était sûre de peler. Et dire qu'elle avait cru qu'il faisait chaud quand elle devait marcher jusqu'au barrage pour aller chercher Adam !

Jeanne sentit ses mâchoires se raidir.

— Ça va ? T'es pas du genre causante, j'me trompe ? T'es alphabète, pt'être ? Ça pourrait nous servir.

— Alphabète ? Oh. Je sais lire, oui.

— Pas mal !

Quelques instants plus tard, la jeune fille sursauta, manquant percuter Karam qui s'était brusquement arrêté.

— Mate ça !

Ils avaient dû gagner une dizaine de mètres de hauteur sans que Jeanne n'en prenne conscience : l'occasion de s'apercevoir que le bidonville aux allées envahies de poussière brune était bien plus étendu qu'elle l'avait supposé. Mais son regard fut attiré spontanément par une étendue scintillante, au sud des baraquements.

— C'est un lac, lui indiqua Karam. Il y avait un village de pêcheurs avant, mais le camp l'a bouffé, ajouta-t-il en ricanant.

— Ils sont partis ?

Le garçon haussa les épaules.

— J'sais pas. Ils vivent peut-être dans le camp eux aussi. Quand on t'empêche de faire ce que tu as toujours fait, tu n'as pas vraiment de solution.

— Pourquoi ils ne peuvent plus pêcher ?

— Beaucoup de réfugiés y puisent de quoi boire ou se laver comme ils peuvent. T'as vu le robinet tout à l'heure ? Il doit y en avoir vingt dans tout le camp. Et puis, de toute façon, le lac rétrécit.

Cette fois, Jeanne observa plus attentivement le gamin.

— Il rétrécit ?

— Ouais. Pareil, c'est ce qu'on dit. Il y a des gens qui sont là depuis sept ou huit ans et qui n'ont toujours pas décidé de repartir. En même temps, je les comprends, repartir où ? Certains ont fait deux cents bornes parce que leur village a été détruit par un groupe rival. Eux te disent que le lac était beaucoup plus grand avant. Mais bon, j'ai rien remarqué. T'en as même qui pensent que Shusharrah se sert dedans. Moi, tant qu'on peut ramener un seau…

Tant que c'est possible, oui, se dit Jeanne. Mais elle ne releva pas.

Au loin, au-delà des limites du camp, Jeanne aperçut un énorme tuyau qui s'étirait jusqu'à l'horizon et même au-delà. Dans l'autre sens, il semblait s'enfoncer littéralement sous la montagne. Difficile d'estimer sa taille exacte à cette distance, mais d'un coup d'œil, la jeune fille aurait bien dit que le tuyau devait au moins atteindre les dix mètres de diamètre.

— Ce n'est pas le seul, dit Karam, près d'elle.

— Le seul ?

— Tuyau. Je sais qu'il y en a trois, au moins, tout autour des montagnes.

— Ce sont des tunnels ?

Le garçon fit non de la tête.

— Non. Tu ne t'en es peut-être pas rendu compte, mais on se trouve pas loin du désert. Alors, ce n'est pas parce qu'il y a un peu de neige de temps en temps ou qu'il y a un lac au pied de la ville qu'on peut trouver assez d'eau pour tout le monde justement.

— Ils transportent de l'eau ? Mais d'où vient-elle ?

— Aucune idée. La mer, peut-être ? Même si j'espère pas. Celle à l'ouest est dégueulasse. Elle brille la nuit, à cause de toutes les saloperies qu'on a jetées dedans. En tout cas, elle doit venir de loin, ça, c'est sûr. Si un jour tu finis par entrer dans la ville, tu pourras toujours poser la question. Moi, j'ai jamais vu l'océan. En tout cas, les tuyaux, personne n'ose les percer. Ils sont sous surveillance tout le temps.

— Mais comment on boit dans le camp ? La cité ne fait rien pour vous ? J'ai vu des robinets, sauf que...

— Ça vient avec les rations, comme tout le reste. Le lac ne suffit pas, et puis faut aimer la boue. On est tous des mendiants, même si tu nous vois pas tendre la main.

La jeune fille se résolut à ne pas oublier cette précision. Elle n'avait jamais *quémandé* de sa vie et n'avait absolument pas l'intention de débuter aujourd'hui. Il devait bien y avoir quelqu'un vers qui se tourner justement, après ce qui lui était arrivé.

— Hé, tu viens ? Faut éviter la prochaine tempête !

Jeanne acquiesça machinalement, sans même savoir de quoi il parlait exactement. Elle n'était pas étonnée que des tempêtes de sable se fracassent sur les contreforts de ces montagnes. Elles aussi devaient être bien plus courantes que quelques décennies plus tôt.

— Faut pas t'en faire, reprit Karam, écartant une mèche de cheveux. On vit au ras du sol. T'as juste à apprendre à ne pas lever les yeux trop haut. À cause du soleil et parce que ça ne sert à rien de viser les montagnes. C'est simple !

— Vous avez des conflits de territoire ?

— Des quoi ?

Jeanne soupira malgré elle.

— Vous devez vous battre pour votre bout de terrain ?

— Ah, nous, non. Beaucoup de monde vit chacun dans son coin de toute façon. C'est parce qu'on parle plein de langues différentes justement.

— J'ai beaucoup entendu de français. Ou d'espagnol.

Karam haussa les épaules.

— Ouais, c'est sûr, mais ça change rien à c'que j'dis. Personne ne s'entend suffisamment pour se prendre la tête pour un bout de terre, vu qu'on est tous dans la même galère. On a déjà assez à faire pour trouver de quoi grailler.

Décidément, Karam avait réponse à tout. Jeanne préféra se reconcentrer sur elle-même. Le garçon n'était pas là pour jouer les guides après tout.

— « J'ai toujours aimé le désert. On s'assoit sur une dune de sable. On ne voit rien. On n'entend rien[6] », murmura-t-elle, citant *Le Petit Prince*.

— T'as dit queq' chose ?

Les mots avaient envahi de nouveau Jeanne, comme pour détourner ses pensées du présent. Mais c'était bien le présent qu'elle devait garder en tête.

Tout à coup, elle repéra une créature de métal dans le ciel et la panique rattrapa ses pas. C'était comme… comme avec ceux qui avaient voulu les enlever. La même silhouette, les mêmes reflets mordants sous le soleil…

---

6. *Le Petit Prince*, d'Antoine de Saint-Exupéry, 1943.

— C'est juste des machines ! marmonna Karam, sans même lever la tête. Elles surveillent le bidonville depuis les airs. Et sans jamais se fatiguer, c'est pas beau ?

— Je ne les avais pas remarquées avant.

Karam se frotta le front.

— Elles tournent toujours au même rythme, c'est pour ça. Les autres et moi, on a essayé de noter leurs horaires de passage, mais ils changent souvent. Trop pour suivre. Il n'y a qu'un seul moment où on est sûrs de pas les voir.

Jeanne voulut lui demander pourquoi, mais le gamin avait déjà repris son chemin.

Ils rallièrent une nouvelle *éminence*, près d'un énorme panneau d'affichage dont les messages avaient disparu, couvert par des graffitis eux-mêmes si nombreux qu'il était impossible de distinguer quoi que ce fût en dessous. Visiblement, les communications officielles de Shusharrah ne passaient plus depuis longtemps auprès de la population de ce bidonville.

8

Le petit groupe avait trouvé un refuge permettant d'accueillir une dizaine de personnes. La jeune fille repéra ce qui ressemblait à ses yeux à des sacs de couchage de fortune, déchirés, rapiécés, pour certains faits de bâches en plastique aux couleurs diverses mais en général passées. De toute évidence, ils préféraient encore dormir ainsi, à la belle étoile, entre deux tas de rochers, que de profiter des installations provisoires du camp.

— *Salam wa aleïkoum*[7] !

Jeanne répondit en bredouillant. Tous ces visages amicaux, ces regards si perçants, si lumineux… Elle n'avait plus l'habitude. Comme la plupart des gens qu'elle avait laissés derrière elle, ils étaient bruns, blonds, la peau plus ou moins mate. Ils avaient peut-être tous

7. « Que la paix soit avec vous », en arabe.

traversé, mais ils auraient pu venir de n'importe où sur le continent.

— Tu veux t'asseoir ?

— T'as faim ?

— Tu viens d'où, toi ?

Une nouvelle fois, la jeune fille se contenta de signes de tête en guise de réponses. Elle avait encore besoin de prendre de nouveaux repères et elle n'était pas certaine d'y parvenir un jour.

Jeanne déglutit péniblement. Un vieux pneu servait de réceptacle pour les cendres de leur feu de camp.

Karam nota son coup d'œil.

— Il faut bien ça pour donner un peu de saveur, ironisa le plus jeune du groupe. Ouais, c'est pas fameux, mais il se passe trop de choses sous les tentes. Certains en arrivent à s'écharper juste pour dormir sur un sommier. Ça vaut pas le coup.

— Le coup de schlass ! ricana un autre garçon, pas plus âgé.

Jeanne se laissa guider.

— T'es passée devant les Juges, c'est ça ?

— Les Juges ?

— Des huiles de la cité. C'est leur surnom.

— Ah. Oui, j'en ai rencontré un, répondit finalement Jeanne.

Le souvenir de cette si brutale entrevue avec Melchisédech la fit frissonner et elle secoua la tête en grimaçant.

Elle avait encore mal et se refusa à toucher la montre glissée dans ses vêtements. En fin de compte, quand lui avait-elle apporté le moindre réconfort ?

— Il portait une robe pourpre…

— Pourpre, c'est quoi ça ? demanda l'autre garçon à avoir pris la parole.

Jeanne hésita quelques secondes. Plaisantait-il ?

— Eh bien, c'est une teinte de rouge, plus sombre et...

— Ah ben, si c'est rouge, dis rouge ! Faut pas chercher des mots compliqués comme ça !

La jeune fille referma la bouche, passant nerveusement sa langue sur ses lèvres gercées.

Ses livres lui manquaient tant tout à coup. Encore. *Rabrouée* parce qu'elle avait utilisé un mot trop savant au goût de son interlocuteur ! Mais Jeanne n'avait pas la force de le blâmer. Il avait peut-être passé plusieurs années dans ce camp et de toute évidence, Shusharrah se contentait du strict minimum à leur égard, espérant sans doute qu'au bout d'un moment, la plupart décideraient de rebrousser chemin, de tenter leur chance autre part. Mais quelle chance ? Où se tourner ? Elle se souvint avoir vu des panneaux indicateurs dans le camp proposant trois langues différentes, mais Karam ne les avait pas regardés une seule fois. Sans doute qu'il n'en avait plus besoin après tout ce temps. À moins qu'il ne sache de toute façon pas lire.

— Viens donc, fais pas ta timide.

Une fille d'à peu près son âge, aussi menue que Jeanne était élancée, venait de l'interpeller et quelque chose dans son attitude, ses intonations, lui rappela soudain Adam. Jeanne sentit les larmes lui monter aux yeux et déglutit péniblement.

— D'accord.

— Je suis Soundous, lui lança la jeune femme. T'es arrivée ce matin ?

— Je… Non, ça fait quelques jours, répondit Jeanne. Pas plus, je crois.

— Et tu nous as déjà trouvés ! Moi, je dis que t'as de la chance ! intervint Karam.

Le gamin était toujours debout devant le groupe, le buste bien droit et mains sur les hanches. Jeanne manqua sourire en le voyant se rengorger ainsi. Il avait l'air très fier de l'avoir conduite jusqu'à eux. Un instant, elle se dit qu'elle n'avait rien d'un trophée, mais sa réaction enfantine chassa cette pensée aussi vite qu'elle était venue.

— T'as traversé la mer ? lui demanda Soundous.

Nouveau hochement de tête.

— Tu venais du Sud ?

Jeanne ne parvenait pas à trouver une position confortable, coincée entre deux rochers.

— Et vous ?

— De la côte. L'Ouest. L'océan. Tu connais ? C'est autre chose que cette saloperie de dépotoir flottant. Nous, on est partis des montagnes et on a contourné l'Algarve ou quelque chose comme ça, en longeant la côte. C'était pas très rapide mais c'est plus prudent.

— Je vois. Vous êtes arrivés il y a longtemps, vous ? demanda finalement Jeanne.

— Ça dépend à qui tu poses la question dans le groupe, hein. Moi, six mois. D'autres trois. Karam, ça fait bientôt quatre ans, je crois, qu'il traîne dans le camp.

— Quatre ans !

— Ça va, ça vient.

— Et vous n'avez jamais pénétré dans Shusharrah ?

Soundous laissa couler un filet de salive entre ses genoux.

— Non. Comment on pourrait faire ? La cité n'est pas pour nous. Je connais personne qui se soit inscrit pour leurs foutues épreuves de détection. Au début, il paraît qu'ils étaient prêts à tester tout le monde, mais c'est plus pareil maintenant. On est trop nombreux justement. Alors, on pourrait repartir. Je le ferai peut-être un jour, pourquoi pas ?

L'un des gamins de la bande ricana.

— Ah ouais ? J'aimerais bien voir ça. Tu sais, la nouvelle, personne ne repart jamais. Ouais, c'est la merde ici, mais c'est encore pire là d'où l'on vient. Là, pas besoin de poser la question des origines de l'un ou l'autre. C'est comme ça pour tout le monde.

Karam adressa un coup de coude à son voisin et la vague se répercuta jusqu'à Jeanne.

— Hé ! protesta Soundous. C'est quoi encore, ça ? Qu'est-ce qui se passe ?

L'adolescent siffla entre ses dents, les lèvres étrangement retroussées.

— C'est Cham !

— Ah, j'aurais dû m'en douter, grommela Soundous.

— De qui parlez-vous ? demanda timidement la dernière arrivée.

— Cham. C'est une comme toi, comme nous, mais il faut que tu la voies !

Soundous se leva et fit signe à leur nouvelle recrue de la suivre, jusqu'au bord du surplomb rocheux.

Une jeune femme, de trente ans environ, s'avançait parmi la foule en contrebas. Jeanne remarqua aussitôt le Faravahar à son cou. Elle portait, elle aussi, une tenue pourpre « rouge », plus longue encore, de même qu'un voile dissimulant en grande partie ses cheveux, mais pas sa peau d'une pâleur extrême. Elle était surtout entourée de quatre silhouettes longilignes, recouvertes quant à elles de ce qui ressemblait à une armure aux reflets verts. Tous les quatre avaient le visage dissimulé sous un masque et de grosses lunettes aux verres teintés qui leur donnaient des têtes d'insectes aux yeux de mille facettes.

Tous étaient armés.

— Ce sont des « criquets ». C'est comme ça qu'on appelle la milice qui protège la cité, à cause de la couleur de leurs plaques de protection. Leurs masques, c'est pour le sable. Nous, on est condamnés à se voiler pour se protéger, mais eux non, bien sûr. Et la Ville ferme les yeux sur leurs agissements les plus… gênants. On nous accuse d'être des brutes ou des voleurs, mais ils sont bien pires que nous et ils mènent leurs sales affaires en toute punité.

Impunité, corrigea mentalement Jeanne.

— Ils vivent dans la zone que t'as vue, là où on trouve aussi la tente où t'étais à ton arrivée, ajouta Karam. Ils se la jouent eux aussi, mais ils ne voient quasiment jamais Shusharrah, je parie.

— Comment tu le sais ?

— Parce qu'ils dorment sur place. Ils ont tous la même tête d'insecte débile, mais bon, on les a quand même observés de près et c'est rare que les portes s'ouvrent pour eux.

— Et ces « Juges » ? On dirait que vous y mettez une majuscule.

— Une quoi ? demanda Karam dans leur dos.

— Laisse tomber. Que font-ils, ces Juges ? Ils sont là pour faire respecter la loi ?

— En fait, c'est un surnom. Ce sont juste les personnes les plus importantes de Shusharrah. Mais on ne sait pas exactement ce qu'ils font. Ici, on voit surtout Cham, et toujours en journée, quand il n'y a pas trop de sable. Les autres, c'est beaucoup plus rare.

— Vous êtes sûrs, du coup, qu'elle n'est pas seule ?

— On en a déjà aperçu une dizaine. Après, ils sont peut-être deux cents en tout, j'en sais rien, moi. En tout cas, ils font la loi, ouais. Ce sont les maîtres de Shusharrah, si tu veux. Je pense qu'ils la gouvernent. T'as qu'à voir leur tenue, ils se prennent pour de vrais boucantiers, ceux-là.

Jeanne garda le silence. Elle avait beau tenter d'invoquer les souvenirs flous des lettres d'Adam, rien ne lui revenait au sujet de « Juges », ou peu importe le nom que son frère aurait pu leur attribuer. Il ne s'était jamais attardé sur les détails de sa vie à Shusharrah, peut-être parce qu'il n'avait pas le droit de dire grand-chose. En tout cas, ce n'était pas la peine de tenter d'approcher cette Cham, ou quel que soit son véritable nom. Pas seulement à cause des paroles de Soundous, mais rien qu'en la regardant.

— Et qu'est-ce que vient faire cette Juge dans les environs ?

— Ce soir, je ne sais pas. Mais c'est celle qu'on voit le plus souvent, en dehors des campagnes de recrutement citoyennes. Et tu n'as pas vu les Farabots. Bizarre, d'ailleurs, qu'elle ne se déplace pas avec.

Devant le silence éloquent de Jeanne, Soundous ajouta :

— Ce sont des machines de surveillance, déployées dans le bidonville. Comme celles dans le ciel. Bon, surtout la nuit, mais pas toujours. On dirait des cygnes ou je ne sais pas quoi. Ils sont tous blancs et ronds. Ils ont l'air inoffensifs comme ça, mais fais gaffe.

Jeanne avait la sensation qu'une pointe d'aigreur s'était glissée sous les mots de Soundous, mais elle n'en avait pas la preuve. Et pour le moment, la question ne l'intéressait guère, si elle devait se montrer tout à fait honnête.

— C'est une citoyenne de Shusharrah ?

Soundous renifla.

— Si on veut. C'est surtout une pauvre, comme nous, même si elle déteste qu'on le lui rappelle. Petit conseil que je te donne, si jamais tu la croises de près.

Elle parut prête à cracher de nouveau, même si Cham se trouvait beaucoup trop éloignée du petit groupe pour risquer de se voir touchée par un jet de salive. Jeanne se demanda si les deux femmes se connaissaient, même si elle n'osa pas poser la question.

— Quand je pense qu'elle vient se pavaner parmi nous…, murmura Soundous, les pupilles presque dilatées. C'est une vipère, tu sais. Mais je l'admire. Il ne faut pas hésiter à frapper son voisin quand tu veux survivre dans le camp, même s'il ne t'a rien fait. C'est la règle. On est là pour survivre.

— Parce que ce n'est pas la même chose derrière les murs de Shusharrah ? Ou pire ?

Soundous lui jeta un regard en coin, un regard qui s'éternisa.

— Ma foi… T'en as plus dans la caboche que ce que je pensais. J'en sais foutre rien en fait, mais t'as sûrement raison. Je vois pas pourquoi ce serait différent. Mais ça veut pas dire que cette putain de Cham n'est pas une foutue traînée, tu comprends ? T'avise pas de la défendre.

Cette fois, Jeanne choisit de répliquer.

— C'est encore un conseil ?

— Prends-le comme tu veux.

La tension devenue de plus en plus dense retomba, à l'aide de quelques mots prononcés dans leur dos.

— On mange ? lança Karam.

Tous se rassirent précipitamment. Il n'y avait pas de couverts, pas d'ordre pour se servir, pas de règles.

Jeanne hésita, prête à se lever pour se mettre à l'écart. Elle aurait voulu partager cet instant avec Ben. Avec Adam aussi, bien sûr. Comment croire que le dernier souvenir de son frère serait donc une dispute, si banale et si terrible à la fois ? Jeanne sentit sa gorge se nouer, sa vision devenir floue.

À cet instant même, une écuelle apparut sous ses yeux.

— Tu as faim ?

Elle avait vu arriver ce garçon un peu plus tôt, remarqué comment les autres levaient les yeux sur lui, le saluant discrètement ou d'un sourire, et baissant surtout d'un ton, comme s'il fallait se contenter de murmurer en sa présence. Il mesurait près d'une tête de plus que le reste du groupe et semblait précéder le crépuscule tant sa peau était sombre, beaucoup plus sombre encore que les femmes et les hommes noirs qu'elle avait déjà aperçus sur le campement. Jeanne pensait être à peu près aussi grande que lui, mais elle aurait dû se relever pour le savoir avec certitude.

— Je sais, ce n'est guère appétissant, soupira-t-il, avec un coup d'œil à l'assiette. C'est une sorte de galette. On dirait une éponge. Mais c'est fait à partir de céréales, du teff, surtout.

Jeanne ne parvint pas à retenir un ricanement.

— Qu'est-ce qui te fait rire ?

— Non, rien, désolée, c'est rien. Je n'ai jamais entendu personne employer un mot de ce genre ici.

Le grand gaillard haussa les sourcils. L'avait-elle vexé ?

— Merci pour la nourriture. Moi, c'est Jeanne.

— Dayot.

La jeune fille remarqua seulement à cet instant que sa main droite était faite de métal. Une prothèse, qui n'avait rien de très sophistiqué en apparence. Avec la pénombre, elle ne l'avait pas remarquée avant. Dayot ne parut pas s'offusquer de ce regard étonné.

— Oh, ça ? Il ne faut pas croire, on peut tout acheter sur le camp, ou presque. C'est juste qu'il ne faut pas s'attendre à de la qualité.

Comme pour confirmer ses dires, il leva la main sous son nez et son poignet se mit à tourner sur lui-même à trois cent soixante degrés.

— Au moins, tu es souple, répliqua Jeanne.

Un mince sourire étira les lèvres du jeune homme.

— C'est une vision optimiste. Mais ce n'est pas faux. Le problème, ici, c'est que beaucoup de monde ne parvient pas à se résoudre à se contenter de ce qu'on peut trouver, tout en ne voulant pas partir.

Jeanne hocha la tête.

— Je peux te demander…

— Un accident, l'interrompit Dayot.

Son ton n'avait pas changé, mais il ne comptait visiblement pas en dire davantage.

— Désolée, je n'avais pas à poser cette question. Cela ne me regarde pas.

Le jeune homme croisa les mains devant lui.

— Mais non, c'est normal. Tout le monde ou presque se pose la question ! Et puis, nous ne sommes pas nombreux à bénéficier de prothèses sur le camp.

— Est-ce que… Est-ce que tu ne pourrais pas prétendre à un statut de réfugié ?

— Mon accident a eu lieu avant mon arrivée. Et Shusharrah n'est pas très sensible à notre sort, même quand on est handicapé. Ils ne sont responsables ni de mon état ni de ma venue, après tout.

La jeune fille soupira.

— Je commence à me demander pourquoi mon frère voulait tant vivre ici.

— Alors, tu as un frère, fit doucement Dayot.

Jeanne détourna les yeux. Devait-elle lui parler d'Adam ? Mais que pourrait bien faire cette nouvelle rencontre ?

Dayot trancha pour elle.

— Ne te sens pas obligée de me raconter quoi que ce soit. Ton histoire t'appartient. Tu es arrivée il y a peu, je me trompe ? Ça fait beaucoup de choses à intégrer en très peu de temps. Tu dois sûrement être très fatiguée et ils font quand même trop de bruit, non ? sourit-il.

Des questions, prévenantes, certes, mais toujours des questions. Jeanne reposa son assiette. Elle n'avait même pas fait attention à la nourriture, sans doute parce qu'elle n'avait pour ainsi dire aucun goût. Elle ne connaissait pas le teff dont il avait parlé, mais Jeanne ne posa aucune question cette fois. C'était pourtant son premier repas après les rations qu'elle avait reçues sous la tente ; elle n'avait aucun souvenir d'avoir mâché quoi que ce fût.

Elle reporta son attention sur le campement en contrebas et, pour la première fois, fut agréablement surprise : avec le crépuscule, les feux se multipliaient aux quatre coins de la zone, et le tout devenait presque beau à regarder. En tout cas, la pénombre ambrée dissimulait la laideur des lieux, à défaut des odeurs ou des cris qui retentissaient toujours régulièrement. Eux aussi s'apaisaient toutefois, comme si les réfugiés, avec la tombée de la nuit, étaient désormais trop las pour se battre ou s'injurier.

Autour d'eux, la petite assemblée avait fini de manger depuis un certain temps. Karam avait oublié Jeanne. Le garçon n'avait d'yeux que pour Soundous et cette dernière semblait l'avoir bien compris. Ils étaient tous les deux en train de nettoyer quelque chose avec du sable, peut-être un plat improvisé. L'objet semblait tellement cabossé qu'il était difficile de déterminer sa nature d'origine.

Jeanne frémit à peine en sentant une main, froide, se poser sur son épaule. Dayot et sa prothèse.

— Je n'ai pas grand-chose de plus à te cadeauter à part un peu de calme, lui dit-il.

Cadeauter. Drôle de mot, pensa Jeanne. La jeune fille jeta un coup d'œil aux autres « convives ».

La troupe *hétéroclite* n'avait pas bougé, trop contente de se blottir autour de son propre feu. Personne ne lui rendit son regard, qui papillonnait d'un bout à l'autre du cercle.

De quoi discutaient-ils à présent ? Elle avait du mal à suivre leurs conversations. Leurs accents, leur débit, les sujets de discussion qui ne la concernaient pas, citant des lieux et des gens inconnus... Oui, elle avait bien envie de s'éloigner tout à coup. Jeanne vit que la plupart des membres du groupe étaient même à demi assoupis, entourés de branches disposées de façon à leur servir de couchages. Plusieurs semblaient mâchonner quelque chose.

— C'est du qat, lui expliqua Dayot à mi-voix. Avec ça, on se croit le roi du monde, et en plus, ça remplace un repas. Autant dire que c'est fichtrement pratique dans le secteur. On mendie, on espère éviter de tomber malade et on oublie de se révolter. Tu verras des femmes qui vendent du qat par petites bottes dans le camp. C'est devenu un métier pour certains.

Jeanne n'était pas étonnée que l'on trouve de la drogue aussi facilement dans ce lieu qui manquait de tout. La misère vous poussait à oublier, à grands coups de coude.

— Et toi, tu n'en prends pas ?

Le garçon plissa les yeux.

— Non. Je n'aime pas ce qui me détourne de mon état normal. Je ne veux donner prise à personne, surtout ici.

— Tu ne les dissuades pas ?

— Pourquoi ? Ils sont les seuls à décider de leur sort. Je ne suis pas un meneur.

Ces paroles la surprirent. Jeanne avait cru que Dayot jouait le rôle de chef de bande, mais il fallait croire que ce n'était qu'une fausse impression. À grand-peine, elle se retint d'ouvrir grand la bouche pour bâiller et lutta pour conserver ses lèvres closes. Elle interrogerait Dayot plus tard. Elle voulait juste s'échapper, s'éloigner des flammes, et, avec un peu de chance, rejoindre la nuit. Les autres feux de camp avaient perdu leur éclat à ses yeux. Le jeune homme avait dû percevoir son malaise grandissant car il reprit la parole :

— Qu'est-ce que tu veux, vous autres, vous essayez de vous imaginer chez vous, mais même la France et tous les autres pays n'existent plus. Alors, il faut se contenter de fragments, et petit à petit… Tout se perd. C'est ainsi. C'est la même chose partout.

— C'est ainsi, répéta Jeanne.

— Quoi, tu te moques encore ?

— Non, bien sûr que non.

Dayot se contenta d'un sourire.

La jeune fille retint son souffle. Elle prenait conscience du fait qu'ils étaient tous les deux très proches, un peu en retrait des autres membres du groupe. À cette distance, le feu de camp perdait de sa chaleur, mais la cuisse de Dayot contre la sienne avait écarté cet inconvénient. Depuis combien de temps n'avait-elle pas connu un moment de répit ? Plus encore, une poignée d'instants de complicité arrachés à sa condition ? Des semaines. Des mois, si elle se montrait honnête avec elle-même. Survivre, c'était déjà son quotidien en France.

— Si tu veux, je t'aiderai à te faire une place, fit Dayot. Ne t'inquiète pas.

Ne t'inquiète pas. Quand Ben lui disait exactement la même chose, c'était sans effet.

Dayot ne l'avait pas quittée des yeux. Elle avait eu de la chance de tomber sur ce groupe de Français. Tous n'étaient pas très *affables*, mais il y avait tout de même deux ou trois personnes avec qui elle pourrait sans douter bien s'entendre, avec le temps. Jeanne se sentit rougir. Elle n'avait pas le temps, c'était justement tout le problème. Il n'était pas question de rester dans ce trou à rats. Jeanne n'avait pas quitté un taudis pour un autre. Elle n'avait pas traversé la mer pour finir là.

Adam. Elle était venue pour Adam. Pour *rien*.

Jeanne sentit les vertiges la reprendre, sans pitié.

Elle reporta son attention sur les immenses câbles qu'elle pouvait observer d'un peu plus près à cette hauteur.

— Tu te demandes ce que c'est ? Ils acheminent l'électricité depuis les champs d'éoliennes ou de je ne sais quoi.

— Je les ai entendus gémir quand j'étais sous la tente médicale. Je crois, fit Jeanne, d'une voix traînante, avec un accent presque rêveur. Mais j'imaginais que c'était le vent qui devait souffler dans une gorge quelconque.

— Il y a sûrement de ça aussi, mais ils grincent, oui. Au-dessus de nos têtes, ça ne ressemble pas à une berceuse.

— Oui, je m'en doute.

Toutes ces images, toutes ces senteurs, toutes ces informations transmises par les uns et les autres, ce véritable tourbillon qui n'attendait que de l'emporter, sans considération aucune pour son état. Les épaules de la jeune fille s'affaissèrent.

— Tout va bien ?

Dayot n'attendit pas de réponse et lui tendit la main pour l'aider à se relever. Puis il guida Jeanne vers un renflement rocheux de sa main mécanique, pour la pousser à s'asseoir, face à un autre quartier de la mer de tôle.

Jeanne leva la tête, bouche bée. Elle avait imaginé que le bidonville qui accueillait les immigrants s'étendait au pied des montagnes, incapable de s'élever vers ses sommets qui protégeaient Shusharrah de leurs flèches de pierre. Elle n'avait encore jamais posé les yeux sur cet autre secteur, qui grouillait dans la pente. Mais dans la nuit, il s'était illuminé lui aussi.

Il y avait là de véritables demeures, bâties en dur. Pas de tentes, pas de préfabriqués. Jeanne plissa les yeux. En vérité, si de nombreuses constructions étaient modernes, certaines semblaient s'appuyer sur des bâtisses d'un autre temps, comme des habitations troglodytes. Une véritable zone dans la zone. Il ne s'agissait pas de simples échafaudages mais bien d'habitations, reliées entre elles par des ponts de singe ou des escaliers de pierre taillés à même la roche.

— Qu'est-ce que c'est ?

— En face ? C'est un autre genre de camp… Certains l'appellent la Petite France. Mais je ne te conseille pas de t'y réfugier. C'est sans doute l'endroit le plus mal famé du coin, quand on ne sait pas où aller. C'est une zone aussi à l'abandon que le reste du bidonville, sauf que le gros des trafics s'organise là-bas.

La jeune fille s'appuya elle-même d'une main pour ne pas basculer en arrière et Dayot prit place à côté d'elle.

— Shusharrah est proche et loin à la fois. Tu vois ces sommets ? La ville se trouve juste derrière, de l'autre côté de la crête.

— Alors, tous les gens qui arrivent jusqu'ici attendent dans ce camp ?

— « Attendent », si l'on veut. Les autorités de Shusharrah

ont tenté de reprendre la main sur le camp, mais il a pris son indépendance.

Lasse, Jeanne hocha la tête sans dire un mot de plus. Difficile de lui donner tort. Il n'y avait pas de rangées de tentes bien ordonnées, de cordons de sécurité, de postes avancés. C'était un empilement de constructions anarchiques, encore bien différentes du semblant de village duquel Jeanne, Adam, Ben et les autres venaient.

— Les fondateurs de la cité ne sont pas partis de rien, contrairement à ce qu'ils racontent, poursuivit Dayot. Des habitants s'étaient déjà installés depuis longtemps dans ces montagnes.

— Tu en sais des choses.

— C'est l'avantage de se montrer curieux.

Visiblement, il ne comptait pas se confier si vite.

— C'est de l'histoire ancienne, tu sais. Si tu veux survivre dans le coin, tu devrais surtout te soucier du moment présent. La minute même que tu traverses.

Jeanne se surprit à inspirer profondément, à pleins poumons. Elle n'avait pas peur de ce que pouvait dégager Dayot. Il sentait le sable, âcre. Jeanne avait cru percevoir malgré ses dénégations le parfum du qat, mais le jeune homme n'avait apparemment pas menti. Bien sûr, elle perçut une odeur de sueur, légère. C'était presque surprenant. Sa chaleur l'enveloppait déjà et Jeanne se pressa plus près de lui, par pur réflexe. Une brise rafraîchie susurra soudain dans son dos, comme pour la pousser encore vers Dayot. Ce dernier ne réagit pas. Il ne la repoussa pas, mais ne chercha pas à l'attirer contre lui.

C'était tout simple. Parfois, il n'y avait rien d'autre à dire, encore moins à penser. S'allonger pour se reposer, pouvoir enfin souffler, sans paroles, sans regard prêt à vous juger, dans la douceur d'une étreinte presque anonyme. Dayot n'avait toujours pas esquissé le moindre geste, comme s'il craignait de faire voler en éclats cet instant de soulagement.

— Avec un peu de chance, quand Shusharrah ne brille pas de mille feux, murmura-t-il sans crier gare, on peut voir la Voie lactée. Tu sais ce que c'est ?

Jeanne n'avait pas envie de parler, redoutant qu'un seul mot prononcé à haute voix de sa part brise quelque chose entre eux. Elle se contenta d'un très léger signe de tête, dans un soupir de lin.

— Qu'est-ce que c'est que ce point lumineux ?

— Ah, tu l'as repéré ! On le voit passer au-dessus de nos têtes toutes les nuits. Certains pensent que c'est juste un météore, d'autres qu'il fait partie des machines encore en fonction au-dessus de nos têtes.

— Il y en a encore, tu crois ?

Dayot haussa les épaules.

— J'espère. Tu entendras de folles rumeurs si tu restes dans le bidonville, crois-moi sur parole.

— Mais toi, tu as une idée précise ?

— Qui sait ? Une autre ville, qui nous attend là-haut ? Si la Terre est devenue invivable, peut-être que l'on peut encore survivre dans les nuages.

— Ce truc flotte largement au-dessus des nuages…, répliqua Jeanne, d'un ton presque rêveur.

Le sommeil ourlait maintenant ses mots. La jeune fille

ferma les yeux. Voilà que ce moment de répit prenait à son tour une tournure bien triste.

— On peut rester là encore un peu si tu veux.

Cette fois, Jeanne se devait de répondre.

— D'accord. Ça me va. Je ne suis pas pressée de retrouver les autres, avoua-t-elle.

Jeanne laissa ses paupières se refermer sans crainte, pour la première fois depuis des semaines.

9

Le lendemain, Jeanne décida de rester avec le groupe. Au moins le temps de mieux comprendre le fonctionnement du bidonville. Et surtout car personne ne lui avait demandé de filer au petit matin. Elle n'avait pas rêvé de Ben, ni, à sa grande surprise, d'Adam. Sous les premiers rayons du soleil, la jeune fille baissa la tête. Elle ne voulait plus penser à son frère. Si elle se laissait sombrer, elle ne remonterait jamais à la surface.

— Tu veux y aller avec moi ?

C'était Karam, les yeux encore rouges à cause de la drogue.

— Trouver de l'eau, au lac, précisa-t-il. Les robinets sont à sec depuis deux jours cette fois. On en a encore un peu, mais Dayot pense que c'est plus prudent d'y aller. J'aime pas traîner des seaux, mais là, y a rien d'autre à faire. Hors de question de s'payer un taxieur !

La surface du lac miroitait à l'horizon, loin en contrebas, d'un éclat terne et changeant.

Jeanne se contenta d'un hochement de tête. N'importe quoi plutôt que ressasser la disparition d'Adam et ses mensonges. Et si elle voulait se faire une place dans leur groupe, même temporaire, difficile de refuser.

— Tu ne demandes pas à Soundous ?

Karam renifla.

— Soundous… Dis rien devant elle, mais son vrai nom, c'est Rachel. Elle s'était dit que ça pouvait l'aider de changer de prénom. Elle a même voulu s'inscrire aux épreuves de Shusharrah, mais c'est pas un autre nom qui pouvait l'aider. Elle a été recalée d'office pour son comportement déviant.

— Je ne comprends pas.

Karam poussa un long soupir, s'éloignant une poignée de minutes pour aller chercher une sorte de chariot en bois, avec à l'intérieur quatre récipients en plastique cabossé.

— Dis-toi que si tu veux passer un bon moment… elle peut t'aider. Bref ! Je te parie que l'eau aura encore reculé. Bientôt, on ramassera de la boue, pour de vrai. Me regarde pas comme ça, ça se voit presque à l'œil nu ! De jour en jour. Quand je suis arrivé, la rive du lac se trouvait deux cents mètres plus près. Tu te rends compte ? C'est bien la preuve qu'il se passe des trucs. Le lac s'assèche.

Jeanne préféra se taire, encore sous le choc de ce que Karam venait de lui avouer à demi-mot au sujet de Soundous. Mais était-ce si surprenant, de donner son corps ? Ce constat amer la ramena une fois encore aux paroles d'Adam. Lui avait cru que la traversée pourrait tout changer à sa vie, à leur vie. Mais il s'était bien trompé. Et maintenant…

— Tu m'suis ? Va falloir être plus concentrée que ça pour porter les seaux. Vu ce qu'on ramasse, pas envie qu'on en renverse la moitié, tu vois !

— Je me doute bien.

— Faut le montrer, pas juste le dire.

En chemin, Jeanne nota là encore des monticules de terre, mais elle comprit bien vite qu'il ne s'agissait pas de charbon de bois cette fois, mais de terre rejetée pour creuser des puits. Les habitants creusaient en se disant que l'eau était peut-être partie dans les profondeurs.

Karam secoua la tête et la détrompa.

— Certains pensent qu'ils vont trouver de l'or et s'acheter un passage pour Shusharrah. Mais ça ne marche pas comme ça. Même si tu mendies avec de l'or, tu restes un mendiant. Les habitants de la ville n'en ont rien à faire de nous. On peut pas leur reprocher de vouloir vivre entre riches. Dayot le pense aussi, ajouta-t-il comme si son avis avait de l'importance à ses yeux. Les bandes du bidonville et tous ceux qui cherchent à marcher sur les autres n'ont pas compris la vérité de Shusharrah : si tu vis pas de l'autre côté des montagnes, tu fais partie des perdants. Et il n'y a que ça ici, des perdants.

Jeanne se dit que c'était le cas de toutes les personnes qu'elle avait croisées au cours de sa courte vie. Oui, toutes. Ils partageaient le même sort, mais ça ne rendait pas le tout plus facile à admettre, au contraire. Pas facile de se dire qu'« avenir » était un mot qui n'existait plus, dans aucune langue. Et elles étaient pourtant nombreuses à résonner par ici.

— Dis-moi, Karam, répondit-elle. Je sais que Shusharrah accepte certaines personnes en son sein. Des personnes qui viennent exprès jusqu'ici, pour participer à leur, je ne sais pas, programme ? Comment ça se fait que tout le monde reste là, dans le bidonville ? Toi ou les autres, vous n'avez jamais demandé un statut de réfugiés ? Ou, je ne sais pas...

— Moi non plus ! l'interrompit Karam. Certains disent qu'avant, tout le monde pouvait essayer d'entrer, si on était à la hauteur des épreuves de la cité. Mais maintenant... de temps en temps, il paraît qu'ils organisent des trucs près de leur poste de surveillance central. Mais si t'es pas une tête, c'est pas la peine d'espérer entrer. Et puis une fois accepté, visiblement, tu ne reviens jamais.

Jamais ? D'une façon ou d'une autre, Adam était pourtant bien revenu, lui. Avant de disparaître, dans cette foutue décharge.

Enfin, au bout d'une demi-heure environ, ils parvinrent aux abords du lac.

— Ça va pas ?

Même si ce lac boueux n'avait rien à voir avec la mer, Jeanne demeura interdite quelques instants. Elle n'avait pas imaginé revoir un tel horizon avant longtemps, et peut-être jamais, avec un peu de chance. Combien de migrants auraient pu être sauvés s'ils avaient traversé ce lac plutôt qu'une mer encore pleine d'écume et de rage ?

Que serait-il advenu de Ben ? Tout à coup, la montre parut peser beaucoup plus lourd dans sa poche, presque chaude, plus chaude encore que le soleil de la région. Elle aurait dû incarner un symbole d'avenir, mais voilà qu'elle ne portait plus que des souvenirs.

Jeanne plissa les yeux. Elle avait cru au départ contempler des rochers, mais venait de comprendre qu'il s'agissait en fait là encore de carcasses de coques de bateau, rouillées, brisées. Elle en comptait une dizaine. Karam surprit son regard.

— Ouais, tu vois celui le plus à droite ? Il y a deux mois, on ne voyait que le haut des bouées. Je me suis demandé si on pouvait pas y vivre, mais en fait, l'intérieur, c'est un vrai bordel. Et bien sûr, avec du sable partout. Même avec des parois en métal, ça vaut pas le coup. Enfin, pour moi. D'autres préfèrent ça, t'as dû l'remarquer.

Ils durent parcourir encore deux ou trois cents mètres avant que l'eau du lac ne soit assez profonde pour leur permettre d'utiliser leurs récipients. Ils n'étaient pas seuls, évidemment. Elle dénombra une cinquantaine de silhouettes étirées sur le rivage et nota surtout bien vite que Karam multipliait les coups d'œil en direction du ciel.

— Quelque chose t'inquiète ? demanda-t-elle.

— Le temps… Les nuages…, répondit-il en remplissant son second seau. On dirait qu'une tempête se prépare, sauf que c'est un peu tôt dans la saison.

— Il y a une saison pour ça ?

— De plus en plus longue, ricana-t-il. Mais oui. On devrait rentrer avec ce qu'on a. Un haboob, ça peut te tomber très vite sur le coin de la bouche.

Jeanne n'allait pas le contredire, même si elle se demandait ce qu'un *haboob* pouvait bien être exactement. Probablement un autre mot pour désigner une tempête de sable.

— On va devoir traîner cette eau jusqu'à votre campement ?

— Oh, non, t'inquiète pas pour ça, la rassura Karam. Pas besoin de faire tout le chemin en sens inverse.

Les deux jeunes gens poussèrent leur chariot jusqu'à un nouveau recoin du bidonville, en direction des falaises et de la fameuse Petite France que Dayot avait mentionnée la veille. Elle se dressait sous leurs yeux, ses tours ocre impressionnantes malgré deux ou trois cents mètres de distance encore. Jeanne se surprit à ralentir le pas d'elle-même.

— Tu as deviné qu'on devait s'arrêter là ?

Karam la fit sursauter. Ils se trouvaient encore au cœur du bidonville, devant ce qui devait passer pour un magasin – une *échoppe* – ici. Sur la devanture, Jeanne remarqua un étrange symbole peint, qu'elle avait déjà vu une ou deux fois dans les pas de Karam, à l'aller.

— Qu'est-ce que c'est que ça ? On dirait… un coq ?

Karam gloussa, mais il était manifestement gêné, presque tendu. Sa *bonhomie* semblait l'avoir abandonné à la seule mention de l'inscription, comme si ne pas en parler suffisait à nier son existence.

— C'est une fleur de lys, répondit-il, presque à regret.

Elle fronça les sourcils. Elle connaissait ce symbole, elle l'avait déjà vu, dans les livres de ses parents. Un symbole de royauté, l'un des symboles associés à la France. Elle prit conscience que le lys avait poussé un peu partout sur les murs, souvent à la craie.

Jeanne comprit très vite qu'il devait s'agir de quelque chose de négatif.

— C'est une autre bande, c'est ça ? demanda-t-elle à mi-voix.

— Une autre ? Hé, on fait pas partie d'un gang, nous. Mais oui, ça craint de plus en plus de venir dans la Petite France, c'est dommage, à cause de ceux qui graffent cette fleur.

Ça fait quelques mois que c'est comme ça. Ils estiment que ceux comme nous devraient être les rois ici. Ceux qui viennent de l'autre côté de la mer. Parce qu'autrefois, c'était le cas. Alors ils chassent tous les autres et maintenant les Français encore dans le coin ont une sale réputation. Ils disent même vouloir nous défendre contre les abus de Shusharrah.

— Et tu les crois ?

Le gamin fit la moue, son regard dissimulé sous ses mèches.

— Dayot dit que ce sont juste des paroles en l'air pour endormir les naïfs. Que c'est chacun pour soi et que c'est une stratégie de leur part, un mot de ce genre.

— Il ne leur fait pas confiance ? poursuivit Jeanne, les yeux plissés sous le soleil.

— Ah ! Trouver quelqu'un à qui Dayot fait confiance, c'est encore plus compliqué que trouver de quoi manger. En tout cas, avant, ils ne descendaient pas jusqu'ici, ils restaient dans le quartier troglo. Depuis quelque temps, ça change…

— Je vois. Et les… criquets ne sévissent pas ?

— Hein ?

Jeanne soupira.

— Ils ne s'en prennent pas à ces gens-là ?

— Les criquets ? Non. Ils ont vraiment une sale réputation, surtout qu'ils sont parfois recrutés dans le bidonville.

Le visage de Jeanne se ferma, mais la jeune migrante parvint à contenir sa colère soudaine, dirigée contre Adam.

— Il y a des bagarres ? demanda-t-elle dans un souffle.

— Souvent, se contenta de répondre Karam. Je me tiens à l'écart.

— Et toi, tu n'as jamais pensé…

Karam ouvrit de grands yeux.

— Tenter de devenir un criquet ? T'as vu ma dégaine ? J'suis pas *foulek*[8]. Et puis, tu me vois devoir tirer sur des gens que je connais ? Même si tu me dis que je pourrais me remplir le bide à la table des Juges, j'ferai jamais un truc pareil.

Jeanne se contenta d'un signe de tête, ravalant la bile qu'elle sentait monter dans sa gorge. Elle était d'accord avec ce raisonnement. Pourquoi Adam avait-il choisi de suivre cette voie ? Par honte ? Pour l'aider, elle ? Mais Jeanne ne voulait pas se sentir responsable, pas de ça, pas de sa mort.

Elle ne le méritait pas.

Aussitôt, cette pensée lui fit honte : son frère était mort justement. De quoi pouvait-elle vraiment se plaindre en comparaison ? De ne pas l'avoir prévenue en tout cas. Serait-elle venue quand même ? Lui aurait-elle demandé de rentrer, si Adam lui avait avoué la vérité dans ses lettres ? Inutile de se poser cette question : son frère était trop fier pour reconnaître un tel échec. Il ne l'aurait jamais fait.

Et voilà ce que tu as gagné, se dit-elle, sans savoir si elle s'adressait à Adam ou à elle-même.

Mais il était trop tard pour lui en vouloir. Elle devait se reconcentrer sur le présent. Le garçon en avait assez de

8. « Fou » ou « inconscient » en arabe.

répondre à ses questions et s'était déjà avancé sous l'auvent de cet étrange atelier.

— Je te présente Toc, lança Karam, désignant un *gaillard* qui devait bien avoir près de quarante ans, avec une barbe striée de gris. C'est le roi du siphonage.

— Ne dis pas ça ou tu vas me faire passer pour un voleur. Je ne tiens pas une essencerie, moi. Le roi du filtrage, c'est mieux.

Le coup d'œil du forgeron s'attarda.

— Tes vêtements ont l'air neuf, toi. Tu as croisé les gens de la ville.

Ce n'était pas une question et Jeanne se contenta donc de hocher la tête. Elle n'avait pas vraiment envie de parler de toute façon.

— Toc a été cadet ou je sais pas comment qu'on dit.

— Karam…

Cette fois, la jeune fille observa à son tour le forgeron de plus près, et pas seulement son atelier poussiéreux. Il avait lui aussi passé l'examen de la cité, tout comme Adam. Mais lui avait réussi. Et lui était encore là.

— C'est vrai ? demanda-t-elle, d'une voix tendue.

Toc plissa les yeux.

— Oui.

— Et… vous avez préféré partir ?

Le forgeron secoua la tête.

— Beaucoup de gamins du bidonville, et pas que des gamins, s'imaginent que réussir l'examen, c'est devenir une sorte d'élu, de héros. Mais ça n'a rien à voir. Une fois que tu l'as, tu ne te prélasses pas dans de beaux jardins un verre à la main. Il y a beaucoup de risques.

Et beaucoup de ces élus ne reviennent pas des missions qu'on leur donne.

Adam n'avait jamais expliqué clairement à Jeanne quelles missions on lui avait attribuées. Logique, puisqu'il n'en avait accompli aucune, se contentant de monter la garde dans le bidonville ! Tout juste lui avait-il dit qu'on envoyait les aspirants acceptés loin de la ville, dans des contrées toujours plus inhospitalières. Cette information restait crédible ; il avait pu l'entendre sur place.

— Je vais te dire, continuait Toc. Ce que je ne comprends pas, c'est pourquoi il n'y a pas plus de gens comme moi. On devrait être bien plus nombreux.

Karam ricana.

— Ah ouais ? Pas moi. T'as vu où on traîne tous ?

Jeanne ne comptait pas le laisser se lancer dans une autre de ses longues *tirades* sur tout et n'importe quoi.

— Shusharrah… À quoi ressemble la ville ?

Le forgeron détourna la tête pour se pencher sur une manivelle rouillée, utilisant une pièce de métal pour l'intégrer dans le moteur de son groupe électrogène. Avec un peu de persévérance, et quelques coups de marteau bien sentis, il savait donner une nouvelle vie à ces carcasses fatiguées.

— À rien de ce que tu pourrais imaginer. Ça n'a rien d'un paradis.

Dire qu'elle avait eu elle-même des doutes avant de traverser la mer. Avant Ben. Et son frère. La jeune fille hésita. Elle aurait pu lui poser d'autres questions, peut-être. Lui demander s'il avait croisé son frère. Mais Adam n'était pas censé avoir vécu dans le bidonville. Il avait seulement disparu dans ses ruelles, lors d'une nuit de tempête.

— Ici, je peux me faire une vie comme je l'entends. C'est déjà quelque chose, ajouta le forgeron à mi-voix.

— Tu te fais surtout payer, grommela Karam.

— Évidemment.

L'homme les entraîna à l'arrière, jusqu'à une sorte de cuve.

— C'est pour filtrer la boue. Et à la fin, Toc la fait bouillir, histoire qu'on soit sûr de pas s'empoisonner. J'sais pas si ça suffit, mais c'est la seule solution.

— Tu as de quoi payer les bouteilles ? demanda Toc.

Jeanne nota que son ton avait changé. Tout comme le visage de Karam. L'un et l'autre avaient cessé de sourire.

— On s'disait avec les autres que ça pourrait attendre la prochaine fois et...

— Tu sais que ça ne marche pas comme ça, Karam. Il faut faire les choses dans l'ordre. Et donc, tu paies d'abord. Sinon, je ne peux rien pour toi.

Jeanne les observait en silence. Karam n'était qu'un gamin face à Toc. Il n'avait rien à lui répondre. Et rien dans les poches.

Baissant la tête, Jeanne glissa une main dans une poche et en tira, lentement, la montre que Ben lui avait offerte. Elle avait hésité, mais pas autant que ce à quoi elle s'était préparée. Ce n'était pas si difficile, n'est-ce pas ? Si elle pouvait en tirer quelque chose, Ben l'aurait probablement soutenue. Son cœur se serra. De toute façon, il l'avait toujours soutenue, quelles que soient ses décisions. Et c'était bien ce soutien sans faille qui l'avait conduit à sa perte. Sa douleur soudaine courut jusqu'à ses doigts, serrant plus fort la montre.

Très vite, elle posa la main sur le comptoir, avant de l'écarter, laissant la montre derrière elle.

— Et ça, ça pourrait suffire à payer si je la mets en gage ?

Toc, les bras croisés, se pencha en avant.

— Comment as-tu récupéré cet objet ?

— Un ami à moi l'avait acheté. Chez nous, pas ici.

— Je vois… Ce n'est pas la mienne, c'est sûr.

— Vous en aviez une ? demanda Jeanne, surprise.

— Oui, avant, Shusharrah était plus généreuse avec ses recrues. Maintenant, il faut attendre d'avoir intégré une promotion, je crois, pour qu'on t'en donne.

— Mais c'est bien une montre ?

— Une montre ? Cet objet fait bien plus que donner l'heure… quand il fonctionne ! Il te transmet toutes sortes d'informations sur ta position, ta condition physique… Je peux ?

Jeanne hocha la tête sans mot dire et vit Toc retourner la montre dans sa main et plisser les yeux.

— Ce genre d'objet possède une batterie interne. Si tu ne la recharges pas régulièrement, elle tombe en panne. C'est beaucoup plus délicat que les vieux machins qu'on trouve dans le coin.

— Ils n'ont pas peur qu'on puisse s'en servir pour entrer ?

Toc s'écarta et haussa les épaules.

— Je ne suis pas sûr qu'elle ne fonctionne plus. Ton ami a dû la payer cher en tout cas. Même hors d'usage.

La jeune fille pinça les lèvres.

— Je pense que quelques personnes ici aimeraient bien mettre la main dessus. Si tu veux… Je peux jouer les intermédiaires pour toi. Mais difficile de te dire quoi espérer exactement. Vu qu'on parle d'un truc qui ne marche pas. Tu veux bien me la laisser ?

Il lui décocha un sourire.

— Tu sais où me trouver. Je dis ça si jamais tu n'avais pas confiance. Et bien sûr, ça vaut bien quelques bouteilles.

Sa main droite balaya le comptoir et saisit la montre avant même que Jeanne ait le temps d'ouvrir la bouche.

— D'accord ?

La machine du forgeron hoqueta, sans vraiment se mettre en route. Karam regardait Jeanne avec un regard neuf.

— Ah, le moteur manque d'eau. Il faut rafraîchir la bête, tenter de l'amadouer. J'aimerais dire que j'ai apprivoisé cette saloperie mais je dois rester humble.

Karam leva les yeux au ciel.

— Vous pourriez vous entendre, il a l'air d'aimer faire de belles phrases, comme toi.

Jeanne se contenta de contempler les rouages de la machine, qui s'animait enfin, une fois sa soif assouvie. Ensuite, les clients de Toc pouvaient récupérer l'eau filtrée, non plus dans des seaux, mais dans des bouteilles en verre.

— Une par personne. Et par jour. Au mieux. C'est ce que je recommande, précisa l'homme.

Karam et Jeanne échangèrent donc de quoi ramener neuf bouteilles à leurs camarades.

— Merci, souffla le garçon en récupérant le précieux liquide. T'étais pas obligée de faire ça.

— Eh bien, si je veux faire partie de votre groupe, je dois me rendre utile, non ?

Sous leurs yeux, le bidonville s'étendait inexorablement, comme incapable de se hisser à la hauteur des montagnes et retombant à ses pieds, dans une vague de débris.

La veille, encore sonnée par le soleil, Jeanne n'avait pas pris conscience de la verticalité de cette zone-là. Elle n'en trouvait la marche dans ses allées ensablées que plus écrasante encore. Un peu honteuse, elle dut même demander à faire une courte pause à l'adolescent qui devait bien avoir trois ou quatre ans de moins qu'elle.

— Tiens le coup ! lui lança Karam. On est bientôt arrivés.

— Comment vous faites ?

Il haussa les épaules.

— Question d'habitude. On s'adapte. C'est ça ou…

Il ne termina pas sa phrase ; c'était inutile.

— C'est cette poussière, toute cette poussière…, ne put s'empêcher de dire Jeanne.

Karam observa une fois de plus le ciel.

— Et ce n'est que le début. Je crois que je me suis pas trompé pour la tempête !

10

Ils rallièrent finalement la petite éminence servant de camp au groupe de Français vingt minutes plus tard. Jeanne ne fut pas vraiment surprise de ne pas y croiser Dayot.

— On a l'eau, dit-elle, s'adressant à Soundous.

— C'est grâce à Jeanne ! précisa joyeusement Karam.

Soundous esquissa une moue étrange, mais ne réagit pas sur ce point, à la grande surprise de Jeanne. Peut-être ne voulait-elle pas que la dernière arrivée lui vole la vedette ? À en juger par sa réaction envers la dénommée Cham la veille, l'animosité semblait faire partie intégrante de son caractère.

— Très bien, on va en avoir besoin tout de suite pour se laver, fit Soundous.

Jeanne ne put s'empêcher de tiquer.

— Pardon ?

— On se lave de temps en temps, nous aussi, répliqua Soundous. On utilise une sorte de… Ah, je ne peux pas appeler ça une baignoire.

Comment lui dire que ce n'était pas son véritable problème ? Jeanne n'avait pas l'habitude de se laver en groupe. Forcément, elle avait toujours vécu chacun dans son coin. Se retrouver à six ou sept collés les uns aux autres, sans doute guère plus propres après coup, dans la poussière et la boue… Elle aurait voulu leur dire non, leur faire comprendre ce qu'elle ressentait, mais sa voix lui échappait, encore une fois.

— T'as pas grand-chose à perdre, non ? À moins que t'attendes une valise pleine ? Personne te volera tes vêtements.

Il lui restait cette solution. S'abandonner à leurs coups d'œil complices, les rejoindre dans ce trou.

— Je verrai ça plus tard, si ça vous va.

— Tu fais bien comme tu le *sens*, plaisanta Soundous. Tant que ça nous dérange pas. Peut-être que je choisirai de m'asseoir ailleurs au prochain repas.

Pour la première fois, elles échangèrent un sourire.

Le reste de la journée s'écoula sous une chaleur écrasante, chaque minute plus intense que la précédente. Jeanne refusa du qat, deux fois. Personne n'insista. Après tout, ça leur en faisait plus pour eux, comme le fit remarquer Karam. Aux heures les plus chaudes du jour, impossible de faire quoi que ce fût en plein soleil. Même le vent paraissait renoncer à soulever le moindre grain de sable.

Jeanne devait malgré tout commencer à réfléchir à la prochaine étape de son existence d'exilée. Elle n'avait pas le choix. Certains avaient pu repartir, elle se souvenait encore des trois migrants avec qui elle avait discuté brièvement sur *La Vaillante*. Mais en avait-elle vraiment envie ? À quoi bon ? Adam avait eu raison sur un point, son ancien pays n'avait plus d'avenir. Elle pouvait toujours essayer de s'adresser à l'un des criquets. Et ce Melchisédech, aussi prétentieux soit-il, lui avait bien laissé entendre que Shusharrah cherchait encore des recrues. Ce constat établi, Jeanne ne pouvait se permettre de rater sa chance après avoir fui sous le coup de l'émotion. Quitte à prendre deux ou trois jours de plus pour se remettre de son voyage et prendre ses marques dans le bidonville avant de se tourner vers les montagnes.

En fin de journée, Dayot apparut, alors que les nuages s'étaient faits plus nombreux. Mais la chaleur n'avait pas décru pour autant, à l'ombre des rochers. En contrebas, des cloches s'étaient mises à sonner, aux quatre coins du bidonville. Leurs échos frénétiques frappaient sans répit. Les ruelles parurent se vider en quelques minutes. Pas de cohue, pas d'étals renversés, pas de cris, à moins bien sûr que le vent, de retour, ne les ait déjà arrachés. Tous ceux qui étaient encore dehors retournaient se mettre à l'abri dans le calme, comme s'ils savaient très bien ce qui les attendait.

— C'est le haboob, chuchota Dayot venu la retrouver.

— Et c'est quoi, exactement ?

Le jeune homme croisa les bras.

— Oh, tu vas voir. Il hurle, c'est toujours comme ça.

— Le vent ?

Le manchot fit non de la tête.

— L'orage. Viens avec moi, il faut se protéger.

Et en effet, le sable ne vint pas seul. Les premières rafales la giflèrent avant même d'atteindre le creux où Dayot l'avait conduite. Jeanne voulut tourner la tête en direction du désert, mais on ne distinguait déjà plus l'horizon. Un véritable mur de tourbillons fauves s'avançait en direction des montagnes, comme si le bidonville sur sa trajectoire n'avait aucune importance. La tempête défiait la pierre.

La jeune fille frissonna presque malgré elle, portant un morceau de tissu devant son nez.

— Il y a beaucoup d'orages de chaleur dans la région, lui hurla Dayot à l'oreille, une main devant sa bouche. Au début, tous les jours, je guettais la pluie, et puis, au bout d'un moment, tu comprends que ça n'arrivera pas et tu t'y fais. Tu renonces. On renonce beaucoup à Shusharrah, c'est une habitude à prendre.

— Même toi ?

— Même moi, répondit platement Dayot. Tu vois, le ciel lui-même refuse de verser une larme sur notre sort. Alors, à un moment, tu n'as pas le choix, tu ne peux pas compter sur lui et prier en attendant un signe.

— Tu n'as jamais voulu tenter ta chance ?

— Avec mon bras, impossible, répondit Dayot en secouant la tête. Shusharrah ne veut pas d'« infirmes ».

Malgré son ton, Jeanne sentit que le sujet était potentiellement sensible et en revint à la tempête.

— On ne craint rien ici ? demanda-t-elle à mi-voix.

— Non. Chez moi, les cascades, les rivières, tout était considéré comme des êtres vivants qu'il fallait respecter. Tout le monde a oublié. Mais les tempêtes comme celle-ci… Elles, elles ont encore un poids. Elles, elles sont capables de te rappeler ce que la Terre peut faire. C'est drôle. Je ne devrais pas, mais…

Il se tut en secouant de nouveau la tête, comme s'il ne voulait pas conclure sa phrase à haute voix. Pendant ce temps, les éclats de tôle avaient disparu sous le sable, de même que les barbelés ou les contreforts de la montagne.

— Mais ? insista Jeanne.

— Parfois, je me dis que j'aimerais bien voir la tempête gagner. Elle est capable de défier les montagnes, mais je parle de la ville. Pourquoi elle ne serait pas emportée, elle aussi ? Certains prient même pour ça alors qu'on survit pourtant en mendiant leurs restes, en bonne partie. Oui, j'aimerais voir cette cité recouverte par les sables, étouffer. Tous les jours ou presque, il faut recommencer dans le bidonville.

Dayot observait toujours le mur de sable. En face, les lumières éparses de la Petite France avaient disparu à leur tour, malgré leur position en hauteur. Le mur de sable atteignit vite plusieurs dizaines de mètres de haut, cent, cent cinquante, deux cents ! Plus loin encore, les éclairs se préparaient à s'abattre sur la ville invisible.

Le front de la jeune fille se plissa.

— Tiens, prends ça, fit Dayot.

Il tira alors du creux qui leur servait d'abri deux masques étranges. Il ne s'agissait pas d'un simple bout de tissu, ou de bois, mais bien d'une création à part entière, censée recouvrir son nez et sa bouche. Elle avait cru un instant à un bout de plastique percé de trous et muni d'un élastique, mais, comme souvent, Dayot ne s'était pas contenté du minimum. Au niveau du menton, ce masque comptait un véritable filtre, en forme de protubérance noire aux allures de champignon.

— C'est pour t'aider à respirer malgré la poussière, lui expliqua-t-il. Je n'ai jamais pu mettre la main sur un masque des criquets, mais j'ai improvisé. Toc m'a trouvé de vieux masques à gaz de l'armée et je les ai bricolés. Enfin, même avec ça, on ne peut pas rester longtemps dehors quand la tempête arrive.

Jeanne hocha la tête sans mot dire cette fois et enfila le masque. Il semblait rempli de rouages minuscules créant un léger bourdonnement, presque apaisant face aux hurlements du vent. Décidément, Dayot était intrigant. Contrairement à la plupart des gens qu'elle avait croisés jusque-là, lui ne semblait pas décidé à rester au pied de la montagne. Il avait l'air de passage, seulement là pour quelque temps, sûr de son destin. C'était bien le seul.

Le mur de sable montait toujours. Dans le tumulte, Jeanne crut soudain entendre des cris ; non, des prières, comme si… Dayot croisa son regard.

— Tu vois, je ne suis pas le seul à vouloir la victoire de la tempête !

Les habitants du bidonville mêlaient leurs hurlements à ceux de l'haboob, l'implorant de faire tomber Shusharrah. Combien étaient-ils à *mugir* pour se faire entendre ? Des centaines, des milliers ? C'était une sensation presque mystique. Tout à coup, derrière les montagnes, la cité répliqua et un immense puits de lumière illumina les ténèbres poussiéreuses. Le sable parut alors refluer en rafales rageuses, comme vaincu par une barrière invisible surgie de la ville elle-même, mais bien différente de la simple pierre.

— Ah ! Eh bien, ça ne sera pas pour cette fois ! lança Dayot.

Jeanne resta pétrifiée.

La nuit s'écoula, elle comme le sable se faufilant dans les moindres recoins.

11

Le lendemain matin, Jeanne s'aperçut dès ses premières goulées d'air que la poussière flottait encore sur tout le bidonville. Passant la tête hors de son refuge de pierre à moitié ensablé, elle cligna des yeux et eut l'impression, un instant, l'impression *fugace* que les ruelles avaient changé de disposition pendant la nuit.

Mais non : des centaines de kilos de sable, pour ne pas dire des tonnes, avaient envahi les venelles du bidonville, arraché des bouts de tôle par ici, fait céder un mur par là. Pour quelqu'un avec encore très peu de repères sur place, voilà qui tombait mal.

— Tu t'y feras, à ça aussi, lui lança Soundous.

Jeanne n'avait aucune idée de l'heure exacte. Elle avait cru se réveiller tôt, mais le soleil semblait déjà haut. Si c'était bien lui que l'on devinait derrière le voile doré qui planait près des pics ! Comme fait exprès, les montagnes servaient de barrière naturelle, laissant les nuages de poussière se contenter du bidonville pour mieux propager leurs mirages. La jeune fille se demanda distraitement ce qu'avait bien pu être cette lumière, la veille, au-dessus de Shusharrah. Un moyen de défense ? Quoi que ce fût, ceux qui s'entassaient ici-bas n'en disposaient pas.

Elle regarda autour d'elle tout en massant son cou endolori. Bien sûr, Dayot avait, une nouvelle fois, disparu au matin. Jeanne se sentait sale, comme si la poussière s'était infiltrée dans les moindres replis de sa chair malgré ses vêtements, mais surtout, la faim commençait à la tenailler. Elle avait réussi à l'ignorer la veille, mais la maigre *pitance* cuisinée par Karam et les autres, ajoutée à des semaines de privation, avait fini par entamer sa détermination. Honteuse autant que surprise, elle constata qu'elle n'avait pas songé à Adam ou à Ben depuis son réveil, trop tourmentée par son ventre vide.

Malgré cette sensation de faiblesse bien réelle, la jeune fille n'avait pas envie de rejoindre le petit groupe. Mais à quoi bon errer seule dans les rues transformées d'un bidonville qu'elle avait à peine exploré ? Beaucoup d'abris devaient être reconstruits à chaque tempête. Elle baissa la tête sur ses sandales, si usées déjà, en apparence. Comment Adam avait-il fait, seul, lui aussi ? Chaque journée, chaque heure passées ici lui donnaient le sentiment qu'elle n'aurait jamais dû chercher à le suivre.

Que Ben avait eu raison, dès le début.

Et…

Elle ferma les yeux et ses paupières se mirent aussitôt à cuire. Jeanne n'avait plus de larmes à verser.

— J'ai un autre atelier à te proposer ! fit la voix de Karam.

La jeune fille hésita. Elle n'avait vraiment envie de voir personne ce matin. Mais elle ne pouvait ignorer les autres. Le monde.

— Pour quoi faire ?

— T'inquiète, on ne marchera pas jusqu'au lac. Je vais chercher des pièces.

— Tu veux dire faire la manche ?

Karam, debout sur un rocher, sauta à sa hauteur.

— Non, non. On s'sert pas des pièces pour ça. Qui fixerait la valeur de ces trucs ? C'est n'importe quoi. Je les ramasse pour Toc. Pour le métal. Toutes les pièces de monnaie comptent, même s'il aime bien les pièces françaises ou italiennes, me demande pas pourquoi. Il les fait fondre pour ses machines.

Jeanne hocha lentement la tête, tentant de repérer l'atelier du forgeron depuis leur éminence.

— Je comprends.

— Bon, par contre, c'est pas très amusant, soupira Karam.

*

Le gamin n'avait pas menti.

À quatre pattes dans le sable ou accroupie, deux heures plus tard, la jeune fille n'en pouvait plus. Ses cheveux étaient collés à sa nuque mais la sueur n'avait même pas le temps de couler entre ses épaules nouées. Elle séchait immédiatement. Jeanne était partagée entre le besoin impérieux de garder la bouche grande ouverte pour tenter de respirer, et la fermer, les dents serrées, pour empêcher le sable de lui entrer dans la gorge. Il se faufilait décidément partout, même entre ses dents. Elle pouvait sentir les grains grossiers sur ses gencives, sa langue, ou remonter dans son nez. Jeanne n'avait même plus assez de salive pour cracher.

Elle ne remarqua même pas l'absence de Karam quand celui-ci partit faire la queue un peu plus loin ; les robinets du bidonville fonctionnaient à nouveau aujourd'hui. Mais elle savoura chaque gorgée quand il lui tendit la bouteille qu'il avait à moitié remplie. Les deux réfugiés s'écartèrent de l'allée qu'ils fouillaient.

— Il faut toujours rester là où il y a un peu de passage, sinon, aucune chance de trouver quoi que ce soit, lui dit-il.

Karam ânonna ensuite, comptant péniblement jusqu'à six.

— Six pièces rouges. Et toi ?

— Deux, répondit Jeanne, renversant la tête en arrière, avant de jurer.

Mauvaise idée, comme toujours avec le soleil, prêt à vous aveugler. Un relent de tempête souleva soudain un peu plus de sable encore, recouvrant la misérable zone qu'elle venait d'examiner à quatre pattes, dissimulant hors de sa vue un tas d'ordures d'où s'écoulaient de sombres traînées.

— Je pense que j'aurais plus de chances de trouver une pépite d'or avec un tamis, grogna la jeune fille.

— Tu crois ? Je pense qu'on n'est pas assez nombreux pour ça, même avec tout le monde. Et puis il faudrait…

Elle agita mollement la main gauche.

— Je plaisantais.

Une quinte de toux la rattrapa et Karam l'imita quelques instants plus tard. Jeanne fronça les sourcils, se demandant un instant si le garçon se moquait d'elle. La poussière était un vrai virus, visible à l'œil nu.

— Comment vous faites ? demanda-t-elle, tout simplement.

Il haussa les épaules.

— Question d'habitude. On s'adapte. C'est ça ou…

Il ne termina pas sa phrase ; il n'en avait pas besoin.

À partir de là, elle se contenta de suivre des yeux, mi-clos, les gestes à répéter que lui indiquait son nouveau camarade.

Autour d'eux, la rumeur du bidonville bruissait de plus belle, peu importe les risques de tempête.

— ايه, ايه !

— Venez, venez ?

Karam releva la tête.

— Quoi donc ?

— C'est ce que je viens d'entendre, murmura Jeanne.

— Ah, oui, sûrement un « marchand ». Tu parles arabe ?

— Vaguement.

Cette fois, le jeune garçon n'émit aucun commentaire mais la considéra un long moment avant de plonger de nouveau les mains dans la terre.

Leur récolte se poursuivit encore un moment, avant que Karam ne lui donne le signal du départ. Il s'était interrompu juste le temps, sous le regard interdit de la jeune fille, d'utiliser une bouteille pour se soulager, lui expliquant qu'il n'était pas rare de se faire agresser dans les toilettes du camp. Jeanne n'avait décidément pas l'habitude de suivre des consignes, pas depuis trois ans, mais elle était trop sonnée pour réfléchir à tout cela. Elle se laissait porter au gré des demandes des uns et des autres, des rencontres, des simples conversations autour de tout et de rien.

Son seul repère demeurait le modeste éperon rocheux qui leur servait de campement.

La jeune fille n'avait pas remarqué que les nuages s'amoncelaient de nouveau au loin, au-dessus du lac mourant.

— Tu crois que la tempête va revenir ?

Il fit non de la tête.

— Ce soir, je ne crois pas. Mais j'en mettrai pas ma main au feu. Bon… neuf pièces, hein ? On n'avait pas si mal démarré finalement.

Malgré tout, le gamin paraissait satisfait de sa maigre récolte. Ils passèrent rapidement voir Toc, qui accepta leurs pièces, sans rechigner. Tout était bon à prendre dans le bidonville.

— Comme toujours, ma grande, quand il y a du malheur quelque part, il y a des affaires à faire ! lui lança-t-il avec un clin d'œil. Je n'ai pas encore eu le temps de m'occuper de ta montre, mais je n'ai pas oublié, ajouta-t-il à mi-voix.

Poussés par le vent, ils rejoignirent ensuite leur campement, non sans que Karam se soit arrêté près d'un étal présentant d'étranges galettes, encore moins appétissantes que les précédentes. Jeanne fut toutefois surprise de constater qu'elle avait oublié sa faim le temps de leur sortie.

— C'est pour le repas, lui dit-il en fourrant trois galettes dans son sac. Tu verras, c'est pas si mal. Et c'est meilleur que ce qu'on a avec les tickets de rationnement.

Jeanne préféra ne pas faire de commentaire. Quand un

ventre crie famine, la peur ou le dégoût n'étaient qu'un luxe illusoire dont elle comptait bien se priver.

Ce soir encore, le petit groupe se retrouva ensuite à fumer du qat et Dayot apparut. Elle l'avait plusieurs fois cherché des yeux au crépuscule.

D'un signe de tête, il l'emmena plus loin.

La tempête n'était pas revenue, mais des bancs de poussière flottaient encore, masquant les hauteurs de la Petite France. Si Shusharrah demeurait invisible, ce quartier à flanc de montagne, toujours dans l'ombre des pics, incarnait quelque chose de menaçant. Jeanne comptait bien s'y rendre, bientôt. Sur les traces de son frère. Mais elle appréhendait ce moment. Bien plus qu'elle ne voulait l'avouer, et pas seulement à cause des avertissements de Karam ou de Dayot.

Ce dernier observa son regard, qui revenait sans cesse sur les constructions troglodytes.

— Tu n'es pas très bavarde ce soir. Tu as envie d'aller voir de plus près ?

— De plus près ? Plus près de… la Petite France ? Ce n'est pas risqué ? Je pensais…

Elle s'interrompit devant son sourire.

— Ah, il y a des risques ! Mais si tu veux visiter la Petite France, il y a un moyen efficace et plus discret que les ruelles du bidonville. Pour échapper aux guetteurs et à ces idiots à la fleur de lys.

Jeanne fronça le nez.

— Un moyen ?

12

Jeanne n'aurait jamais pensé à un tel système.

Sans se départir de son sourire, Dayot était allé récupérer non loin une *besace* contenant deux… harnais ? Il en enfila un et Jeanne s'aperçut que dans le dos, il contenait une sorte de rouleau de corde attachée à un grappin à trois branches. Le rouleau lui-même s'enroulait à l'intérieur d'un compartiment en métal accroché au harnais.

— J'ai bidouillé ça pour me déplacer sur les toits. Il m'a bien fallu six mois. Rapide et efficace. Quand ça marche.

Jeanne ouvrit de grands yeux.

— Ne me dis pas…

— Non, je n'ai pas perdu mon bras en tombant dans le vide. Rassurée ?

— Je n'irai peut-être pas jusque-là.

— Mais iras-tu sur les toits de la Petite France ?

Jeanne mit de longues secondes avant de hocher la tête, mais elle le fit sans trembler.

Il lui tendit alors le second harnais et l'aida à l'enfiler à son tour.

Elle se demandait encore comment ils pouvaient bien se déplacer dans ces conditions quand Dayot arma rapidement le lance-grappin, opta pour un angle en déplaçant une aiguille sur un petit cadran au niveau de son avant-bras, puis visa un toit de l'autre côté des rochers, en direction de l'empilement de tôle le plus proche.

Avec un sifflement aigu, le câble s'étira au-dessus du vide.

— Tiens ta sangle ! ajouta-t-il. Tu verras, ce n'est pas si compliqué.

— Je me doute.

Jeanne n'hésita pas plus longtemps. Elle franchit les trois pas la séparant du bord avant de passer la sangle sur le câble et de s'élancer dans le vide. En quelques secondes, elle se retrouva de l'autre côté, sa cape claquant derrière elle. Jeanne s'inquiéta un instant, mais les vibrations du toit de tôle n'alertèrent personne en dessous et les deux jeunes gens se précipitèrent à l'autre bout.

Bien vite, elle prit le coup de main. C'était un système ingénieux, et finalement logique pour bondir de toit en toit. Moins d'une heure plus tard, après quelques essais, tous les deux se retrouvèrent sur les hauteurs de la Petite France.

Elle soupira, tête basse, sentant des gouttes de sueur lui couler dans le cou. La jeune fille manqua remonter ses manches, mais renonça. Ce serait une fausse bonne idée, dans cet air si lourd. Son nez, rivé sur ses sandales, frémit. Une odeur inhabituelle venait de se faufiler jusqu'à elle, entre les murs, plus intense que celle de la poussière, de la cendre ou des plats habituels qui dominaient le bidonville.

Elle releva la tête. Jeanne n'avait encore jamais perçu cette senteur auparavant, elle aurait pu le jurer.

Était-ce du beurre ? Du vrai beurre ? Elle n'avait mangé de pâtisseries qu'une seule fois de toute sa vie, préparée par Adam, alors qu'il avait réussi à récupérer une demi-motte de beurre de brebis, échangée à l'un de leurs « voisins » du parc, qui l'avait lui-même récupérée chez un marchand ambulant. Elle avait regardé la pâte enfler, dorer à travers la vitre fendue du four, incapable de contenir cette odeur si plaisante. Elle se souvenait des gargouillis de son ventre, plus bruyants que le ronronnement du four lui-même.

— Suis-moi, chuchota Dayot.

Jeanne se retrouva à déambuler jusqu'à un endroit qu'elle n'avait pas encore exploré, aux allures de marché. De *souk*, plutôt. Un marché, ici ? Un *vrai* marché ? D'un regard, Dayot embrassa le bazar aux toits de toile chargés de sable, comme prêts à céder sous son poids.

— C'est un autre monde que tu vois là.

— Comment ça ? demanda Jeanne.

— C'est une excroissance qui s'est développée sans contrôle, presque de nuit en nuit. Tu n'as pas de rues à proprement parler. C'est un véritable dédale. Il n'y a pas de plan et tu penses bien que c'est fait exprès. C'est encore moins bien organisé que le bidonville.

— Parce que le bidonville reste sous le regard direct de Shusharrah, compléta Jeanne.

— Tout à fait ! répondit Dayot. C'est exact.

Jeanne secoua la tête.

L'un des étals proposait d'étranges fruits jaunes-orangés, allongés et hérissés de piques. Sans hésiter, le jeune homme sauta au beau milieu de la placette. Une cinquantaine d'habitants déambulait parmi les stands et personne ne parut les remarquer.

— Un kiwano ?

Jeanne eut besoin de quelques secondes pour se reprendre.

— Mais… D'où viennent ces fruits ?

— Oh, même les petits durs ont envie de manger autre chose que des galettes de glaise.

— Tu parles de la bande au lys.

— Les lysseux, oui, grogna Dayot. C'est une plaie. Et ils s'enhardissent.

— C'est pour ça que personne du groupe ne vient ici, alors ? Pour les éviter ?

Dayot fit la moue, tête penchée.

— Ça, et le marchandage. Les prix… Même sans argent, tout se monnaye, surtout dans ce quartier.

Jeanne se tut, observant chaque étal. D'où pouvaient bien venir ces fruits ? Pas d'Europe en tout cas. De l'autre côté du désert ? Et paraître aussi frais ? Avant, ce genre de choses pouvaient se conserver longtemps, très longtemps, grâce à des produits chimiques. Mais aujourd'hui…

— Il y a des pays qui ont survécu ? Plus au sud ? chuchota-t-elle, incrédule.

Dayot soupira.

— Je viens du sud et je peux te dire que non. Mais pas besoin d'aller aussi loin.

La jeune fille suivit son regard.

— Shusharrah ? Ces fruits viennent de Shusharrah ?

— C'est ce qu'on dit. Même si la cité surveille ses frontières… Tu as toujours des échanges… C'est comme ça.

On récupère des fruits contre d'autres genres de faveurs, je te passe la liste des combines. Mais c'est aussi pour ça qu'il faut rester discret. Si les autorités l'apprenaient, ça pourrait vite changer.

*

Au cours des jours suivants, Jeanne, Dayot et quelques autres eurent plusieurs fois l'occasion de se servir du grappin. Parfois, elle avait presque envie de passer un harnais et de filer sur les hauteurs, sans raison, juste pour s'approcher des câbles de Shusharrah. Puisque son frère avait disparu, à quoi bon chercher à *rallier* cette ville ? Elle se disait juste qu'elle pouvait la contempler, mais les sommets restaient trop élevés, abrupts. Jour après jour, Shusharrah demeurait un puits de lumière dans le cratère, le seul à même de défier la poussière.

Régulièrement, les vagues de sable revenaient, toujours aussi implacables. Parfois, Jeanne se demandait si elle pourrait se perdre à l'intérieur, plonger au cœur de l'haboob et voir son filin lâcher. Réduite à une simple silhouette, un fantôme, dans les pas de son frère. Elle n'osait pas encore songer à partir sur les traces d'Adam. Comment croire qu'il lui était simplement arrivé malheur, par hasard, à lui, si fort, si déterminé ? La perte la rongeait, lui coupait le souffle, lui brouillait les idées.

Le plus souvent, Dayot et elle voltigeaient donc en duo, et elle laissait ces fantômes derrière elle sans regret, un peu plus loin à chaque lancer de grappin. Mais les remords réapparaissaient bien vite.

Un soir, alors qu'elle s'apprêtait à lui demander s'ils pouvaient retourner sur le marché, son camarade lui parut plus nerveux que d'ordinaire. Beaucoup plus nerveux. Et Jeanne comprit, avant même qu'il ouvre la bouche. Il comptait lui demander quelque chose.

— J'ai noté que tu avais les yeux rouges toi aussi, murmura Dayot.

Jeanne se raidit.

— Je n'ai pas mâché de qat.

— Je sais. Tu as pleuré.

— Bien vu.

Jeanne fit de son mieux pour ne pas grimacer ; pour ne pas penser. Quelque part dans ces ruelles, son frère s'était perdu à jamais.

— Tu as l'intention de rester longtemps ? demanda-t-il encore, changeant sciemment de sujet.

— Je ne sais pas encore. Quelques jours. On verra bien.

Dayot hocha lentement la tête.

La jeune fille somnola un moment, ses pensées invariablement ramenées à ce qu'Adam avait dû affronter lui aussi trois ans plus tôt. Dans ses lettres, il ne lui avait jamais donné de détails sur sa vie de l'autre côté de la mer. Peut-être n'en avait-il pas le droit ? Peut-être le censurait-on ? En tout cas, il était toujours resté évasif sur ce qu'il faisait. Même lorsqu'il lui avait écrit pour la première fois, après avoir réussi à entrer en ville, il ne lui avait pas paru plus enthousiaste que ça. Il n'était pas du genre à se vanter, mais quand il se donnait un objectif… La lèvre inférieure de Jeanne se mit à trembler. Pour Adam, franchir les portes de Shusharrah n'était qu'une première étape. Sauver le monde ? Il n'en avait jamais rêvé. En revanche, sauver sa sœur… C'était la raison même de son départ. La seule chose qui comptait à ses yeux.

Et il avait échoué.

Autour du feu en contrebas, personne ne s'était réveillé. Tout semblait calme dans le camp.

— Tu te sens reposée ? lui demanda brusquement Dayot. Il faudrait que tu me rendes un service…

Le cœur de Jeanne se serra. Il n'avait encore jamais employé ce ton, plus dur, plus tendu, plus grave encore que la voix chaude qu'elle croyait connaître.

Voilà que la réalité la rattrapait déjà.

— Tu es prête à venir ? Il me faut quelqu'un qui n'a pas froid aux yeux, quelqu'un qui est à l'aise avec le grappin. Et après moi, j'estime que tu es la plus capable du groupe, et de loin.

Jeanne se contentait de l'écouter en silence. Elle voulait voir s'il était en mesure d'assumer ce qu'il préparait depuis des jours. Depuis leur toute première rencontre peut-être.

— Demain, le haboob devrait frapper. Malheureusement, mes prévisions sont assez fiables là-dessus. Et je…

Voilà. Il commençait à se sentir mal à l'aise devant le *mutisme* de Jeanne.

— Je… Tu as déjà vu le point de contrôle de Shusharrah, au pied des montagnes. Ils ne stockent pas grand-chose dedans. La nourriture, quand ils en donnent, arrive au dernier moment. Enfin, le plus souvent. Mais… Écoute, Jeanne, ce n'est pas facile…

Elle croisa les bras sans mot dire.

— Et donc… Ah ! Et donc, je compte le cambrioler. Pendant la tempête. En passant par les toits. Les drones ne volent pas en plein haboob. Ce n'est pas pour la nourriture. Il y a… Le poste contient des médicaments. C'est ça que je voudrais récupérer.

— Vous voulez les revendre ?

Dayot grimaça.

— En bonne partie, oui. Je ne cherche pas à te mentir. Mais tu commences à comprendre que Shusharrah n'a pas franchement envie de nous aider. On est invisibles. On ne peut pas toujours faire la manche, ça suffit.

Il la prit à témoin.

— J'en ai besoin… pour moi aussi, ajouta-t-il à mi-voix. Mon bras…

Jeanne sentit ses épaules se tendre et une douleur soudaine lui remonter dans la nuque, comme pour la punir pour sa naïveté. Elle n'avait encore jamais pensé à lui demander, non pas ce qui lui était arrivé, mais s'il souffrait encore.

— Si personne ne veut nous aider, il faut bien qu'on se débrouille seuls.

— Je suis censée te soutenir, si j'ai bien compris ?

— Rien ne t'y oblige. Mais… J'aimerais pouvoir compter sur toi. C'est vrai.

— C'est vrai…

Mais qu'est-ce qui était vrai, ici ?

13

Dayot ne s'était pas trompé.

L'haboob était revenu, plus fort encore que le précédent mur de sable.

— C'est là.

Jeanne se contenta de hocher la tête. Elle n'avait plus envie de parler. La jeune fille s'était crue forte, déterminée. Elle avait cru être à l'abri d'une nouvelle déconvenue, une de plus. Mais Jeanne n'avait même pas été capable de comprendre que sous prétexte d'appartenir enfin à un groupe, d'arracher un peu de sécurité, elle venait d'accepter de se mettre en danger en cédant à la demande de Dayot. Leurs échanges l'avaient réconfortée, et alors ? Elle avait eu trop peur de se retrouver seule, sans personne, de nouveau, si vite. Et elle avait accepté. Toute la journée, elle avait hésité. Si elle se faisait prendre avec les autres, aurait-elle encore une chance de se faire accepter d'une façon ou d'une autre par Shusharrah ? Probablement pas.

La proposition de Melchisédech lui revint en tête et elle la chassa.

— Tu es sûre que tu veux le faire ?

Jeanne sursauta.

Le manchot lui passa une sorte de cape, et surtout, un masque.

— C'est fou, mais on dirait que plus il y a des gens qui arrivent, plus les tempêtes de sable deviennent fortes.

Karam les avait rejoints, comme si Dayot l'avait prévenu.

— Prête ?

Autour d'eux, le haboob était en train de gagner en ampleur. Après ces quelques jours, Jeanne ne craignait plus autant la tempête de sable. Elle savait que certains n'hésitaient pas à faire de courts trajets sous ses assauts. Mais de là à plonger dans le vide, avec une corde comme seule attache ? À se laisser emporter par ce vent destructeur ? C'était le moment ou jamais pour la jeune fille de renoncer. Ce soir, cette nuit, la tempête semblait particulièrement redoutable. Elle avait senti une forme d'appréhension se répandre de ruelle en ruelle au fil de l'après-midi, et contrairement à la touffeur ambiante, elle n'avait pas reflué. La compagnie de cette bande valait-elle vraiment la peine de tout risquer ? Mais risquer quoi, exactement ? Rien, ou presque. Elle pouvait l'admettre, même si elle ne le voulait pas. C'était une vérité qu'elle avait préféré éviter d'affronter, évidemment.

Le cœur de Jeanne battait la chamade. Tout son corps lui dictait de fuir, de se cacher loin de ces tourbillons de sable déchaînés, de ce souffle mortel. Qui aurait voulu agir autrement ? Elle avait envie de disparaître, de se terrer sous la roche. Mais son cœur battait aussi d'excitation : Dayot semblait si sûr de lui ! Sûr de pouvoir défier la tempête.

Et il l'était forcément, n'est-ce pas ?

Karam se jeta alors dans le vide, le premier, sans attendre sa décision.

Dayot, lui, était demeuré à ses côtés. Jeanne aurait pu se poser mille questions sur ses intentions à son égard, au sujet de ces médicaments, de ce vol. Mais la jeune fille en eut soudain assez. Assez de s'interroger, de tergiverser. Oui, elle avait le choix, et elle agirait en conséquence.

Elle fit un pas dans le vide. Et vers l'abandon.

Le vent riait dans ses oreilles.

Le souffle âpre du sable l'enveloppa aussitôt, rugissant et murmurant tour à tour. Chaque grain semblait prêt à former un véritable mur, que Jeanne et les autres devaient fendre. Leur filin tremblait, pathétique corde tendue entre deux abîmes. Comment pouvait-il résister ? Ils auraient déjà dû être emportés dans le vide, finir leur course la tête la première sur un toit ou un tas d'ordures. Chaque seconde, chaque mètre gagnés avaient quelque chose de presque magique, les emportant toujours plus loin dans le temps, au cœur de la tempête.

Sous son masque, priant pour que le filtre ne lâche pas, Jeanne hurlait elle aussi, la bouche grande ouverte.

*

Quelques minutes plus tard, les trois jeunes gens se retrouvèrent perchés sur une corniche rocheuse surplombant le bâtiment dont Dayot lui avait parlé.

— C'est bon.

Derrière les grilles, au-dessus des toits, la cible était évidente à présent.

C'était un plan assez simple, mais efficace. Profiter du tumulte de la tempête et notamment de la fuite des drones pour atteindre l'entrepôt, forcer l'entrée, voler les médicaments, et repartir, le tout avant la fin de la tempête, toujours. Mais s'ils réussissaient à franchir les défenses apparentes de cet édifice, qu'est-ce qui pourrait les retenir ? Et surtout les empêcher de s'enfuir à temps en cas de besoin ?

— Reste à ta place, on s'en occupe avec Jeanne.

Elle sursauta en sentant une nouvelle rafale s'abattre sur elle.

Dayot n'était déjà plus visible.

Il avait dû traverser, le bruit de son câble avalé par le sable. Ils étaient tous réduits à l'état de fantômes, de silhouettes de papier découpées à la hâte et prêtes à être emportées par le vent sans pitié.

Il l'attendait de l'autre côté. Jeanne aurait pu reculer, disparaître dans la tempête. Elle avait de quoi tenir. Son masque. Son filtre. Sa cape. L'étrange réservoir caché sous son dos. Le bidonville était immense après tout. Elle pourrait sans doute passer des jours, des semaines, sans recroiser aucun des membres de la bande. Mais dans quel but ?

Sans même s'en apercevoir, elle sentit sa main se refermer sur le câble. Elle s'élança. À son arrivée, le bâtiment de l'aide alimentaire se dressait devant eux. Jeanne atterrit les deux pieds en avant, lâchant la sangle au dernier moment. Elle crut basculer en arrière mais son cri étouffé mourut bien vite car elle sentit la main mécanique de Dayot se refermer sur son poignet droit.

— Je te tiens. Je crois que personne ne nous a vus. C'est bon.

Dayot lui avait expliqué que nul n'aurait tenté ce genre de choses car les Shusharriens demeuraient en général extrêmement respectés… ou plutôt redoutés. Son frère avait-il fini ici, lui aussi, à tenter de mordre la main qui l'avait nourri ? Ou s'était-il perdu plus loin encore ?

— Voilà pourquoi on peut tenter le coup ! Avant qu'ils comprennent ce qui se passe, on sera à l'autre bout du camp. On peut y aller ?

Cette fois, le ton du jeune homme s'était fait bien plus sec.

Mais puisque Jeanne ne lui avait pas répondu, c'était bien qu'elle était d'accord pour poursuivre, non ? Alors, autant faire au plus vite.

— Je te suis.

Elle vit ses yeux témoigner d'un large sourire.

— Promis, on ne se fera pas prendre.

Jeanne secoua la tête. Que se passerait-il si jamais les autorités parvenaient à les retrouver ? Dayot ne semblait pas s'en inquiéter. Pas plus que les autres.

— Vous avez souvent fait ça ? murmura Jeanne.

— Non. On a déjà volé des relais, comme plein d'autres. Mais si on veut viser plus haut, on n'a pas d'autre solution, il faut remonter à la source.

Le garçon plissa les yeux en observant toujours le poste de l'aide alimentaire.

Karam s'adressa à Jeanne à voix basse, sans bouger d'un pouce.

— Il est de l'autre côté.

— Qui ? articula-t-elle silencieusement sous son masque.

Jeanne haussa les sourcils.

— Le Farabot ! Tu ne l'avais pas remarqué ?

Par chance pour les jeunes gens, la créature artificielle n'avait pas l'air d'avoir compris qu'elle avait été repérée. Karam lui tendit quelque chose. Deux pierres, misérable moyen de défense face à l'arsenal de Shusharrah. À quelques pas, la ravine asséchée bordant le bâtiment formait un coude, sans doute le dernier avant d'arriver au pied d'une roue à aubes à moitié pourrie abandonnée depuis bien longtemps. Autrefois, une rivière avait dû couler ici aussi.

La jeune fille mit un genou à terre. Jeanne eut presque envie de retirer son gant pour toucher le revêtement aussi solide que de la pierre, mais se retint. Dayot semblait tout de même nerveux et lui avait bien dit qu'il faudrait agir vite.

— Suis-moi.

Les deux jeunes gens trouvèrent une échelle à l'angle nord. Un coup d'œil suffit à Dayot pour décider de descendre sans plus attendre.

— La voie est libre. On fonce.

Jeanne se laissa guider jusqu'à la porte.

La jeune fille se répétait ce que son complice lui avait expliqué : la présence de Shusharrah au cœur du bidonville était réduite au strict minimum, et par conséquent, le poste restait la plupart du temps vide, en dehors des Farabots et de quelques sentinelles menaçantes, les fameux criquets. Par ce temps, et surtout à cette heure-ci, atteindre l'entrepôt devrait être parfaitement réalisable, du moins, pour ce qu'ils avaient à faire immédiatement. Dayot n'eut qu'à forcer la serrure. Impossible qu'on l'entende faire du bruit sous les hurlements de la tempête.

— Je te laisse passer la première, je vais surveiller nos arrières, lui glissa-t-il.

Ils pénétrèrent alors dans un corridor d'une blancheur éclatante, bien que froide, terriblement froide. Jeanne sentit la tension monter soudain dans ce bâtiment étrangement silencieux, qui lui semblait bien plus grand de l'intérieur que vu de l'extérieur.

— Tu fais le guet et je vais chercher les médicaments, lui dit encore Dayot. Ensuite, je les transmets à Karam depuis le toit et on part chacun dans une direction différente pour la nuit. Toi, tu peux rentrer au campement, c'est l'endroit que tu connais le mieux. Tu sauras y arriver ?

Jeanne se contenta de hocher machinalement la tête.

Dayot la regarda à peine cette fois, tout entier concentré sur sa mission. Tandis qu'il tournait au bout du couloir, sur sa droite, la jeune fille ne put résister à l'envie de s'avancer, puis de faire deux pas sur sa gauche. C'étaient les seuls embranchements possibles au bout de ce corridor en « T ».

Jeanne fut surprise de tomber sur un banc de pénombre. Dans le désert, même la nuit se révélait lumineuse.

— T'es pas censée faire le guet ?

La jeune fille sursauta ; Karam était apparu dans son dos.

— Et toi ? chuchota-t-elle. Tu devais réceptionner la cargaison, non ?

Il haussa les épaules en époussetant sa tenue.

— Ouais, ouais, mais je suis trop curieux. Je retraversai juste avant Dayot, c'est tout. On fait un tour ?

Jeanne pinça les lèvres. Elle était déjà allée trop loin et l'arrivée de Karam résonnait comme un avertissement bien pire qu'une sirène.

— Non, on devrait revenir à l'entrée. C'est plus prudent. Si l'un des criquets arrive…

— Par ce temps ? Ils doivent être terrés dans le poste de sécurité ! Dayot a raison, il… Allez, profitons-en ! insista Karam. On va peut-être…

Il s'interrompit net, ses yeux quittant la jeune fille pour se figer sur la pénombre dans le dos de Jeanne, qui pivota lentement.

Deux yeux brillaient dans le couloir sombre.

À hauteur de genoux, ou de hanches.

Les yeux froids d'une machine.

— Oh merde…

Jeanne comprit tout de suite qu'il s'agissait d'un autre genre de Farabot : un chien de garde mécanique, au museau carré, aux pattes si raides. Et la créature les avait repérés. Aucun doute.

Elle se mit à grogner, alors qu'une lumière sur son dos, au niveau des épaules, s'était mise à briller par intermittence, comme une alarme silencieuse.

— Et merde ! répéta Karam, d'un ton bien différent cette fois.

Avec horreur, la jeune fille le vit tirer une arme. Elle n'avait jamais vu d'arme à feu dans le camp, uniquement des couteaux. Mais on aurait dit un fusil, créé à partir de pièces qui n'auraient jamais dû servir à une telle entreprise.

— D'où tu tiens ça ?

Karam renifla.

— Toc peut te bricoler des tas de trucs !

Le souffle coupé, elle se retrouva projetée dans le passé, sur le pont du navire, avec les passeurs, quand Ben… quand…

— Ne tire pas, tu vas…

Trop tard.

Le visage déformé par une colère qu'elle n'avait encore jamais lue chez lui, Karam appuya sur la détente.

Avec un sifflement aigu, le projectile percuta la patte avant gauche du chien, l'arrachant net.

— Ouais !

Karam profita de sa surprise pour s'avancer et lui décocher un coup de pied dans le flanc. Déséquilibrée, la machine bascula. Il ricanait bêtement et Jeanne remarqua ses yeux rougis. Le qat, encore. Il en avait sûrement pris pour se donner du courage. Et voilà le résultat ! Cette haine, toujours ce même sentiment. D'une main, elle le poussa dans le couloir. Le chien geignait piteusement, couché sur le côté.

— On doit partir !

Dayot réapparut, trois cartons sur les bras.

— Qu'est-ce que vous avez fait ? hurla-t-il, perdant son sang-froid pour la première fois.

À ces mots, comme pour accentuer son propos, une sirène se mit à résonner de couloir en couloir. Les trois jeunes gens repartirent en direction de la porte de service. Karam riait toujours, même quand Dayot lui fourra un carton sous le bras.

— On doit quitter le périmètre avant que les criquets arrivent ! Dépêche, Jeanne !

Il avait sans doute voulu paraître plus dur, mais Dayot n'y était pas parvenu, encore tout à son excitation. La jeune fille ferma les yeux. Les gémissements métalliques du chien lui rappelèrent un instant les cris moqueurs des mouettes, toujours prêtes à se promener parmi les cadavres.

— Putain, mais j'y crois pas...

Le chien s'était mis à aboyer et Karam l'imita, hystérique.

Elle entendit Dayot siffler entre deux jappements.

— Et merde !

Les deux garçons furent les premiers dehors, dans la tempête.

L'un comme l'autre avaient paru oublier la présence de Jeanne. La créature mécanique tentait encore de s'approcher d'elle, sur trois pattes, trois jambes, quel terme utiliser ? Elle n'avait cessé de les poursuivre, malgré son état.

Les mâchoires entrouvertes, elle semblait geindre. Mais Jeanne savait bien que tout cela ne voulait rien dire. Ce n'était pas un véritable animal. Ses couinements n'étaient que le fruit du métal froissé.

Achève-la, bon sang ! siffla le souvenir de Léon.

Tu dois fuir. Ne la laisse pas donner l'alerte ! renchérit l'un des pirates.

Et que devait-elle faire ? L'abattre d'une pierre ? C'était tout ce qu'elle avait pour se défendre. Briser son crâne, jusqu'à ce qu'il ne reste qu'un tas de ferraille, que la lueur dans son regard s'éteigne ? Pourquoi ? Cette chose méritait-elle un tel sort ? Elle n'agissait pas contre elle, elle suivait simplement les instructions qu'on avait dû lui donner, tout comme la jeune fille suivait elle aussi des ordres. Mais elle avait le choix, elle, de respecter ce qu'on lui demandait.

Elle n'était pas obligée…

Jeanne tomba à genoux.

Non.

C'en était trop. Ces journées de traversée, les brimades des passeurs, la mort de Ben, les marchands d'esclaves, les mensonges d'Adam, son arrivée dans les ruelles du bidonville… Elle avait voulu serrer les dents, nier la mort de Ben et d'Adam. Peut-être que si elle niait suffisamment longtemps la réalité, celle-ci disparaîtrait.

Peut-être qu'elle pourrait revenir en arrière.

Jeanne serra plus fort la pierre. Elle s'était réchauffée sous ses doigts. Elle avait presque la sensation de sentir de la peau dans sa paume. Mais ce n'était qu'une illusion, tout comme la volonté de nuire de la bête de métal.

Leurs deux vies n'étaient que pure folie.

Mais les cris, ses pleurs, les aboiements du *bot*, tout cela disparut dans un halo de lumière qui balaya la cour. Jeanne reconnut bien vite la silhouette qui se dessinait dans la blancheur, de l'autre côté du seuil : un Farabot. Après ce que lui avait dit les autres, elle s'était imaginé le voir descendre des cieux telle une apparition d'un autre temps, mais pas du tout. La machine glissait quelques centimètres au-dessus du sol seulement, filant comme le vent droit sur la jeune fille, comme si le chien lui-même n'existait pas. Elle n'était pas là pour le défendre.

Mais bien pour l'arrêter, elle.

Un nouvel éclat lumineux agit cette fois comme un éclair sur Jeanne, qui bondit aussitôt en direction de la sortie.

Trop tard.

Le Farabot fut plus rapide, tellement plus rapide. Il la dépassa le temps pour elle d'exécuter cinq foulées à peine, puis virevolta sur lui-même et déploya ses ailes. Jeanne aurait dû faire un pas de côté, mais comment savoir si ce réflexe aurait été suffisant ? Elle n'aurait jamais la réponse : le robot referma ses ailes sur la jeune fille. Elle avait imaginé quelque chose de beaucoup plus violent, de bien plus brutal. Aucunement : le Farabot donnait l'impression de l'emprisonner tout autant que la protéger, d'elle-même ou des autres.

Jeanne avait cru un peu plus tôt que Dayot serait capable de la réconforter. Mais, alors qu'elle tombait à genoux dans le giron de la machine, elle se mit à pleurer. La petite bande l'avait trahie, après les passeurs. Ses nouveaux « amis » l'avaient abandonnée à son sort sans un regard en arrière, à la première difficulté, exactement comme tous l'avaient fait avant eux.

Mais cela n'avait plus d'importance : elle pouvait enfin pleurer à l'ombre des ailes blanches. Et personne n'était là pour la juger.

14

Trois membres du service d'ordre de Shusharrah, alertés par le Farabot, rejoignirent bien vite la machine et sa prisonnière. Les pleurs ne les surprirent pas. Ils avaient pris l'habitude de voir les étrangers céder à leurs émotions les plus brutes.

À l'abri des ailes de métal, Jeanne ne percevait que de doux chuchotements, inconsciente de leur présence, ou presque. Qu'ils se moquent ou l'insultent, cela ne changeait rien pour elle, Jeanne ne comprenait pas un mot de leur langue.

Elle sentit la machine vibrer ; elle s'était remise en mouvement, emportant la jeune fille avec elle. Impossible de savoir si elle se trouvait encore à l'air libre, dans un couloir, ou même ailleurs. Jeanne songea un instant au chien mécanique, espérant qu'il ne lui arrive rien. Après tout, il avait agi comme on l'attendait de lui, en donnant l'alerte. Personne n'avait de raison de lui en vouloir et

Dayot et les autres n'auraient sûrement pas dans l'idée de se venger. Ils devaient redouter que Jeanne les trahisse d'une façon ou d'une autre ou bien réfléchir dès maintenant à leur prochain coup, à la prochaine nouvelle venue à manipuler.

Elle sombra dans l'inconscience, se réveillant en sursaut quelques minutes plus tard, avec l'impression de n'avoir fermé les yeux qu'une poignée de secondes. Jeanne, la tête rentrée dans les épaules, leva les yeux sur les ailes de la machine en train de s'écarter.

— Jeanne Ascarot. Avancez.

Dans un brouillard soudain de plus en plus opaque sous ses yeux, la jeune fille fit un pas en avant, frissonnant. Quelques instants plus tard, Jeanne se retrouva sous le regard de trois personnes assises derrière une table en forme de croissant de lune, dont deux qu'elle avait déjà croisées : Melchisédech et Cham. Tous trois portaient toujours les mêmes robes dissimulant l'essentiel de leurs silhouettes. Tous trois affichaient d'ailleurs des traits sévères et anguleux, un visage lisse, *glabre*, se corrigea Jeanne en cherchant un mot plus approprié.

Elle avait rencontré le premier quelques jours plus tôt. Comme sa vie avait encore changé en si peu de temps ! Ses yeux se portèrent sur la troisième personne. Non, elle lui était bel et bien inconnue.

— Toi ! fit Melchisédech en la reconnaissant, sans même la saluer.

— Vous la connaissez ? demanda Cham.

— Oui. C'est moi qui me suis chargé de l'évaluer à son arrivée.

— On ne peut pas dire que ça se soit révélé des plus concluants, grinça Cham.

— Vous l'avez déjà vue, vous aussi ?

— Tout à l'heure, oui. Elle semble avoir du mal à comprendre beaucoup de choses.

— Ça, je l'ai constaté par moi-même.

Ils s'exprimaient en français sans doute pour être compris, mais tout en se comportant comme si elle n'était pas là. N'était-ce pourtant pas l'heure de lui faire part de leur jugement ?

Jeanne reprit son souffle.

— Je…

Melchisédech frappa la table du plat de la main, l'interrompant avant qu'elle ait pu formuler quoi que ce fût.

— Elle s'est enfuie sans même prendre la peine de m'écouter l'autre jour ! Moi ! Et je n'oublie jamais un visage. Surtout en pareilles circonstances.

Toujours sous le choc, Jeanne écouta les Juges lui expliquer que parmi les immigrés, Shusharrah s'autorisait à former des promotions, réservées en général aux moins de vingt-cinq ans. Ces femmes et ces hommes étaient accueillis dans l'enceinte même de la ville, afin de préparer l'examen de citoyenneté et de pouvoir être opérationnels dès sa validation. Pour les autres, il ne pouvait exister que des dérogations. Shusharrah n'avait pas l'intention de se retrouver avec des centaines ou des milliers de vieillards à sa charge, venus mourir dans ce havre de paix. Adam lui avait bien parlé des examens, des apprentissages, mais sans jamais entrer dans le détail. À raison, puisqu'il avait été recalé.

— Shusharrah a besoin de forces vives, prêtes à être façonnées, décréta Melchisédech, d'un ton sentencieux. Bien sûr, il y a des exceptions.

Le Juge voulait certainement parler de talents hors norme, de médecins, de scientifiques, pour celles et ceux qui pouvaient encore prétendre à ces titres.

— Quelques décennies ont fait tellement de mal à notre espèce, fit la troisième Juge, avec un soupir exagéré. Nous sommes si fragiles ! Alors que nous avons tant accompli ! Tant !

Ah oui ? Quoi donc ? Jeanne se contenta d'un hochement de tête. Elle avait la sensation de se retrouver ballottée d'un argument à l'autre. Sous les yeux des Juges, elle n'était que l'illustration de leurs débats sans fin. On aurait dit qu'ils se battaient pour la domination de la cité depuis des décennies, tels d'antiques génies surgis du désert pour faire régner leurs lois.

— Je suis pour son expulsion, maintint Melchisédech. Elle s'est montrée bornée lorsque je l'ai rencontrée et qui plus est, nous n'avons pas de temps à perdre avec une voleuse. C'est une chose de refuser une main tendue, mais bafouer les lois de Shusharrah en se comportant telle la dernière des petites frappes… C'est une honte.

L'homme semblait très heureux de sa tirade et s'apprêtait visiblement à reprendre son souffle pour la poursuivre de plus belle. Jeanne saisit l'occasion.

— Je n'ai rien volé.

— Comment oses-tu…

Cham sourit.

— Elle n'a pas tort. Nous sommes intervenus avant qu'elle ait mis la main sur quoi que ce soit.

— Elle, peut-être, mais…

— Elle a aussi mentionné son frère, n'est-ce pas ? Nous savons de qui il s'agit. C'était un simple garde, mais nous n'avions rien à lui reprocher.

Le cœur de Jeanne bondit dans sa poitrine. Adam. Elle avait pensé pouvoir l'oublier un temps, mais quand ce n'était pas son image, son nom même revenait la hanter. Sa conscience ne voulait pas admettre que l'on parle de lui au passé.

Melchisédech ne lui permit pas de riposter, de s'expliquer davantage, encore moins de se laisser aller aux pleurs. Il se tourna finalement vers le troisième membre de leur tribunal.

— Sem, qu'en penses-tu ? Finalement, c'est à toi de trancher…

La dénommée Sem ferma les yeux quelques instants. Jeanne avait songé à intervenir de nouveau, mais il émanait de cette femme au crâne rasé un calme étonnant, qui avait même réussi à faire taire un moment Melchisédech.

— La survie de cette jeune fille dépendait de sa capacité à faire du mal à autrui, à un être qui ne peut plaider sa cause en paroles. Et elle s'en est montrée incapable, alors que beaucoup auraient considéré que ce *bot* n'était qu'un tas de boulons et de circuits. La bonté l'a emporté chez elle.

— Ou bien la lâcheté, siffla Melchisédech.

— Il n'empêche, poursuivit Sem, ouvrant les yeux pour croiser le regard de la jeune fille, ignorant par là même le premier Juge, Jeanne présente un profil intéressant.

— Intéressant ? Je ne vois pas en quoi.

— Avez-vous déjà oublié tous les gens que vous avez passés en revue au fil des mois ? Parmi le cortège de réfugiés qui se pressent à nos portes, jour après jour, beaucoup se sont rendus coupables des pires crimes pour survivre. Quelque part, l'espoir que représente Shusharrah, cet espoir qu'elle suscite dans le cœur des gens possède son revers : il enflamme les esprits, parfois pour le pire.

— Ah ! Encore un peu et ce sera notre faute si ces animaux ne sont pas capables de tenir leurs instincts en laisse.

— Ce n'est pas ce que Sem a dit, répondit doucement Cham. Mais Jeanne est arrivée ici encore innocente, sous le choc de la disparition de son cher frère. C'est le camp de détention et les mauvaises rencontres qu'elle a pu faire sur place qui l'ont poussée sur ce chemin. Elle peut encore changer de direction. Rien n'est figé. J'estime que cette jeune fille mérite une seconde chance. Il n'est pas encore trop tard pour elle.

— Non ! Je ne suis pas d'accord ! Il faut se montrer intransigeant. Il en va de notre survie, insista Melchisédech.

Lentement, son regard se dirigea vers Jeanne.

— Et encore faudrait-il que cette harraga ait réellement envie de rejoindre Shusharrah. Je suis très loin d'en être convaincu.

Harraga. Encore ce terme, se dit Jeanne. Depuis sa fuite dans le bidonville, elle avait dû l'entendre une dizaine de fois.

— J'ai évoqué son frère un peu plus tôt. Il faut aussi en tenir compte, fit Cham. Jeanne, tu es venue pour lui, c'est bien cela ?

Je suis surtout venue pour rien.

— Elle a refusé notre aide une première fois, siffla Melchisédech. Et elle s'est littéralement enfuie sans même m'écouter !

— Vous vous répétez, répliqua Cham. C'est la sœur de…

— Je sais qui était son frère, mais en quoi cela devrait lui donner un passe-droit ? Surtout après s'en être pris aux biens de la cité.

Le regard de Cham était toujours rivé sur Jeanne.

— Je persiste à penser que cette pauvre petite mérite notre clémence. Adam a donné sa vie pour nous protéger. Ne devrions-nous pas nous montrer généreux en sa mémoire ? C'est mon sentiment.

— Je ne vois pas où l'affecter. Et puis il n'y a plus de place pour la prochaine session. Les deux dernières ont été prises hier, par des jeunes gens autrement plus méritants.

— Qui sait ce qu'ils vous cachent ? répliqua Cham. Plus sérieusement, j'en prends la responsabilité.

Melchisédech roula des yeux tandis que Sem souriait.

— Cette mansuétude et cette confiance, tout cela parce qu'elle n'a pas osé lever la main sur un outil ? Alors que nous avons une échéance très importante en vue ? Quoi qu'il en soit, vous n'avez pas le droit d'accueillir chez vous une migrante clandestine uniquement car vous êtes originaires de la même région. Vous avez beau ne pas avoir la tête à cela, je me dois de vous le rappeler à nouveau…

— Si vous n'avez pas confiance en elle, mettons-la à l'épreuve sous ma surveillance, proposa la plus jeune des trois Juges en se tournant vers son collègue. Personnelle, dans ce cas. Et si Jeanne passe le test d'entrée, en quoi sera-t-elle une clandestine ?

— Les examens doivent être validés par cette même commission, rétorqua Melchisédech. J'ai hâte de voir de quelle façon pitoyable vous et votre nouvelle protégée allez échouer. Car je vous le dis : quoi qu'il arrive, j'ai l'intention de voter contre la candidature de cette gamine. Je n'ai que faire de son frère ou de vos marottes.

Jeanne déglutit péniblement. Dos au mur, elle aurait dû se sentir désespérée, totalement dénigrée. Si son frère ne faisait pas partie de l'équation et si elle avait été seule dans la balance, on l'aurait renvoyée séance tenante. Il s'agissait peut-être de l'ultime présent d'Adam, le seul qu'il lui ait jamais fait, en réalité.

Sem souriait pourtant, et Jeanne, timide, lui rendit son sourire. Finalement, l'hostilité de Melchisédech lui plaisait, à défaut de la ravir. Après tout ce qu'elle avait vécu au cours des dernières semaines, voir quelqu'un manifester sa colère bien en face et non pas de façon détournée avait quelque chose de presque… agréable.

— C'est entendu, intervint-elle. J'accepte de passer l'examen. Je veux intégrer Shusharrah.

Sem hocha la tête.

— L'intégrer, c'est une chose. Le vrai défi pour toi… c'est de pouvoir rester plus longtemps que quelques jours.

Sous ses manches, Jeanne serra les poings. Pourquoi Adam avait-il disparu ? Tant de questions, elle le savait. Et bientôt, avec un peu de chance, autant de réponses qui ne tarderaient plus.

Melchisédech s'éclaircit la gorge et frappa de nouveau la table du plat de la main, signe que la commission avait donc à présent rendu son verdict.

— Qu'il en soit ainsi. Tu vas donc tenter de nous rejoindre, à tes risques et périls. J'espère pour toi que tu en mesures les conséquences. Mais…

Il se leva de table, ses drones épousant le moindre de ses gestes.

— Rassure-toi, tu ne vas pas retourner au milieu de cette foule. Moi non plus, je n'en aurais guère envie.

Sur la droite de la jeune fille, deux portes dissimulées dans le mur s'écartèrent peu à peu, sans le moindre bruit.

— Le chemin de la cité s'ouvre à toi. Tu n'as plus qu'à suivre Cham. Attention, tu risques d'avoir très vite la tête qui tourne. Les humbles dans ton genre ne sont pas prêts à découvrir cet endroit.

Les humbles dans ton genre… Jeanne avait pris l'habitude de se voir catégorisée ainsi. Elle n'avait plus qu'à lui démontrer, à lui comme à tous les autres, qu'on ne pouvait pas la ranger ainsi dans une case.

— Je peux vous poser une question ? Que signifie « *harraga* » ?

— « Brûleur », répondit sèchement Melchisédech. Comme celui ou celle qui brûle les frontières, sans papier. Sans but.

15

Avant de franchir les portes du bâtiment, Jeanne n'avait pas compris qu'elle se trouvait en réalité *déjà* dans l'enceinte de Shusharrah.

Elle sentit son cou se raidir. Depuis combien de temps contemplait-elle cette voûte aux carreaux ciselés et pourtant invisibles ? Pendant deux longues minutes, en se retrouvant à l'air libre, Jeanne se demanda si ses yeux ne lui jouaient pas des tours. Sous certains angles, les filaments brillants qu'elle pensait distinguer se révélaient invisibles. Au centre de la plaine qui abritait la cité, une structure pyramidale soutenait ce réseau tel un pilier.

— Tu te demandes comment c'est possible, n'est-ce pas ? dit Cham avec enthousiasme. Il fallait protéger Shusharrah du sable. Les montagnes n'étaient pas suffisantes. Nous avons simplement aidé la nature, comme souvent, indiqua Cham, debout à sa droite.

La Juge était censée la conduire en personne jusqu'au dortoir devant accueillir Jeanne.

— Aider la nature ?

Vraiment ?

— Sem t'en parlerait mieux que moi, mais la science est là pour prendre le relais. Par rapport à tout ce qui se trouve de l'autre côté, notre structure filtre 99,8 % des particules de sable. C'est un incroyable exploit, je ne sais pas si tu en as conscience.

— Oh, si, murmura la jeune fille.

Qui aurait pu prétendre le contraire ? Elle n'avait passé qu'une courte semaine au pied de la montagne, mais ces journées et ces nuits sous le voile des grains dorés lui avaient largement suffi pour s'apercevoir de l'importance du changement.

— Et… Et ce toit n'est pas… solide ?

— Pas vraiment, sourit la Juge. Il faut voir ça comme une toile. On la surnomme la Résille. Évidemment, si une tempête particulièrement puissante frappait, les choses seraient sans doute plus compliquées, mais jusqu'à présent, elle a toujours tenu bon. Et elle tiendra encore longtemps, je te le garantis. C'était l'une des dernières créations du fondateur de Shusharrah, sache-le.

Distraitement, Jeanne envisagea de trancher justement la question de ce fondateur presque mythique. Qui était-il exactement ? La ville ne pouvait pas avoir surgi comme par magie !

— Qui a créé la ville ?

— Shusharrah, c'est une histoire. Une histoire que l'on aimerait raconter, une histoire qui mérite qu'on l'écoute.

Cham nota que Jeanne gardait le silence, le regard dans le vague.

— Tu n'es pas d'accord ?

— Je dirai surtout que c'est une histoire bien mystérieuse.

— Elle n'intéresse pas forcément ceux qui viennent s'entasser à nos pieds.

— Évidemment. Vous raisonnez comme si vous étiez en représentation. Mais il n'y a plus personne pour vous admirer, je me trompe ?

Le sourire de la Juge s'élargit.

— Je vois... Sache que les plus grands esprits de l'ancien temps se sont réunis ici pour un projet de ville parfaite. Ne ris pas, s'il te plaît. Shusharrah est un produit de tout ce savoir. Et nous en avons bien besoin. La situation météorologique a empiré ces dernières années. Au départ, nous n'avions pas besoin d'un tel déploiement. On ne devrait pas avoir à perdre notre temps avec ça.

— Perdre votre temps ? Mais...

— Parce que c'est peine perdue, petite. J'en suis la première désolée, et pourtant, tout ce que tu as pu voir au cours de ta vie ne t'a-t-il pas démontré que cette planète ne veut plus de nous ? Ici, de l'autre côté de la mer, ou n'importe où. Le constat est le même partout. Avant la chute, personne n'a réussi à se concerter, à prendre un semblant de décision assez forte... et tu crois que maintenant, plus de cinquante ans après, nous pourrions inverser la tendance, seuls ?

— C'est ce que vous êtes censés faire ! s'emporta Jeanne. Pourquoi bâtir une telle cité si ce n'est pas pour se battre ?

— Oh, nous nous battons. Pour nous, c'est tout. Qui t'a dit que nous devions sauver le monde ? Notre mission ne concerne pas la Terre, mais l'humanité. C'est une nuance de poids.

Que répondre ? Jeanne comprit qu'elle s'était décidément fait de fausses idées au sujet de Shusharrah. Elle préféra en revenir à la visite, respecter les codes, jouer les visiteuses sages et timides. Pour le moment.

Depuis son arrivée sur les côtes de cet autre continent, si différent sur tous les plans, la jeune fille s'était raccrochée aux images nées de ses précieux souvenirs de lecture. Elle n'avait bien sûr jamais voyagé auparavant, mais son esprit avait sciemment rapproché ce lieu d'une ancienne *métropole* avec ses murailles et ses minarets, la splendide Marrakech ou même Chefchaouen, si petite en comparaison, mais toute parée de bleu.

Quelle n'était donc pas sa surprise de découvrir une Shusharrah toute en courbes élancées dissimulées sous des cascades de verdure. Elle battit des paupières pendant plusieurs secondes. Pouvait-on seulement qualifier les lieux de « ville » ? C'était les plantes, dans toute leur variété, leur profusion, qui l'avait frappée en premier lieu. Elles recouvraient tout, formant de véritables arches. Tout était si paisible, si différent de l'enfer du bidonville. Son premier contact avec Shusharrah avait quelque chose de surprenant. Il n'y avait pas de grandes et larges avenues, offertes en pâture au soleil. Sous ses yeux, surgies d'un conte de fées suranné, de petites voies pavées s'étiraient sur la plaine, toutes d'un blanc de nacre, comme taillées dans des blocs de lune. Même les segments à l'ombre de la montagne luisaient doucement, baignant les alentours immédiats des rues d'une lueur apaisante.

— Tu te demandes peut-être comment les routes peuvent briller ? fit Cham. Il n'y a pas de magie là-dedans. Mais nous avons compris qu'une chaussée de cette couleur réduit nettement la chaleur et tu n'auras pas manqué de remarquer que la cité se trouve dans une cuvette. Autant dire que nous en avons parfois bien besoin même si, par chance, le vent souffle généreusement dans la région. C'est un revêtement intelligent, si tu préfères.

— Intelligent ?

La Juge tendit le bras.

— Il ne s'agit pas d'un simple coup de peinture blanche. La matière même de la route est capable de capter l'énergie du soleil. Nous la conservons. Avec les éoliennes que tu as pu voir sur les pentes de la montagne, c'est l'une de nos sources d'énergie majeures.

Pour la première fois depuis qu'elle avait appris la terrible disparition de son frère, Jeanne pouvait enfin oublier Adam, du moins le temps de cette visite presque magique. C'était comme si toutes les innovations encore existantes avaient pu se réfugier à temps à Shusharrah, avant la chute, avant la désolation qui s'était emparée de l'Europe et d'une bonne partie du monde. En soi, difficile de ne pas considérer cette vision comme un miracle à part entière. Ressources privilégiées ou pas, tant d'éléments auraient pu mal tourner et condamner ce projet avant même que les fondations de la cité ne soient coulées.

À dire vrai, Jeanne avait encore du mal à se considérer en ville, car Shusharrah évoquait plutôt un vaste domaine aux bâtiments éparpillés, chacun au creux de son propre vallon. Quelle était donc la superficie de cette *enclave* ?

Tant de frondaisons, tant de vergers, et si peu de bâtiments voyants. La ville se fondait dans son décor, au lieu de le briser de ses arêtes.

Excepté l'édifice qui finissait irrésistiblement par attirer le regard, au centre de la plaine : une tour sans doute trois ou quatre fois plus grande que n'importe quelle autre structure, qui grimpait sur plusieurs centaines de mètres, défiant la ceinture de montagnes. Elle servait certainement à soutenir la fameuse Résille qui protégeait les plaines.

Sur le flanc opposé, les vagues d'écume d'une cascade s'ébattaient joyeusement. À ses pieds se dressaient d'impressionnantes citernes et l'image du lac boueux revint frapper Jeanne.

— Nous captons l'humidité de l'air pour augmenter nos réserves d'eau, indiqua Cham. Et nous testons d'autres procédés. La cascade, elle, ne sert qu'à produire de l'électricité d'appoint.

Au nord, loin des serres et des bâtiments de forme géodésique, loin de toute allée à la blancheur éclatante, Jeanne nota aussi la présence d'entrepôts, à l'apparence beaucoup plus crue. Rien à voir tout de même avec le bidonville. Il ne fallait pas exagérer ! Elle avait l'impression que cette scène avait eu lieu des mois ou des années plus tôt, mais, sur la route du port, Ben et elle avaient croisé de vastes pistes abandonnées. Un aéroport. Voilà ce que ces hangars-là lui évoquaient.

— Tu imaginais beaucoup de gigantesques immeubles ? Ou une cité grouillante d'activité ? souffla Cham.

— C'est… c'est ce que j'avais cru. Comme les grandes cités de jadis.

— Elles comptaient des millions d'habitants. Nous en sommes très loin. Et tant mieux.

— Mais pourquoi y a-t-il si peu de monde dans les rues ?

La Juge sourit.

— Parce que tout le monde est à son poste, bien entendu, répondit-elle. Quant aux recrues qui préparent elles aussi l'examen, elles sont dans leurs dortoirs, à réviser. Ou en mission, pour celles déjà acceptées. Il y a déjà eu neuf promotions. La dixième, Babel, sera diplômée tout prochainement. Avec de la chance, tu feras partir de la onzième. Ou de la douzième, si tu as trop de retard.

Au cœur du bidonville, Jeanne avait croisé bien des voix, bien des couleurs de peau. Mais ce n'était rien comparé à la réalité de Shusharrah. Chaque visage aperçu au loin était différent, très différent du précédent. Toutes sortes de nez, de bouches, de cheveux…

En revanche, peu de sourires, ni même de coups d'œil à leur égard. L'arrivée de Jeanne ne soulevait aucune curiosité et la vue d'une Juge telle que Cham ne devait rien avoir de bien surprenant. Ils semblaient tous très concentrés, en route vers des tâches que la jeune fille ne pouvait qu'imaginer importantes.

Un peu plus loin, sur sa droite, elle vit encore autre chose, qui faillit la faire trébucher : un homme, ou une femme, impossible à dire à cette distance, était revêtu d'une sorte de squelette de métal qui lui donnait des allures de géant de trois bons mètres de haut, avançant lui aussi au milieu des plaines.

Cham semblait quant à elle beaucoup s'amuser.

— Ne prends pas peur ! Nous avons un département ingénierie très inventif et nous avons besoin de machines hors norme pour nos grands travaux. Tester de nouveaux protocoles fait aussi partie de Shusharrah, vois-tu. Il faut bâtir, ou rebâtir.

Pourquoi ne pas les envoyer dans le bidonville, alors ? songea Jeanne. Ils auraient eu fort à faire pour construire de véritables abris et probablement de quoi « tester leurs protocoles » dans tous les sens. Mais elle ne dit rien. Cham poursuivait son discours.

— Nous avons également placé la récupération au cœur de nos préoccupations les plus chères. Tout est fait au sein de Shusharrah pour économiser nos ressources.

— J'imagine que Melchisédech doit être ravi de ce genre d'objectifs.

Cham éclata ouvertement de rire, sans retenue.

— Tout à fait, mais il fait partie de ces gens que l'on peut qualifier d'éternels insatisfaits. Aucun cataclysme n'aurait pu le pousser à changer d'attitude. C'est pour cela que j'ai pris ta défense un peu plus tôt.

— Ah oui ?

— Tendez-lui la main et il vous arrachera le bras. C'est ainsi que fonctionne Melchisédech. Ne l'oublie pas.

Jeanne hocha lentement la tête puis se retourna vers les pics, défiés par un tunnel de métal qui se hissait à perte de vue.

— Qu'est-ce que c'est ?

— Eh bien, tu n'as sûrement jamais entendu parler du concept de montagne solaire, je me trompe ?

Jeanne admit tacitement son ignorance.

— Il s'agit de collecter l'énergie solaire au moyen de l'air qui circule dans cet énorme conduit. Ce n'est pas très esthétique, certes, mais opérer à flanc de montagne nous permet de profiter de dimensions beaucoup plus grandes.

Jeanne leva les yeux en croyant apercevant une volée d'oiseaux zébrer le ciel de la cité, mais elle comprit en y regardant de plus près qu'il s'agissait de créations mécaniques, telles celles qui ne quittaient jamais Melchisédech. La jeune migrante frissonna, songeant soudain à l'attaque des pirates. Non, à leur massacre par les engins de Shusharrah.

— Ils sont là en permanence pour monitorer la cité, lui indiqua Cham.

— Monitorer ?

— Surveiller tout ce qu'il y a à surveiller. Et je ne parle pas des gens, ajouta-t-elle en levant un doigt, mais de l'évolution de la température ou de l'humidité de l'air au cours de la journée, ce genre de données.

Jeanne avait déjà vu de larges tentures, dans une matière ne ressemblant à aucun tissu de sa connaissance, bouger au rythme des déplacements du soleil, au-dessus des rues, des toits.

— La technologie peut nous seconder admirablement. Crois-tu avoir des dispositions dans ce domaine ? C'est un champ d'expertise d'avenir.

— Vous parlez de la technologie ou de la nature ?

— Les deux, sans aucun doute. Dans ton cas…

La Juge parut l'examiner du coin de l'œil.

— Je ne sais pas encore ce que l'on devrait te proposer. Peut-être que nous avons encore le temps, après tout. Il faut déjà que tu décroches ton sésame. Tu sais ce que ce mot signifie ?

— Oui.

Cham semblait n'avoir rien remarqué de son trouble naissant et poursuivit son discours soigneusement récité.

— Nous avons des champs, des vergers… Tout ce qui est nécessaire pour assurer notre survie.

Belle affirmation démentie par la réalité, songea Jeanne.

— Pourquoi vous n'aidez pas plus les habitants du bidonville ?

Cette fois, elle avait posé la question, sans même plus songer un instant à la retenir. Cham ne parut pas s'en offusquer.

— Nous l'avons fait, un temps. Mais ne nous prends pas pour les méchants dans cette histoire. Certains ont nourri leurs bêtes avec les précieuses graines qu'on leur avait confiées, pour revendre ensuite l'engrais à d'autres désespérés. Comment veux-tu construire une relation de confiance sur une telle base ?

Jeanne ne trouva rien à répondre.

Un peu plus loin, sous un arbre qu'elle n'aurait pas su identifier mais qu'elle n'avait jamais vu de l'autre côté de la mer, la jeune fille aperçut une vingtaine de silhouettes assises en demi-cercle autour d'une autre ombre enveloppée d'une étole adossée au tronc noueux de cet arbre.

Cham suivit son regard.

— Ce sont de futures recrues, comme toi.

— Ils étudient dehors ?

— C'est tout de même plus agréable de prendre l'air sous un ginkgo biloba que de se retrouver enfermés dans une salle de classe pendant des heures. Il faut profiter de la nature aussi souvent que possible. Mais tout dépend de la matière étudiée.

— Moi, je ne sais pas si je pourrais me concentrer comme ça, sous les branches qui chantent.

Jeanne ne savait même pas ce que c'était de suivre des cours, de partager un même programme, de se sentir unis dans la même aventure que toute une promotion.

Cham haussa un sourcil.

— Eh bien, sache que nos études à ce sujet démontrent le contraire.

Avait-elle des études sur tout et n'importe quoi à mettre en avant pour justifier leurs décisions ?

Un étrange gong se mit alors à résonner dans le cratère. Tous, aux quatre coins des plaines, se tendirent d'un même élan en direction de l'édifice central.

— C'est la grande cérémonie de la promotion Babel, murmura Cham. Tu comprendras vite de quoi il retourne. Tu pourrais y assister d'ailleurs, histoire de te donner une idée de ce qui t'attend, une fois que tu auras réussi ton intégration, évidemment.

— C'est l'échéance qu'a mentionnée Melchisédech tout à l'heure ?

— Tu te souviens de ça ? Non, rien à voir. Elle est prévue le mois prochain.

La tour et ses échafaudages étaient toujours aussi imposants, mais la jeune migrante et la Juge prirent la direction opposée, afin de rejoindre ce qui évoquait à Jeanne une sorte d'amphithéâtre.

Elles prirent place en silence, au grand soulagement de Jeanne, peinant à comprendre la portée réelle de ce qui se déroulait sous ses yeux. Il s'agissait d'une sorte hommage à la Terre, une sorte de « rituel », même si personne n'avait jamais employé ce mot, en l'honneur du cycle des saisons, mais surtout des dix premières promotions formées à Shusharrah.

Ces nouveaux élus étaient tous alignés en rangs sur l'estrade, tandis que les aspirants tels que Jeanne devaient prendre place dans l'hémicycle. Par chance, Cham se dirigea un peu à l'écart.

Melchisédech apparut à son tour, rejoignant justement l'estrade où l'attendaient les élèves, ainsi que Sem et une quinzaine d'autres Juges. Leurs tenues immaculées ne ressemblaient pas à des blouses de scientifiques. Et si elles n'avaient rien à voir avec l'armure de protection des criquets, Jeanne avait presque la sensation de se retrouver quoi qu'il en soit devant des soldats en rangs serrés. Quelque chose dans leur posture, probablement. Les tenues étaient les mêmes pour les femmes et les hommes. Tant mieux. Elle n'avait pas besoin en prime que certains s'amusent à la *reluquer*.

Melchisédech prit la parole quelques instants plus tard, d'une voix enjouée dissimulant parfaitement la réalité de ses sentiments. Jeanne avait pensé que Shusharrah imposerait la langue arabe dans ses murs, mais ce n'était qu'une langue parmi d'autres de ce côté des montagnes aussi. Elle en savait trop peu sur les fondateurs de la ville pour déterminer leurs origines et le pourquoi de ce choix. Il s'exprimait maintenant en anglais, mais son discours était retranscrit derrière lui sur un écran géant dans cinq langues différentes, dont le français.

— Vous vous êtes rendus au cœur de terres ravagées à la recherche de tout ce qui peut être encore sauvé. De ce qui doit être sauvé, pour l'humanité. Chaque graine, chaque essence, chaque génome. Et pour cela, bien sûr, Shusharrah vous remercie. Tout comme nous nous inclinons devant ceux qui se sont sacrifiés pour que vous, leurs camarades, puissiez revenir sains et saufs.

Il inclina la tête, affichant une mine contrite. Cela ne lui ressemblait tellement pas !

— Tous, vous avez bravé les dangers que cette planète fait peser sur nous désormais. Et vous avez su relever ce défi, comme vos prédécesseurs. Grâce à vos efforts, de nouveaux spécimens de plantes ou d'animaux pourront être conservés à l'abri et préservés pour les générations futures. Ce sont elles qui occupent mon esprit comme celui de tous les membres du Conseil des Sages. Et si vous nous avez trouvé durs parfois, si vous avez maudit nos noms, si vous n'avez pas compris pourquoi nous exigions de vous tant de choses, j'espère que tout est désormais plus clair pour vous. Nous agissons toujours pour le bien commun. Le bien commun est une notion qui a été oubliée hors de ces montagnes. Moquée, piétinée. Et maintenant, nous devrons affronter une Terre hostile. Ce que vous avez fait, en avant-garde. Neuf promotions ont ouvert le chemin avant vous, mais, tous, sans exception, vous vous êtes montrés dignes de celles-ci. J'ai donc l'honneur de vous décerner le titre officiel de promotion Babel. La dixième.

Soudain, Melchisédech se retourna vers l'assistance et Jeanne rentra instinctivement la tête dans les épaules, comme s'il avait pu la retrouver dans la foule et la mettre à nu de ses yeux froids.

— Dix promotions de cinquante recrues. Cinq cents hommes et femmes. C'est une première étape, mais plus que cela, un symbole. Un cap que nous avons franchi, tous ensemble. Aujourd'hui, je vous l'annonce à tous, recrues comme aspirants réunis pour vous saluer et vous remercier : parmi nos dix promotions, une sélection encore plus dure va avoir lieu. Et ainsi, la première super-promotion de vingt-cinq élus seulement pourra partir pour une autre mission, bien plus périlleuse encore. Seuls les meilleurs d'entre vous pourront aspirer à notre prochaine étape. Vous allez devoir vous affronter entre vous afin de créer une nouvelle promotion, pendant que vous autres, poursuivit-il en se retournant vers l'assistance, vous apprendrez de vos aînés en espérant les dépasser un jour. Un jour prochain ! Car le temps nous est compté. Si nous voulons sauver la Terre… Tel est notre devoir. Préparez-vous ! Et quant à vous… Admirez-les, saluez-les, mais dépêchez-vous de reprendre votre bâton ! Votre propre parcours est encore bien long, et pourtant, vous avez sous les yeux votre avenir ! D'ici le mois prochain, une nouvelle étape débutera pour ces élus !

Jeanne haussa les sourcils. Une sorte de super-promotion ? Que deviendraient ceux qui ne seraient pas retenus ? Et que devenaient d'ailleurs ceux qui échouaient à l'examen ? Cham s'était toujours montrée très floue à ce sujet, comme les autres Juges. Ils pouvaient toujours abandonner, Toc en était la preuve. Personne ne cherchait visiblement à les retenir ou à les traquer. Ils avaient le droit d'abandonner. Jeanne repoussa une sensation de soulagement. La jeune migrante avait à peine eu le temps de commencer son apprentissage que déjà elle envisageait de renoncer ? Elle devait se reprendre.

Pour Adam. Pour accomplir ce que lui n'avait pu réussir.

Pendant ce temps, le discours de Melchisédech touchait à son terme.

— Dans un mois, un nouvel espoir pourra prendre racine ici même, à Shusharrah. Nos fondateurs n'ont pas consacré toute leur fortune à bâtir ce havre de paix pour échouer si près du but. J'en suis sûr. Et avec vous, nous réussirons !

Jeanne se retrouva à applaudir, sans même s'en apercevoir. Comme tous ses voisins. Il s'agissait juste de les imiter, de faire partie du groupe. Ce n'était pas grand-chose, mais au moins, c'était facile. La jeune fille n'avait pas à réfléchir, à trouver du courage, à puiser au plus profond d'elle-même. Non, elle n'avait qu'à taper des mains, comme un singe savant ou une machine.

Melchisédech soupira, puis reprit d'un ton toujours aussi grave. Il leva un doigt vers la Résille.

Jeanne ne l'écoutait plus. Toutes ces brillantes recrues alignées devant elle la ramenaient à la réalité. Elle ne pouvait pas faire machine arrière.

Plus maintenant.

16

Moins d'un quart d'heure après la fin de la cérémonie, Cham la conduisit à destination, celle qui l'attendait depuis que les Juges avaient tranché en décidant de lui accorder une chance de se joindre à eux.

Le bâtiment cylindrique abritant les dortoirs des aspirants se dressait devant elle.

— Ta chambre est la AJ-19.

Sans doute était-il conçu pour paraître accueillant, mais Jeanne se sentait malgré tout oppressée par cette vision. La jeune fille emprunta l'une des allées si bien tracées de Shusharrah. Seule avec elle-même, enfin. Cham la regarda partir. Visiblement, elle n'envisageait pas que Jeanne renonce à rejoindre la chambre qui l'attendait. Depuis son arrivée, Jeanne s'interrogeait sur le nombre d'habitants réels de la cité. Ce n'était pas une métropole, d'accord. Mais combien étaient-ils ici, avec elle ? Entre les candidats à l'examen, leurs instructeurs, les autres personnes qu'elle apercevait de loin, toujours entre deux bâtiments... Elle aurait parié sur quelques milliers en réalité, pas plus. En tout cas, bien loin des effectifs du bidonville, Jeanne l'aurait affirmé sans hésiter.

Elle pénétra dans un hall au plafond vitrail, avec un escalier à double volée. Elle s'était attendue à croiser enfin plus de monde à l'intérieur, mais non. Tous les aspirants devaient être déjà de retour en formation. En cours. Après tout, logique que les dortoirs ne soient pas vraiment remplis en pleine matinée. Les futures recrues n'étaient certainement pas ménagées, à en croire les Juges.

À cet instant précis, une porte s'ouvrit sur sa droite et Jeanne s'arrêta, déjà sur le qui-vive. Une vingtaine de femmes et d'hommes, en rangs par deux, en franchirent le seuil. Ils arboraient fièrement leurs couleurs, du blanc écru dont l'éclat était rehaussé de liserés dorés. Et bien sûr, sur la poitrine, comme toujours, le symbole resplendissant du Faravahar aux deux ailes déployées. Les plus proches se trouvaient maintenant à moins de vingt mètres de la nouvelle venue, entourés de murmures feutrés.

Mais aucun d'entre eux ne lui accorda le moindre regard. D'autres portes s'ouvrirent et le même phénomène se répéta. Elle était anonyme, tout simplement. Ils étaient déjà en route pour leur prochain cours, ou les prochains travaux de leur formation.

AJ-19.

C'était là que l'attendait sa chambre et Jeanne sentit ses jambes se faire plus lourdes en posant le pied sur la première marche de l'escalier en double hélice. Adam lui manquait, elle ne parvenait pas à l'oublier, malgré ses mensonges, les faux espoirs qu'il avait entretenus dans ses lettres. Sous le poids des souvenirs, chaque marche sembla vite devenir plus haute, gagnant chaque fois quelques centimètres.

AJ-19.

Jeanne arriva finalement à l'étage concerné, face à toute une rangée de casiers gris, si ternes, si banals. Et toujours ce silence assourdissant dans le couloir. Jeanne s'arrêta à six pas du casier 19, identique à tous les autres. Elle n'était pas prête à l'ouvrir, pas maintenant. Et elle n'avait encore rien à y ranger après tout. Même pas la montre de Ben. Que deviendrait-elle ? Dayot allait peut-être en profiter à sa place ! Elle n'avait tout simplement pas envie de s'arrêter, de risquer de croiser quelqu'un.

Jeanne pressa le pas, le regard rivé sur une porte ronde au bout du passage. Personne ne lui avait dit si elle aurait une chambre pour elle ou à partager. Ni si la personne avec elle parlerait sa langue le cas échéant. Si elle n'était pas seule, les Juges avaient dû songer à cette éventualité.

— Tiens, une nouvelle recrue ? Je pensais que la sélection était terminée.

Une femme, d'une bonne trentaine d'années, était allongée sur un lit, portant le même genre d'uniforme que tous ceux que Jeanne avait pu voir jusqu'à maintenant. Elle tenait dans ses mains une petite balle en mousse, qu'elle se remit à projeter contre le mur, sans un regard de plus pour Jeanne. Au premier coup d'œil, la chambre elle-même était modeste, bien que très propre, pour ne pas dire étincelante de blancheur. Rien à voir avec leurs refuges de bric et de broc dans le bidonville, sans surprise. Elle ne comportait qu'une fenêtre, ronde, donnant sur les plaines.

Jeanne restait comme figée sur le seuil.

— Alors, c'est quoi ta spécialité ? La géotechnique ? L'arcologie ? Le renouvellement énergétique ?

À chaque terme, sa balle frappait le mur en cadence.

— Je... Je ne sais pas encore, je viens d'arriver.

— C'est le paradis des ingénieurs, ici, ma vieille, répliqua la femme. T'aimes faire du calcul mental, j'espère. Et courir. Je pensais être là pour mon cerveau, mais on dirait bien que ces crétins veulent faire de nous des champions.

Jeanne grimaça en se souvenant du temps où elle avait voulu imiter son frère et son entraînement physique. Voilà qu'elle allait recommencer.

— Non, je n'aime pas trop ça.

Tout à coup, la balle de la femme changea de trajectoire. L'aspirante avait visé Jeanne en pleine tête. Elle saisit la balle par réflexe au dernier moment.

— T'inquiète. Si tu ne finis pas dans la recherche, tu pourras quand même partir en mission. Il faut aussi des têtes brûlées ou des gros bras pour affronter l'extérieur.

— Tu es déjà partie ? répondit Jeanne, en lui renvoyant sa balle comme si de rien n'était.

— Moi ? Non. Faut avoir réussi l'examen pour ça. Il y a déjà eu dix promos avant nous. Nous, on est du menu fretin à côté. (Elle poussa un soupir théâtral.) J'aurais dû me douter que je ne serais pas seule dans la chambre toute la session. On est venu déposer un uniforme il y a une heure, j'imagine que c'est pour toi.

Jeanne osa détourner les yeux de la balle pour la première fois depuis le début de leur conversation et aperçut en effet un uniforme replié sur ce qui devait donc être son lit. Il était semblable à celui que portait l'autre recrue.

— Tu es là depuis longtemps ? demanda-t-elle.

— Six mois. Le programme de formation dure deux bonnes années, j'espère que t'es du genre patient. C'est pas une course de vitesse. Il faut de l'endurance.

— Tu viens d'où ?

L'autre haussa les épaules.

— Ça t'intéresse vraiment ? Concentre-toi sur l'ici et maintenant. C'est le seul conseil que je peux te donner.

Une tension que Jeanne n'avait pas soupçonnée se dissipa en elle. Elle était capable de gérer l'indifférence. C'était toujours mieux que l'hostilité.

— Merci, soupira-t-elle.

— Pas de quoi. Je m'appelle Rem.

La femme lui expliqua que la tenue était obligatoire.

— C'est pour l'esprit d'équipe.

— Personne ne m'a demandé ma taille ou…

Rem ricana.

— Ma chère, dis donc, tu aurais voulu qu'on prenne tes mesures ? T'inquiète pas à ce sujet, tes vêtements vont s'adapter à ta silhouette.

— S'adapter ? répéta Jeanne.

— Ouais. C'est la magie de Shusharrah ! C'est un biotextile. C'est presque vivant. T'as même des combinaisons capables de purifier l'air autour de toi. On ne t'a pas dit ? On ne plaisante pas dans ce programme.

— Je n'ai pas croisé grand-monde.

— Ils ont sûrement autre chose à faire. Il y a des algues dans ces vêtements. Ne me demande pas comment, mais ils peuvent s'agrandir ou rétrécir et même se réparer. Sauf si tu les déchires entièrement, tu t'en doutes.

La jeune migrante fit de son mieux pour ne pas écarquiller les yeux plus encore qu'elle ne l'avait fait ces dernières heures ; de la magie, peut-être pas. Mais elle n'avait jamais vu ça.

*

Jeanne passa une bonne partie de la soirée assise sur le lit qu'on lui avait attribué, prétextant n'avoir pas faim pour ne pas rejoindre l'espace commun où tous les candidats à l'examen prenaient leurs repas. Et ce n'était pas entièrement faux : la fatigue l'avait rattrapée avant la fin de l'après-midi. Elle se sentait trop lasse pour se confronter à plus d'un nouveau visage à la fois.

Jeanne attendit donc le dernier moment et le cœur de la nuit pour rejoindre ce qui s'apparentait à une salle de bains. Après un dernier coup d'œil dans le couloir et par-dessus la rambarde de l'escalier en bois, Jeanne se dirigea vers la salle d'eau. Personne, pas un bruit. Une fois à l'intérieur de la pièce, elle découvrit un intérieur meublé très simplement. Elle se retrouva à côté de la baignoire et la remplit doucement. Surtout, ne pas faire de bruit. Encore hésitante, Jeanne trempa deux doigts dans l'eau, claire et calme, tiède. Un vrai délice, impossible de le nier... Enfin ! La jeune fille saisit une cruche et la vida lentement pour éviter les éclaboussures. Jeanne comprit à quel point le silence lui avait manqué. Et l'eau chaude. De l'autre côté de la porte, plus un son. On était décidément bien loin du bidonville et de son pauvre trou d'eau.

Jeanne soupira. Elle avait noté la présence d'un pain de savon noir sur le rebord de la baignoire, là encore comme neuf. À croire qu'on venait de le remplacer pas plus tard que la veille, après avoir récuré la baignoire. Son émail étincelait. Ses contours doux avaient quelque chose d'accueillant. Ses eaux berçaient son regard au rythme de leurs vaguelettes paresseuses.

Alors, enfin, la jeune fille s'abandonna à ce qui l'entourait et se débarrassa de ces vêtements qui ne représentaient rien pour elle, enjambant la baignoire. De guerre lasse, Jeanne céda à l'appel de l'eau tiède qui lui monta bien vite jusqu'au cou. Son soupir de soulagement se perdit dans une cohorte de bulles alors que ses cheveux s'étalaient autour d'elle, comme pour mieux faire disparaître son visage. Les caresses de l'eau la réconfortaient, repoussant ses doutes. « Là, là, du calme, tout va bien se passer, tu verras », semblait vouloir lui chuchoter l'eau du bain. La baignoire était si grande qu'elle pouvait presque étendre entièrement ses jambes. Jeanne comprit à quel point celles-ci étaient lourdes, tendues, ses muscles durs. Comme si sa fuite effrénée avait duré des semaines et non pas des jours aussi fous que frénétiques.

Elle ramena ses cheveux en arrière. Trempés, ils se rebellaient déjà. Elle leva les yeux sur le plafond blanc, sentit monter une bouffée de chaleur. Ses joues étaient rouges, brûlantes. Elle vit l'eau changer de couleur, comprit qu'elle devait être bien plus crasseuse qu'elle ne le croyait.

L'eau était devenue grisâtre, trouble. C'était à peine si elle distinguait encore ses genoux ! Elle hésita même à se frotter les yeux.

La vapeur se faisait de plus en plus dense. Jeanne n'arrivait plus à respirer, son cœur s'emballa, ses doigts étaient gourds. La nuée l'avait ramenée des centaines, des milliers de kilomètres en arrière, sur la mer, lorsque la brume avait manqué avaler leur navire lors de cette funeste traversée. Et maintenant... elle se débattait contre un monstre invisible qui l'avait retrouvée, qui ne voulait plus la laisser partir.

Jeanne tenta de se relever en hoquetant, dans un nuage de vapeur l'emprisonnant dans ses serres. Une main la saisit pourtant, tangible, dure, froide.

C'était Rem, venue à sa rencontre après l'avoir entendue crier. Elle allait la punir, lui crier dessus, se moquer d'elle et de ses faiblesses. Comment imaginer autre chose ? Des semaines que Jeanne n'avait connu que ça. Mais l'autre recrue la prit aussitôt dans ses bras, ignorant les éclaboussures, non pas pour la retenir ou la secouer vertement, mais pour l'aider à retrouver son calme.

Pour la serrer contre elle et la rassurer, sans ménagement mais sans hésiter. Enfin.

— Arrête, tu ne crains plus rien. Plus rien. Tu es à Shusharrah.

Jeanne le comprenait enfin.

17

Dès le lendemain, Jeanne se retrouva emportée dans un tourbillon d'épreuves imprévues, qui la laissèrent *dubitative.* Par chance, Rem était déjà partie de la chambre lorsqu'elle ouvrit les yeux. Elles n'avaient pas échangé un mot au sujet de la crise de Jeanne la veille au soir.

Luttant contre tous les réflexes ancrés en elle, la nouvelle recrue se força à enfiler son uniforme sans réfléchir. Elle tira sur le col. Pourquoi fallait-il qu'il soit ras du cou ? Et si près du corps ? Mais Rem le lui avait indiqué, le tissu, plus doux qu'elle ne l'aurait cru, s'adaptait à la morphologie de chacun. Même s'il était neuf, il ne grattait pas. Les pensées de la jeune fille la rattrapèrent : elle n'avait pas l'habitude des vêtements neufs.

On commença par venir la chercher pour lui faire passer une série de tests écrits, seule dans une petite pièce blanche. Jeanne n'avait jamais rien connu de tel. Des problèmes de logique, des questions à choix multiples, des phrases à compléter... Toujours en français pour le moment. Les élèves étaient dans un premier temps regroupés selon leur langue d'origine. Elle tenta de faire du mieux possible, bien qu'elle ne savait pas toujours ce que l'on attendait d'elle, surprise par ces tests. Cham ne lui avait donné aucune piste, ni personne parmi les gens qui l'avaient accueillie sur place dans le complexe réservé aux cours. On ne lui transmit aucun résultat, aucune note non plus.

Au départ, elle fit contre mauvaise fortune bon cœur et se dit que se jeter corps et âme dans son apprentissage lui permettrait de mettre de côté la douleur qui lui noyait le cœur, de la remplacer par un autre genre de souffrance, inscrite dans ses muscles cette fois. De l'extérieur, la jeune fille avait eu l'impression que les recrues de Shusharrah consacraient beaucoup de temps à entretenir leur corps, et elle s'aperçut qu'elle ne s'était pas trompée sur ce point : course à pied, musculation, apnée, épreuves d'équilibre...

Elle n'avait pas commencé son entraînement physique depuis deux jours que Jeanne s'était dit avec une certitude quasi absolue que son frère avait dû adorer cette partie-là de la formation. Elle avait déjà vu un stade en France, abandonné bien sûr. Mais découvrir une piste autour d'un terrain central ne la surprit pas.

À l'intérieur du dôme, les élèves se livraient à de véritables parcours du combattant, y compris les recrues qui paraissaient aux yeux de la jeune fille du même âge que Melchisédech. Il était seulement question pour les plus âgées de classements différents selon leur temps moyen, mais pour le reste, elles semblaient soumises aux mêmes épreuves. Ce jour-là, Jeanne se sentit presque vexée de constater que Rem l'avait battue dans toutes les épreuves, quels que soient les critères retenus, dont l'âge.

— Ne le prends pas mal, tu débutes à peine, lui lança-t-elle en passant dans son dos, consultant le tableau noir d'un œil distrait. Et puis nous ne sommes pas tous égaux physiquement. Toi, t'es grande, c'est déjà pas mal.

— Oui, je pourrais toujours aider les plus petits à attraper un truc en hauteur, marmonna Jeanne entre ses dents.

On lui avait pourtant expliqué qu'elle devrait, en principe, pouvoir rattraper son retard sur les dernières recrues arrivées en quelques jours, deux semaines tout au plus, sur le plan de la condition physique. Pour le reste, Rem lui avait répété qu'elle n'avait pas de pression particulière à ressentir : pour le moment, elle devait traverser une sorte de préformation, avant de se voir intégrée pour de bon au cursus.

Si Jeanne y parvenait. C'était tout l'enjeu qui importait aux yeux des Juges, comme si c'était la seule chose qui comptait dans cette ville : atteindre ce statut si précieux, faire partie d'une élite, la preuve que celle-ci existait encore, quelque part, pour une poignée d'élus.

Autour d'elle, beaucoup se battaient avec acharnement et Jeanne avait l'impression de rester à la traîne, de ne pas éprouver la même rage, la même détermination. Être acceptée à part entière à Shusharrah pour rendre hommage à son frère ? Parce qu'il avait emprunté ce chemin trois ans plus tôt ? Jeanne l'avait pensé, elle se l'était même répété plusieurs fois, à chaque nouveau cours, chaque nouvelle épreuve. Mais elle ne parvenait pas à s'en convaincre et s'en sentait presque coupable. Elle n'avait plus qu'à redoubler d'efforts, alors. Peut-être que les choses finiraient par changer d'elles-mêmes.

Après la phase initiale de test, les matins étaient consacrés à tout ce qui était exercices de mathématiques, de physique ou bien encore de biologie, des mots que la jeune fille avait seulement croisés dans le dictionnaire jusqu'ici. Les recrues suivaient des cours dans de petites salles, par groupe de dix individus au maximum, afin de mieux travailler. Des professeurs vêtus un peu à la façon des Juges, mais portant des robes d'autres couleurs, bleues et vertes, se succédaient devant les élèves studieux. Jeanne avait du mal à se concentrer sur ces *ribambelles* infernales de chiffres, de formules, de définitions et de règles.

Des règles, toujours plus de règles.

*

Les cinq premières journées de formation lui parurent si denses qu'elle n'avait plus le temps de s'interroger sur rien, y compris la mort de Ben et la disparition de son frère. Le soir venu, la jeune fille hésitait toujours devant la porte de sa chambre. Elle ne parvenait pas à concevoir que cet espace lui appartenait. Non pas qu'elle tienne absolument à être seule ; elle n'avait rien contre Rem, qui était là avant elle après tout. Jeanne ne cherchait à engager la conversation avec les autres que pour tenter de savoir si untel ou untel avait déjà croisé son frère, en vain, car tous ceux qui l'avaient côtoyé étaient partis depuis longtemps. Pour le moment, elle n'avait pas encore osé s'adresser à un criquet quelconque. Ces soldats étaient bien plus intimidants encore.

La fatigue ne l'empêchait pas de se dire que ces « cours » écartaient toute dimension sociale. Cham lui avait bien dit qu'il lui faudrait apprendre à vivre en groupe, mais cela n'avait rien à voir avec le fait de se pencher sur les conditions de vie en société, sur comment chercher à s'intégrer avec les autres, et tout ce qui avait pu traverser l'esprit de Jeanne lorsqu'elle avait transité par le bidonville. C'était comme si, plus encore que tout autre, les recrues vivaient en vase clos, sans se soucier de tout ce qui pouvait bien se passer à l'extérieur de leur programme. Depuis son arrivée, chaque fois que Jeanne avait osé les regarder, elle avait aperçu au loin les autres candidats à l'examen, ou du moins une partie d'entre eux.

Toujours en rangs, toujours en silence, toujours à la suite d'un instructeur ou d'une instructrice. Ils portaient une tenue encore différente de celle de Jeanne, beaucoup plus proche d'un uniforme, blanc et bleu, symbole de leur avancement dans leur formation.

*

Ce jour-là, la Juge conduisit les recrues sur le versant sud de la montagne, beaucoup plus aride que les plaines de Shusharrah. On les mélangeait encore. Pourquoi ? Mystère ! Au nombre de huit, ils avaient tous l'air d'avoir entre dix-huit et vingt-cinq ans sans doute, à part deux, nettement plus vieux. Peut-être quarante ? C'était déjà un bel âge maintenant. Jeanne se raidit immédiatement et ne réagit pas quand la Juge lui donna un banal couteau avant de lui ordonner de couper plusieurs branches d'un plant d'acacia *souffreteux*. Ne parvenant pas à retrouver dans quel livre elle avait bien pu découvrir ce mot, elle questionna donc la Juge.

— Je ne suis pas sûre de vous suivre, dit Jeanne. Ne faudrait-il pas plutôt planter des arbres ? Ou utiliser plus d'eau ? Je sais bien que c'est une denrée rare, mais…

La Juge lui prit le couteau des mains en secouant la tête.

— Regarde.

Sem se pencha sur le tronc et trancha net l'une des branches les plus basses.

— Il y a des choses que l'on peut se permettre à l'intérieur des murs de Shusharrah car nous partons de rien. Mais à l'extérieur, il faut tenir compte de la nature, de ce qu'elle nous transmet.

— Vous venez de vous attaquer à cet arbuste.

— En apparence, Jeanne. En apparence. En réalité, je lui rends des forces pour qu'il se change justement en arbre. Sans ça, avec tous ces rejetons, il se contenterait de vivoter. Et jamais nous ne pourrions recréer de barrière concrète contre le désert. Il faut parfois savoir remodeler toute son existence pour l'améliorer.

La jeune fille ne put s'empêcher de lever les yeux au ciel.

— Subtil.

Sem sourit tandis que trois ou quatre élèves s'étaient récriés. Comment Jeanne avait-elle osé réagir ainsi ? De toute évidence, personne ne répondait sur ce ton à l'un des éminents personnages de la cité.

— N'est-ce pas ? Avec moi, c'est le genre de choses que l'on peut apprendre.

Jeanne n'écoutait plus, observant le passage d'une autre cohorte de candidats à l'examen. Elle avait appris que ceux-ci avaient deux semestres d'avance sur son groupe. De quoi voir encore venir…

La vision de ces colonnes sages, comme ces élèves disposés en dizaines de rangées sur l'estrade l'autre jour, l'avait mise mal à l'aise. Combien étaient-ils ? Deux, trois cents ? Ils étaient tous dans la même tranche d'âge qu'elle, à un ou deux ans près. À distance, difficile d'avoir quelque certitude à ce sujet. Une chose était sûre, ils étaient de toutes origines.

Cela n'avait plus rien à voir avec un petit groupe en cercle sous un arbre, à écouter un professeur. Jeanne avait presque l'impression de contempler des cadets de l'armée en formation. Mais Shusharrah n'avait pas d'armée. Quel besoin ? Qui restait-il à affronter ? Si la cité était à la pointe de la technologie, elle n'était sans doute pas la seule à posséder ces techniques, ou du moins la plupart d'entre elles. Shusharrah disposait de ressources insoupçonnées, mais ne représentait qu'elle-même. Ce n'était qu'une apparition sortie de terre quand tout le reste de la planète sombrait dans le chaos, ce qui ne signifiait pas qu'elle pouvait s'enorgueillir d'un statut particulier. Et si ce n'était pas le cas, les autres puissances encore debout dans le monde, s'il y en avait, n'avaient donc aucune chance de venir par ici.

— Jeanne ! fit sèchement la voix de la Juge.

— Quoi ?

Sem n'avait pas abandonné son masque, froid et dur.

— M'écoutes-tu ? Je parlais de la consommation d'eau. Une partie de nos cultures sont testées à une altitude qui n'est pas celle de leur milieu d'origine afin de déterminer si elles sont capables de s'adapter à de tels changements.

Sem les conduisit ensuite dans les serres qu'elle avait déjà observées de loin à son arrivée. Jeanne se retrouva une fois de plus à la traîne, parmi les derniers candidats à y pénétrer. Dans un angle, de nouvelles machines, inconnues de la jeune fille, ronronnaient doucement. Certaines feuilles étaient *bardées* de capteurs, Sem leur indiquait que ceux-ci communiquaient directement avec les plantes afin d'optimiser, là encore, leur apport en eau.

— Ici, vous pouvez découvrir deux cent cinquante parcelles très semblables en apparence, mais où l'on retrouve, eh bien, deux cent cinquante variétés de céréales en cultures hydroponiques. Il faut toujours chercher le meilleur rapport entre l'investissement demandé et le rendement obtenu en retour.

Comme avec nous ? se dit Jeanne.

— Qu'est-ce que c'est ? se surprit-elle à dire, plus fort qu'elle ne l'avait imaginé.

Sem se retourna vers la jeune fille.

— Ça ? C'est un nouveau système de test de filtre, pour l'eau. Pour la débarrasser des nitrates, entre autres. Personne ne te l'a encore dit peut-être, mais tu auras aussi bientôt des cours de mécanique. Il faut que vous soyez capables de réparer une pompe ou de changer un filtre, et ce, même dans les conditions les plus extrêmes qui soient. C'est à cela que servent les expéditions auxquelles chaque promotion doit participer. À vous préparer pour le pire.

Ce genre de discours qui semblait tout fait aux oreilles de Jeanne ne l'impressionnait pas. Tous les Juges, tous les instructeurs, et même une partie des prétendants à l'examen qu'elle avait pu croiser au cours de ces derniers jours lui avaient répété plus ou moins la même chose. À croire que pour eux, quelques semaines de formation suffisaient à les couler dans le même moule. Un instant, Jeanne se demanda à quelle promotion aurait pu appartenir Adam, avant de chasser cette pensée.

— Mais alors, on pourrait s'en servir dans le bidonville, non ?

Le visage de Sem se ferma et Jeanne s'interrompit, laissant sa phrase en suspens.

— C'est encore en test, je te le répète. Il nous manque trop de données. Tu ne voudrais pas qu'on prenne de risques inutiles, non ?

— On dirait pourtant que ça marche déjà très bien. Et vous préférez vous en servir pour arroser des plantes ?

— Qu'en sais-tu ? Attention aux raccourcis, chers candidats. Voici un exemple flagrant.

Jeanne se mordit la langue. Pour une fois qu'elle avait osé prendre la parole, voilà que la Juge l'avait *rabrouée* sans hésiter. La jeune fille se sentit renvoyée à son état de moins que rien, d'ignorante. Cherchait-elle à se faire remarquer ? Jeanne n'avait pas envie d'y songer. Elle ne voulait pas admettre que cette vie-là ne la faisait pas rêver. Elle n'était pas la seule, non ? Toc était dans le même cas, après tout. Il avait abandonné et ne s'en tirait pas si mal. Mais d'autres avaient eu moins de chance, comme Adam.

Sem sourit en voyant que Jeanne ne répondait pas. Sans doute imaginait-elle qu'elle lui avait cloué le bec, alors que l'émotion venait simplement de la saisir une fois de plus, de la prendre à la gorge sans pitié.

Jeanne baissa les yeux. Le bidonville et les hauteurs de la Petite France s'imposaient de nouveau dans son esprit. Adam, abandonné par Shusharrah dans ce labyrinthe. Comment le voir autrement ? Le visage de la jeune fille se ferma. S'il était parti, c'était pour elle, pour lui offrir un avenir meilleur.

Jeanne n'avait pas le droit de céder.

18

Les quinze jours suivants ne furent d'aucun réconfort pour la jeune migrante.

Elle aurait dû s'intégrer, peut-être sentir germer les *prémices* d'une amitié sincère avec ses camarades de galère, mais non, rien du tout. Elle s'était tellement renfermée sur elle-même que son cœur ne battait plus pour personne ni pour rien. C'était un fait dur et sans appel, mais sincère. Jeanne était plus seule que jamais dans ces imposants couloirs. Les mâchoires serrées, le souffle rauque, elle avait pris l'habitude de mener la course. Tous les après-midi, c'était elle qui terminait en tête de leurs épreuves d'endurance, deux cents mètres au moins devant les autres. Si elle ne parvenait pas à se faire une place, autant prendre les devants! La colère coulait dans ses jambes, la portant chaque fois plus loin. Au moins, elle avait pu constater du mieux sur le plan de sa condition physique : son corps avait repris des forces, ses muscles se dessinaient, et elle qui n'avait pas toujours mangé à sa faim avait gagné près de quatre kilos. Une donnée facile à vérifier puisqu'on les pesait tous les deux jours.

Jeanne avait aussi appris que la plaine abritait un centre « multimédia » qui là encore n'était ouvert qu'aux encadrants et aux aspirants acceptés. Architecture bioclimatique, production d'énergie propre, multi-recyclage des eaux usées, une vingtaine d'exploitations agricoles différentes pour plus de cent hectares cultivés... Les innovations ne manquaient pas, exactement comme l'on pouvait s'y attendre. Seuls les hangars en plein travaux troublaient la sérénité apparente des lieux.

À la fin de la deuxième semaine, penchée à une fenêtre, Jeanne observait la plaine qui s'étendait à perte de vue, seulement barrée par les montagnes. Elle n'aurait jamais imaginé ainsi ses premières nuits à Shusharrah. À cette heure-ci, les drones volaient toujours, mais ils étaient désormais réduits à l'état de billes lumineuses.

Un point bien plus lumineux que les autres apparut quelques instants sous la voûte céleste et se mit à scintiller d'un éclat vif. Jeanne songea malgré elle à Dayot et à ses histoires d'étoiles. Il s'agissait sans doute du même objet observé ensemble, si peu de temps auparavant. Elle secoua la tête. Jeanne n'avait pas envie de réfléchir à cet épisode. Tous ceux qui croisaient sa route ces derniers temps semblaient connaître un sort funeste ou lui causer des problèmes. Une bonne raison de plus de s'isoler, sans doute. Et pourtant, en repensant au bidonville, de nouvelles interrogations cherchaient à se faire entendre : que faisaient Karam et les autres en cet instant ? Avaient-ils dû changer de campement ? Comment les habitants du bidonville réagissaient-ils aux troubles grandissants ? Et surtout, comment son frère avait-il disparu là-bas ? Il n'avait pas abandonné, contrairement à Toc. Il lui était forcément arrivé quelque chose.

Tout à coup, la jeune fille se raidit, les deux bras sur le rebord de fenêtre. Une plainte étrange venait de se manifester, courant sur les plaines, tombée depuis les sommets. Du moins, en avait-elle l'impression. Le cri se répéta, une seconde fois, puis une troisième. Jeanne avait beau embrasser du regard tout l'horizon, elle ne distinguait absolument rien. En contrebas, les rues étaient calmes, désertes. Elle ne comprenait pas à quoi elle pouvait bien avoir affaire, même au bout de six ou sept plaintes, toujours aussi sourdes et puissantes. Mais ces gémissements ne semblaient pas correspondre à un signal quelconque. Ils se déclenchaient dans la cité. Un instant, la brise, qui avait légèrement forci, jeta une mèche de cheveux devant ses yeux et elle la repoussa d'un geste.

Jeanne sourit en secouant la tête. Elle se sentait presque bête. Elle n'avait jamais vu, encore moins entendu de baleine, mais la jeune fille se surprit à penser que leur chant devait ressembler à cette plainte, triste et mélodieuse à la fois. Et si l'une d'entre elles surgissait au-dessus des montagnes ? Serait-ce si étonnant dans une telle ville ?

Prise d'une envie subite, elle décida de sortir. Sa camarade de chambrée n'était pas là, comme c'était le cas un jour sur deux. Elle vivait sa vie. Alors, pourquoi pas Jeanne ? Et que devenait Cham ? Elle aurait souhaité pouvoir la croiser, même s'il y avait fatalement une distance entre elles.

Distraitement, elle se demanda s'il s'agissait d'ailleurs du bon terme. « Juges ». Cham ne l'avait jamais employé devant elle, pas plus que les deux autres représentants de la cité qu'elle avait déjà rencontrés. Sans le lui interdire formellement non plus, Cham lui avait en revanche laissé entendre qu'elle ne devait pas sortir de chez elle une fois la nuit tombée. Les habitants de Shusharrah n'étaient pas censés errer sans but dans la plaine et, à dire vrai, il n'y avait rien d'ouvert de toute façon. Pas de magasins, pas de restaurants, ou autres. Qu'auraient-ils bien pu faire, tous, à part rester sous les arbres ou contempler les étoiles ?

Et justement, Jeanne se sentait saisie par une envie irrésistible de contempler la Voie lactée au fil de ses pas, et non depuis une pauvre fenêtre.

La résille d'argent qui protégeait la plaine brillait doucement au-dessus de sa tête. Jeanne se souvint des paroles de Rem, deux jours plus tôt : la saison des tempêtes avait débuté encore plus tôt que lors des dix-sept années précédentes et elle s'annonçait comme la plus terrible depuis longtemps. Mais ici, sous la Résille, on ne craignait rien. C'était une constante avec Shusharrah. Et c'était aussi ce que Jeanne supportait très mal, cette permanente ronde ouatée. Les échos mêmes de l'orage se distinguaient à peine.

Jeanne leva les yeux sur le dortoir, regrettant qu'il ne s'agisse pas d'une bibliothèque. Encore une déception pour elle ! La jeune fille n'était pas censée se soucier de *littérature* et de grandes idées, seulement de se conformer à ce que l'on pouvait bien lui raconter. Jeanne se sentit soudain si minuscule sous l'immensité de la voûte aux lambeaux de moire. Une fois encore, elle fouilla dans sa mémoire, mais aucune citation ne lui vint. La jeune fille laissa ses pas l'éloigner des dortoirs.

Elle se figea et battit des paupières. Cham approchait.

— Te voilà ! fit la Juge. Je venais justement te trouver, Jeanne. Au bout de deux semaines, il est temps de faire un premier bilan, tu ne crois pas ? Je voulais discuter un moment avec toi. Ça te dirait de prendre un thé ?

*

La demeure de Cham s'étirait tout en hauteur à l'ombre d'un nouveau bosquet.

Là encore, tous les arbres se ressemblaient, mais Jeanne n'en reconnut pas l'essence. Elle plissa les yeux. Non, la maison ne se dressait pas *à l'ombre de*, mais au cœur même du bosquet. Elle donnait l'impression de se fondre parmi les troncs aux reflets cuivrés. Le bâtiment ressemblait à un sablier géant, une végétation luxuriante bien différente de celle des plaines occupant l'intérieur de la sphère de verre. Tous les bâtiments, quelle que soit leur taille ou leur forme, étaient visiblement construits dans une matière que Jeanne n'avait pu identifier jusqu'alors, sans doute un matériau créé de toutes pièces par les technologies si avancées de Shusharrah. La jeune fille s'approcha de la paroi la plus proche et posa doucement la main dessus.

— Tu vois ce qu'est un champignon, Jeanne ? Eh bien, nos scientifiques ont conçu une matière à base de mycélium. Imperméable, résistante au feu, sans rejet toxique et plus dure qu'une matière dont tu te souviens sûrement encore, le béton. La plupart des bâtiments de Shusharrah les plus récents ont été construits dans cette matière.

La jeune migrante hocha la tête. C'était donc ça. Le blanc des structures environnantes avait quelque chose de légèrement terne.

— J'espère que tu ne me décevras pas, reprit Cham, soudain grave. Je me suis vraiment engagée. Je suis responsable de ta réussite. D'après ce qu'on m'a rapporté, tu te défends bien, mais tu restes seule dans ton coin.

Jeanne la considéra en silence. Sa vie d'avant lui avait également apporté son lot de déceptions, de doutes, de terreurs… Chaque journée lui donnait l'impression de l'entraîner vers une torpeur mortelle, la transformant peu à peu en zombie, en pâle copie de ce qu'un véritable être humain pouvait espérer accomplir. Elle qui aimait tant les livres les avait parfois détestés, considérant les destins incroyables que ces pages lui faisaient miroiter, ces destins qui se refuseraient à elle.

À moins que Shusharrah ne soit digne des histoires du passé.

Sous un drap à moitié tiré, Jeanne remarqua finalement des tranches cartonnées. Des livres ! Cham possédait une succession d'étagères remplies de volumes divers. C'était la première fois depuis son arrivée qu'elle avait de tels ouvrages sous les yeux. Jusqu'à maintenant, ses pupilles fatiguées n'avaient croisé que des écrans, et encore, bien rarement.

Cham se glissa dans l'embrasure ronde d'une porte et saisit l'occasion pour l'interroger.

— Sais-tu lire autre chose que le français ?

Jeanne hocha la tête.

— Mes parents avaient appris l'espagnol et un peu d'arabe aussi, mais je ne sais pas lire ces langues, chuchota la jeune fille, la gorge sèche. Je suis incapable de les déchiffrer.

— Je comprends. Nous ne sommes pas très nombreux ici. Avec toi, ça fera donc une de plus !

— Nombreux à quoi ?

Cham s'avança et saisit l'un des livres, à la tranche verte. Il n'y avait aucun titre à déchiffrer sur leurs couvertures. Certaines étaient couvertes de longues lignes en arabesques presque magiques, comme… Jeanne fouilla dans sa mémoire… des hiéroglyphes ? D'étranges symboles pourtant capables de contenir tant d'histoires, tant d'échappatoires !

— À aimer le papier, peu importe la langue. Je me trompe ? Tu aimes l'objet lui-même, non ?

Jeanne hocha la tête en songeant à ses précieux ouvrages, disparus à jamais dans la mer.

— Pourquoi se charger comme une mule quand on peut avoir toute une bibliothèque dans une tablette ? poursuivait Cham. Avant, du moins. Si tu es sage, je pourrai t'en prêter.

Devait-elle la remercier ? Jeanne se sentait encore beaucoup trop tendue pour réagir de manière à répondre à ses attentes.

— J'aimerais bien, souffla-t-elle. Il n'y a donc pas de livres papier à Shusharrah ?

— Je n'ai pas dit ça. Tu peux avoir des manuels à consulter, mais il est vrai que nous comptons beaucoup sur les machines intelligentes. C'est une vraie chance que nous soyons parvenus à conserver de tels atouts technologiques. Surtout quand il faut vous envoyer en mission. Si tout le monde devait transporter vingt kilos de livres sur le dos en plus de tout le reste…

Jeanne fit la moue. L'argument était d'une logique imparable, mais elle n'avait d'yeux que pour ces étagères et ces milliers de pages pleines d'histoires. La jeune fille était certaine qu'il devait s'agir de romans.

— Si tu travailles bien… Tu pourras en emprunter. Ne les regarde pas aussi intensément tu vas finir par me faire peur ! voulut plaisanter la Juge.

— Par bien travailler…

— Je veux dire suivre sérieusement ta formation et t'intégrer parmi tes camarades.

La Juge lui avait déjà expliqué qu'on lui présenterait à terme tout un éventail de métiers, notamment dans la gestion des ressources, naturelles comme artificielles. Mais en vérité, rien ne la tentait vraiment, car la tension rongeait largement ses réflexions, l'empêchant de prévoir quoi que ce fût. Son frère disparu. Ben, lui aussi emporté par la violence de ce monde en perdition. À moins, bien sûr, qu'il ne s'agisse que d'un prétexte bien utile de son cerveau pour éviter de songer à l'avenir.

— Ne te laisse pas abattre ! Je comprends que tu aies besoin d'un peu de temps pour saisir tout ce que l'on attend de toi. Un exemple est souvent plus efficace que n'importe quel cours magistral, quels que soient les talents du professeur.

— Attention, on croirait entendre Melchisédech.

Cham sourit à nouveau.

— Tu veux finir au coin ? Shusharrah n'est pas là que pour protéger ses habitants. Il y est avant tout question des qualités morales et des vertus des aspirants. C'est vous qui devez vous montrer à la hauteur. Et capables de vivre en société, en vase clos, longtemps. Avant d'être acceptés de plein droit, certaines de vos missions peuvent durer plusieurs mois. Médite donc sur mes paroles.

Elle saisit son médaillon ailé.

— Regarde ce symbole. Chacun y voit sans doute des choses différentes. Pour moi, c'est une flamme, l'étincelle. Celle qui nous guide sur la seule voie possible, celle du progrès.

Même si elle n'avait pas prévu de l'admettre, et même si l'envie de lever les yeux au ciel la démangeait, Jeanne ne comptait pas contester les affirmations de Cham.

— Vous vouliez simplement me rappeler à l'ordre ?

— Non, soupira Cham. Il y a autre chose dont je voulais te parler, mais j'attendais que tu n'attires plus autant l'attention pour te voir en tête à tête.

Le regard de Jeanne ne parvenait pas à s'arracher de la petite boîte que Cham tenait entre ses mains.

— Voici les affaires de ton frère, lui expliqua Cham d'une voix douce, presque rauque.

Jusqu'à présent, la disparition d'Adam avait quelque chose… d'invisible, comme si elle n'existait pas. Après tout, Shusharrah n'avait rien eu à lui montrer, pas de tombe, pas de corps. Personne, pas même le grand Melchisédech, ne savait ce qu'il lui était arrivé exactement. Il avait été avalé par le bidonville, et c'était tout.

Mais pourquoi la Juge avait-elle récupéré les affaires d'Adam, un simple garde ? Les avait-elle demandées pour les lui confier maintenant ?

— Vous avez connu Adam, souffla la jeune fille. Est-ce que… vous étiez *amis* ?

Jeanne ne se souvenait pas qu'Adam ait jamais toléré quelqu'un dans son sillage. Même ce pauvre Ben n'était pas un véritable camarade à ses yeux.

— Difficile à dire avec ton frère, tu ne crois pas ? répondit Cham, avec un petit sourire triste. Je ne l'ai jamais su et je ne le saurai jamais. Mais oui, j'ai connu Adam. Il était à mon service pendant quelques mois. C'était encore le cas au moment de sa disparition. Ton frère était quelqu'un de bien, Jeanne. Écorché vif, sans doute, mais… quelqu'un de bien. J'en suis certaine. En tout cas, puisqu'il n'est plus là, ses affaires te reviennent. Tu peux en faire ce que tu veux.

— Vous les avez regardées ?

— Je n'ai pas ouvert la boîte depuis qu'on me l'a remise, répondit simplement Cham.

Jeanne ne savait pas comment réagir. Elle aurait cru se précipiter dessus, l'arracher même des mains de la Juge, si elle avait osé. Mais en réalité… Elle n'y parvenait pas. Avait-elle vraiment envie de savoir ce que son frère avait laissé derrière lui ? Et si elle trouvait des traces, des explications sur la raison pour laquelle il avait cessé de lui écrire ? Pourtant, si ses affaires avaient contenu la moindre information intéressante pour Shusharrah, les autorités avaient déjà dû les étudier sous tous les angles. Que lui restait-il ? Quels souvenirs pouvait-elle garder rien que pour elle ? L'histoire d'Adam ne lui appartenait plus.

— Tu ne veux pas les récupérer ? demanda Cham, encore plus doucement.

En avait-elle le droit ? Que dirait-on ?

— Tu peux refuser, Jeanne. Il n'y a personne ici pour te voir ou te juger.

L'entendre eut quelque chose de libérateur. C'était vrai. Elle pouvait faire ce qu'elle voulait du contenu de cette boîte. Elle n'avait pas à en avoir peur. Jeanne n'avait pas envie de vivre ce qu'elle avait connu dans le canot, avec les lettres de son frère. Finalement, elle lui avait dit au revoir à ce moment-là, sans le savoir. La jeune fille fit un pas en avant, mains tendues. Un instant, Cham parut retenir la boîte entre ses doigts avant de la laisser partir, comme un dernier adieu pour elle aussi.

Jeanne décida de l'ouvrir, sans attendre de retrouver sa chambre. Il n'y avait pas grand-chose : aucun carnet, aucun mot. Rien qu'elle puisse lire, rien à quoi se rattacher. Il y avait son uniforme, qui avait dû être lavé et plié. Pas trop le genre d'Adam, même s'il avait dû changer ses habitudes pour s'adapter. Sinon, à quoi bon tenter le programme de Shusharrah ?

Pour la première fois, Jeanne pouvait discuter librement de son frère, avec quelqu'un qui l'avait manifestement côtoyé de près. Elle aurait dû se sentir apaisée, soulagée. Mais aucune conversation n'aurait pu lui suffire.

Adam avait disparu au cœur même de la Petite France. Elle ne pouvait pas fermer les yeux et oublier. C'était ce qu'elle avait cru être capable de faire en se retrouvant à Shusharrah, alors que la réalité était tout autre. Adam ou pas, Jeanne n'y parviendrait pas. Ce n'était pas dans son caractère.

— Je sais que cela ne me rendra pas mon frère, chuchota-t-elle, mais j'aimerais retourner dans le bidonville. J'aimerais… tenter de comprendre.

Lentement, Cham acquiesça.

19

Elle retrouva la Juge le lendemain matin devant les portes de la cité.

Dire qu'elle les avait franchies dans l'autre sens moins de trois semaines plus tôt ! La jeune fille s'aperçut qu'elle traînait des pieds. Une véritable appréhension l'avait envahie avec l'arrivée du soleil. Elle ne pouvait qu'espérer que cette tension n'augmente pas avec la lente montée vers le zénith de l'astre du jour.

La Juge lui fit signe d'approcher. Elle était une fois de plus entourée de « criquets », mais aussi de personnel hospitalier. Jeanne se frotta le bras. Il était question d'une campagne de vaccination et Cham avait prétexté avoir besoin de recrues potentielles pour faire le nombre. Jeanne n'avait jamais connu de vaccination avant son arrivée ici. Il n'y avait plus d'hôpitaux ni même de médecins dignes de ce nom depuis l'époque de ses parents.

Jeanne, comme Cham, portait une tenue comportant un voile, avant tout pour des raisons de commodité, tempête de sable ou pas. Parmi les autres candidats à l'examen, elle avait vu des femmes voilées, même dans l'enceinte de la ville. Pour certaines, il devait s'agir de maintenir une tradition ancestrale. Jeanne ne la comprenait pas, mais n'en avait que faire, pour tout dire.

Surtout en cet instant.

Les portes surmontées du symbole du Faravahar s'ouvrirent et Jeanne découvrit le chemin qui conduisait au bidonville depuis le cercle de montagnes. De là, seuls les contreforts de la Petite France étaient visibles pour le moment. La voie serpentait entre les rochers, presque aussi lisse que les rues de la cité, mais entourée de différents points de passage qui n'étaient autres que des postes de surveillance, occupés là encore par des criquets, équipés d'armes étranges. Cham lui avait dit de ne pas avoir peur. Ils ne tiraient pas de balles. De telles munitions n'avaient rien de « civilisé ». Au lieu de cartouches, ces fusils utilisaient apparemment des micro-ondes, capables d'infliger des brûlures incapacitantes à leurs cibles. Bref, quelque chose de beaucoup plus civilisé, en effet. De toute évidence, personne ne risquait de passer par là pour tenter de rallier la cité sans autorisation. Adam lui-même avait-il dû faire usage de la force ? Tirer ? *Tuer* ?

Il faisait déjà chaud mais Jeanne se surprit à frissonner.

— L'opération durera une bonne matinée, lui dit Cham, qui marchait à ses côtés.

Ils en avaient sans doute pour une petite demi-heure de marche, au bas mot, mais la Juge avait décidé de se déplacer à pied.

— Tu verras, il n'y a rien de bien compliqué.

— Melchisédech vous a-t-il autorisé de telles dépenses ?

— Allons, répondit Cham dans un sourire. Il n'est pas si méchant. Et puis, c'est un calcul comme un autre, tu sais. « Offrir » des vaccins maintenant pour nous épargner une épidémie à gérer au pied de la cité plus tard… Il n'est pas obtus.

Bientôt, la rumeur du bidonville se fit sentir, si forte qu'elle aurait de toute manière recouvert n'importe quelle discussion. Les nouveaux arrivants devaient rejoindre le poste hospitalier, celui-là même où Jeanne s'était réveillée la toute première fois, dans une simple tente. Elle secoua la tête ; encore un mauvais souvenir. Ils n'avaient que trop tendance à s'accumuler ces derniers temps.

— Nous avons une centaine de personnes à vacciner ce matin. On nous a indiqué qu'un groupe venu du Sahel est arrivé dans la nuit. On ne peut pas se permettre de les laisser s'installer sans nous assurer qu'ils sont en bonne santé. Tu sais comment « fonctionnent » les maladies, Jeanne ? Comment elles se transmettent ?

— Vaguement, répondit la jeune fille.

Les livres qu'elle avait possédés autrefois n'avaient rien d'encyclopédies. Mais elle croyait se souvenir d'une histoire de peste à Marseille, une grande ville du sud du pays, dans un roman de… comment s'appelait cet auteur déjà… Pagnol ? Son prénom lui échappait. Marcel, Michel, quelque chose dans ce goût-là.

— Eh bien, ça te fera l'occasion d'apprendre quelque chose de plus. Et qui sait, peut-être que tu trouveras ta voie ?

Une nouvelle fois, Jeanne, les traits tirés, conserva le silence. Elle ne cessait de lever les yeux sur des cieux beaucoup trop bleus, incapable de regarder les barbelés du bidonville. Un mauvais pressentiment inexplicable l'avait saisie.

Pourtant, rien ne le confirma au cours de la première heure. La délégation de la cité prit place dans le poste médical, à l'ombre des miradors équipés d'énormes objets oblongs ressemblant à des canons mais qui n'en étaient pas selon Cham. Une série de vingt personnes, essentiellement des enfants, bien trop maigres, bien trop sales, défilèrent devant eux, la plupart privés de leurs parents. Pourquoi fallait-il procéder ainsi ? Pourquoi les vacciner mais ne pas prendre la peine de leur offrir de quoi prendre une douche ?

Jeanne n'osa pas participer elle-même. Cham ne lui demanda pas, ne chercha pas à l'obliger. Elle était là avant tout pour être témoin. N'importe qui aurait pu faire un tour dans le bidonville et émettre le même constat, mais si Cham voulait multiplier les témoignages, Jeanne pouvait le comprendre : visiblement, les autres candidats à l'examen d'entrée à Shusharrah ne semblaient guère concernés par la vie ou l'existence même du bidonville. Au contraire, ils voulaient s'en extirper au plus vite, lui tourner le dos à jamais.

La jeune fille quitta la tente, suivie des yeux par Cham. Elle ne parvenait plus à rester immobile, dans son coin, à observer sans mot dire ce défilé. De retour sous le soleil, Jeanne se surprit à chercher Dayot du regard, alors qu'elle pensait l'avoir totalement oublié. Mais elle ne le vit pas, ni lui, ni Karam, ni Soundous ou un autre.

Les odeurs du bidonville, elles, étaient toujours présentes et Jeanne porta la main à sa bouche, saisie par un haut-le-cœur. La puanteur mêlée de générateurs de diesel et de poisson fumé au feu de bois l'avait prise à la gorge. Un instant plus tard, elle se frappait la cuisse droite du poing. Était-elle devenue si fragile, en quelques jours, incapable de supporter de simples mauvaises odeurs ? Après tout ce qu'elle avait vécu…

Une première pierre jaillit dans sa direction.

— On veut pas de vos saloperies !

Du français, encore.

Le projectile ne la visait pas elle, mais la tente.

Et il fut suivi par des dizaines d'autres, tous jetés en direction de la délégation venue de Shusharrah.

— Assassins !

— Repartez d'où vous venez !

Les cris se multipliaient eux aussi.

Une partie de la foule attendant son tour prit peur et se pressa un peu plus près de l'entrée de la tente. Mais ils n'étaient pas à l'origine des jets de pierre, seulement victimes de la bousculade.

Leurs cris se mêlèrent aux vociférations des nouveaux venus. Un bras devant les yeux, Jeanne les repéra. Ils étaient une dizaine, en grande majorité des adolescents et des hommes encore jeunes, blancs pour la plupart. Qui étaient-ils ? Les réfugiés du Sahel étaient en train de s'éparpiller, pris de panique, eux-mêmes touchés par une partie des pierres. Plusieurs portaient déjà la trace de blessures, des filets de sang zébrant leurs visages aux yeux exorbités. Jeanne écarquilla les yeux à son tour. Trois membres de ce groupe fonçaient droit sur elle, cherchant à fuir l'endroit au plus vite.

La jeune fille recula d'un pas, puis de deux, avant de faire brusquement volte-face. Elle aurait dû s'éloigner, tout de suite. Elle ne voulait pas de cette violence. C'était comme si elle la poursuivait, toujours. Mais où aller ? Dans les miradors près de l'entrée, les objets menaçants évoquant des canons se mirent à vrombir. Quelques instants plus tard, une vague de sons percuta la foule, sans faire de distinction entre réfugiés et manifestants.

Ou Jeanne.

Elle porta ses mains à ses oreilles en hurlant, mais le vacarme était trop ravageur. Il s'agissait donc de canons sonores !

Jeanne avait oublié comment rejoindre le refuge de Dayot et ses amis. Et pourquoi l'accueilleraient-ils si elle débarquait sans crier gare ? Tout à coup, une explosion retentit, à environ deux ou trois cents mètres sur sa droite. L'un des tuyaux qui couraient hors des limites du bidonville jusqu'à l'autre côté des montagnes venait de sauter. Des plaques de métal s'envolèrent au-dessus des toits de tôle, avant de retomber au milieu des cris.

Que se passait-il encore ?

Dans son dos, elle entendit les criquets passer finalement à l'action, armes à l'épaule, fusils braqués sur la foule, un pas en avant. Les canons s'étaient tus, mais un bourdonnement menaçant montait désormais de la rangée de soldats.

Jeanne accéléra.

Relent de la tempête, le vent s'était levé, sifflant, comme prêt à s'engouffrer dans les ruelles, à sa poursuite. Ses rugissements résonnaient déjà, rebondissant sur les parois, amplifiés par la pierre. C'était comme s'il avait décidé de traquer la jeune fille. Autour d'elle, tout se refermait. Jeanne n'avait d'autre solution que de courir encore, à perdre haleine, jusqu'à ce que ses jambes la lâchent.

— Jeanne !

C'était Cham.

Sur le bateau, elle n'avait eu aucun moyen de fuir. Aucun. Cette fois, elle était encore libre de ses mouvements, maîtresse de son corps. Ses cuisses la brûlaient déjà, ses joues se gonflaient, ses narines tremblaient. Elle voulut tousser mais se retint tant bien que mal. Franchissant un porche, elle saisit du coin de l'œil l'emblème des rebelles.

— *Jeanne* !

Jeanne se souvenait d'eux, ceux-là mêmes qui avaient probablement causé la perte de son frère. Sa nuque se raidit et elle releva le menton, défiant un adversaire invisible.

Si Adam était devenu un fantôme, ces rebelles l'étaient tout autant.

20

Jeanne resserra son voile autour d'elle.

Ce n'était pas les regards qui la dérangeaient, mais bien les rues qu'elle arpentait. Ici, un Farabot vandalisé, tournant lentement sur lui-même, incapable de reprendre son chemin ; là, des Faravahars tournés en dérision, couverts de peinture, voire d'insultes.

C'était une nouvelle étape.

Poussée par les vents et le sable, la jeune fille s'en fut plus loin dans le bidonville. Les quartiers troglodytes de la Petite France se dessinaient sous ses yeux plissés, de plus en plus proches et pourtant désormais presque invisibles derrière le mur de la tempête. Les rouleaux de poussière semblaient tour à tour s'écarter devant elle ou bien au contraire l'attirer un peu plus loin encore. La nouvelle recrue de Shusharrah entendait des cris, des portes claquer, des chèvres bêler. C'était maintenant ou jamais pour Jeanne. Bientôt, les contreforts de la Petite France la protégeraient.

Elle n'avait pas vraiment de points de repère dans ce secteur. Chaque détour éloignait un peu plus la Petite France du caractère presque nostalgique qu'un tel quartier aurait dû incarner, si l'on se fiait à son seul nom. La jeune fille atteignit une petite place, si l'on pouvait qualifier ainsi cet espace ovale de moins de quarante mètres carrés, probablement.

Dans l'ombre, Jeanne se laissa tomber à genoux, plongeant son visage dans ses mains. Incapable de reprendre son souffle, elle se mit bientôt à pleurer, sa première crise de larmes depuis des semaines. Elle s'était endurcie, mais cela ne suffisait pas. Pas encore. Comment savoir s'il lui resterait assez de temps pour y parvenir désormais ?

Jeanne ferma les yeux, plus fort encore. À bout de souffle, elle était complètement perdue. Elle avait espéré tomber sur le marché, seul endroit qu'elle connaissait vaguement dans cette partie du bidonville, mais non. Le brouhaha des rues se refusait à disparaître, malgré les battements de son cœur qui lui tambourinaient aux oreilles, sans relâche. Elle ne pouvait pas s'en débarrasser aussi facilement que de ces visions ou même de ces odeurs si présentes de nourriture, que la ruelle refusait de laisser entrer. Non. Elle allait devoir trouver autre chose.

La jeune fille songea à la mer, au murmure des vagues, puis à tout ce qu'elle avait quitté, de l'autre côté de ses rouleaux d'écume, loin, très loin. Peut-être qu'elle n'aurait jamais dû venir ici et se contenter d'espérer qu'Adam donne un signe de vie, un jour. Peut-être que la blessure n'aurait pas été aussi vive si elle avait eu le temps de cicatriser lentement, sans même qu'elle s'en aperçoive. Ce monde était si rude, après tout. N'aurait-elle pas fini par accepter le silence de son frère, petit à petit, rongée par l'amertume ? Mais pas comme ça. Pas de cette façon. Shusharrah avait été incapable de le protéger.

Le vent retomba un instant et sa main droite se referma sur la poussière ocre. Ce sable, cet endroit… Elle n'aurait jamais dû partir. Jeanne aurait dû rester sur l'autre rive. La jeune fille se mordit la lèvre inférieure, qui s'était mise à trembler. Le souvenir de la chanson préférée de son père lui était revenu en tête en songeant à la mer.

« Cette rumeur qui va debout,
Dans la rue, aux musiques mortes.
C'est fini, la mer, c'est fini.
Sur la plage, le sable bêle
Comme des moutons d'infini.
Quand la mer bergère m'appelle… »[9]

Enfin, le calme semblait prêt à revenir dans son esprit, l'isolant de la poussière et des cris. Une paix qui ne dura pas.

— Qu'est-ce que tu débites comme merde ? siffla une voix assassine. Tu parles français, toi ? Ça t'amuse peut-être de nous singer ?

Du coin de l'œil, Jeanne nota l'arrivée de deux autres personnes dans son dos. Dayot l'avait mise en garde : les rebelles ne se contentaient pas de menaces et ils étaient venus le prouver en personne. Leurs yeux brillaient, les pupilles enflammées par le qat. Ceux qui dirigeaient ces

9. Léo Ferré, « La mémoire et la mer », 1970.

« rebelles » devaient jouer de la drogue pour les exciter toujours plus, contre tout et n'importe quoi.

Ou n'importe qui.

— Je ne singe personne.

— Ah ouais ? demanda l'un des deux nouveaux venus, un autre garçon. Tu viens de la haute ?

La ville haute. Jeanne savait que c'était ainsi que certains habitants du bidonville appelaient Shusharrah entre eux, quand bien même ne pouvait-on pas vraiment parler d'une ville haute et d'une ville basse.

— Oui. J'étais venue pour...

— On s'en fout de pourquoi t'es là.

Jeanne secoua la tête. Elle n'avait peut-être pas de repères, mais ils n'en avaient pas plus qu'elle en vérité. Leur société s'était perdue, chaque bribe d'identité arrachée au fil des humiliations, des épreuves qu'ils avaient traversées, mais aussi de leur propre tendance à s'apitoyer sur leur sort.

— Tu viens pour le frisson ? Tu veux voir comment on vit ici, nous, les pauvres ?

— Les pauvres ? J'ai croisé bien plus modeste que vous dans le bidonville. Et je suis déjà venue.

Le premier à avoir pris la parole la fit sursauter en ricanant.

— Il faut te faire une liste ? Les Shusharriens comme toi nous méprisent depuis des années. Vous faites genre que vous êtes si dignes, si supérieurs, mais c'est facile pour vous.

Jeanne releva le menton. Comment leur expliquer qu'elle ne faisait pas partie de Shusharrah, qu'elle ne trouvait pas sa place dans cette société si codifiée, si renfermée sur elle-même !

— Oh, arrêtez, j'ai déjà entendu ça.

D'autres habitants du ghetto s'étaient peu à peu rapprochés, sentant le ton monter. Cette fois, la jeune fille sentait bel et bien des regards sur elle, hostiles, durs.

— T'as du cran, mais tu devrais faire attention. C'est pas Shusharrah ici. Alors, déjà, enlève-moi ce voile !

Le gamin tendit la main pour saisir le morceau de tissu, mais Jeanne lui échappa en faisant un pas de côté. Un instant, la jeune fille songea à retirer elle-même son voile ; Jeanne pinça les lèvres. Non. Désormais adossée à un mur, elle réprima une grimace quand la pierre lui mordit le dos. Si elle les laissait s'approcher encore, ils l'encercleraient pour de bon et l'un d'entre eux finirait fatalement par lui arracher ce qui n'était pour elle qu'une capuche. Cela suffirait-il à les apaiser, eux qui avaient l'air assoiffé de violence ? Ils avaient besoin d'un expédient pour évacuer leur frustration, Jeanne l'avait su avant même de mettre à nouveau un pied dans la Petite France. Mais elle ne deviendrait pas leur exutoire.

Elle n'était pas là en victime.

— Arrêtez ! Ce n'est pas digne de vous.

— La dignité, c'est pas ça qui te fait manger, répliqua l'un des visages anonymes.

Jeanne ne parvenait plus à discerner leurs traits dans la pénombre, mais la malveillance de leurs voix n'avait pas besoin de confirmation. Impossible de les raisonner. Mais s'ils s'en prenaient à elle, si Jeanne ne pouvait les arrêter, ils se mettraient eux-mêmes en danger. Ils avaient beau voir en Shusharrah un pouvoir faible, les autorités ne laisseraient pas passer une telle agression. À moins bien entendu que Jeanne n'en soit réduite selon eux à ce qu'elle était après tout, une pauvre jeune fille victime d'une mauvaise rencontre.

Elle reprit son souffle, les deux mains sur son voile.

Oui, elle était une étrangère, renvoyée à cet unique statut. Avec ou sans voile. Elle n'avait pas de foi pour se défendre, pas d'arme, pas de certitudes à dire vrai. Mais elle songea tout à coup à tous ces mots, ces vers qu'elle avait appris plus jeune, ceux-là mêmes que son frère, là encore, avait tournés en dérision. Peut-être qu'elle pouvait en faire quelque chose, les impressionner, leur faire comprendre que, longtemps avant eux, d'autres étrangers avaient su apprécier ces terres, et pas pour les exploiter, mais pour leur beauté, leur différence. C'était probablement une folie. Ils n'auraient pas voulu écouter et ne le faisaient plus depuis longtemps.

— Vous voulez bien arrêter votre cirque, sales garnements !

Tous tournèrent la tête, Jeanne et ses potentiels agresseurs. La jeune fille écarquilla les yeux devant une femme à la peau aussi noire que celle de Dayot, mais aux cheveux d'une blancheur éclatante. Elle portait trois colliers, dont les billes s'entrechoquaient.

— Vous n'avez pas honte ? poursuivit la nouvelle venue en s'avançant droit sur eux. Vous avez pensé à vos parents ? Et la galanterie ? Vous n'avez que le mot « France » à la bouche, mais vous savez ce que c'est, la galanterie ?

Personne n'osait lui répondre.

— Allez, fichez le camp !

Penauds et peu enclins à perdre la face devant une vieille femme, la plupart reculèrent d'un pas, puis d'un autre.

— Venez, les gars, on doit rester discrets qu'il a dit ! grinça celui qui avait pourtant paru le plus remonté d'entre eux.

En quelques secondes à peine, Jeanne et elle se retrouvèrent seules dans ce palais de sable.

— C'était merveilleux.

Jeanne sursauta. De quoi parlait-elle ?

— Oui, merveilleux, magnifique, vraiment, insista la vieille dame.

— Merci, bredouilla Jeanne.

— Cela faisait tellement longtemps que je n'avais entendu une telle chanson ! Je me suis vraiment crue chez nous.

Chez nous. Jeanne se mordit la lèvre. Elle ne savait plus ce que cela voulait dire.

— Ah oui, vraiment ?

— C'est de toi ?

Elle fit non de la tête.

— L'homme ou la femme qui a chanté ça pourrait être griot dans mon pays.

Griot ? Pour la première fois depuis longtemps, si elle mettait de côté certains termes sortis tout droit de ses premiers cours au sein de Shusharrah, Jeanne ne connaissait pas un mot.

La vieille dame rit, mais fut rattrapée par une quinte de toux. Le cœur de Jeanne se serra.

— Vous êtes malade ? Vous avez besoin que je vous conduise quelque part ? Il y a un dispensaire…

— Ah ! C'est bien gentil de ta part, ma grande, mais c'est trop loin pour mes vieux os. De toute façon, je perds la tête, vois-tu. Si ça se trouve, dans une heure, je ne me souviendrai même pas que mes cannes me font mal, tu sais.

— Je suis désolée.

— Je vais te dire, ce n'est pas grave. La douleur, quand tu vis ici, ma grande, il vaut mieux s'y habituer. Non, ce qui me gêne vraiment, ce sont mes histoires. J'avais tellement d'histoires, autrefois. J'en avais toujours une sous la main, pour à peu près toutes les utilisations possibles.

Malgré ses efforts, Jeanne ne parvenait justement pas à ignorer les mains de la vieille femme, déformées au point que ses doigts crochus semblaient presque inutilisables.

— Si tu veux te rendre utile, suis-moi donc, dit-elle.

— Vous parlez bien ma langue.

— C'est la mienne aussi, c'est pour ça, ma grande. Enfin, l'une d'elles, celle qu'on avait imposée à mes aïeuls. On parlait français chez moi bien bien avant ta naissance ou même celle de tes parents. Pas besoin de nous attarder. Je ne pense pas qu'ils reviendront de sitôt : toi et moi, nous leur avons bien bien mis le nez dans leurs bêtises. Et personne n'aime ça.

Jeanne se contenta de hocher la tête.

— Merci.

— Pas de quoi. Je suis sûre que tu aurais pu te débrouiller sans moi ! Mais autant te faire gagner du temps. Et puis j'aime bien rappeler à d'autres que j'existe.

De nouveaux cris se firent soudain entendre, avant même que la jeune fille n'ait le temps de répondre à cette proposition.

Jeanne sursauta.

— Qu'est-ce que c'est ?

La vieille femme posa une main sur son épaule et la poussa à l'écart de la placette.

— Ne t'inquiète pas, rien de grave en vue. Personne n'est d'humeur à se battre ou à chercher querelle, crois-moi. C'est toujours comme ça avec les tempêtes.

— Pourtant, j'entends des gens crier.

— Des cris ? Heureusement qu'ils ne peuvent pas t'entendre. Ils sont en train de chanter, en réalité.

— Ils chantent, mais pourquoi ?

— C'est une demande en mariage traditionnelle. On en trouve trace des deux côtés de la mer, tu vois.

La jeune fille tendit le cou et aperçut la fiancée du chanteur passer la tête par la fenêtre, à environ quinze mètres de là, dans une venelle en contrebas. De toute évidence, elle avait décidé de répondre positivement à sa demande. Quelle tête auraient fait ses amis si cela n'avait pas été le cas ! Malgré la tempête, malgré les tensions accumulées, la vie continuait à trouver son chemin même au cœur de la zone la plus mal famée de tout le bidonville. Peu à peu, le chœur se tut, le chant toutefois bien vite remplacé par une salve d'applaudissements, puis par une succession de cris joyeux, laissant libre cours à une excitation débridée et enthousiaste.

Tout n'était pas condamné à dépérir dans ces ruelles !

Quelques pas plus loin, en arrivant en vue de ce qui devait être sa demeure, la vieille dame se figea. Jeanne fut surprise de voir une ribambelle de perles, ou de billes de couleur, éparpillées sur le sol. Toute une série de lanières de cuir avaient été jetées par-dessus.

Sans un mot, l'ancienne se précipita vers les billes et posa ensuite un genou à terre parmi elles. Elle voulait de toute évidence les ramasser, mais avec ses mains… Jeanne ne réfléchit pas et la rejoignit.

— Merci, murmura la vieille femme, levant les bras devant elle. Ils savaient ce qu'ils faisaient en s'en prenant à mes travaux.

— Ils ?

— Ces idiots aux lys. Les lysseux, que je dis. Cela fait plusieurs semaines qu'ils me harcèlent. Ils ont dû en profiter en me voyant sortir.

— Ce sont des souvenirs ? demanda Jeanne.

— Tu ne crois pas si bien dire. Chez moi, les histoires se racontent en enfilant des billes. Ils savaient très bien ce qu'ils faisaient en agissant de la sorte.

Jeanne aurait dû rentrer maintenant, du moins chercher à le faire, non ? Si la nuit tombait, retourner à Shusharrah risquait de devenir plus compliqué encore. Mais pouvait-elle abandonner cette vieille dame à ses histoires en lambeaux ?

Elle tendit une nouvelle poignée de billes à celle-ci.

— Laissez-moi vous aider.

— Ce n'est pas ce que tu fais déjà ?

— Je veux dire, pour les perles. Pour recréer vos histoires. Avec vos mains… vous risquez d'en avoir pour très longtemps. Allez, je suis sûre qu'en joignant nos efforts, c'est l'affaire d'une heure ou deux ! Dites-moi juste comment les placer.

La vieille femme la considéra sans mot dire un long moment.

— Très bien. C'est ton choix.

— Il y a autre chose ?

Pour la première fois, elle perdit son franc sourire. Il n'était plus seulement teinté de tristesse, il avait bel et bien disparu.

— Ma mémoire me joue des tours depuis quelques années. Et je me demande si mes petits amis n'ont pas fini par le comprendre.

— Je suis désolée.

— Pourquoi ? Ce n'est pas comme mes mains, enfin, je ne crois pas. C'est une fatalité. Que veux-tu, l'âge nous frappe tous… Mais pour le moment, j'ai encore ma tête, et surtout, il y a les animaux.

Jeanne nota du coin de l'œil la présence d'un chat lové sur un tas de terre. Jeanne s'aperçut qu'elle n'avait jamais vu de chats se comportant ainsi. Bien sûr, elle en avait aperçus dans le parc d'attractions, de temps en temps, mais toujours de loin, en chasse. Aucun ne semblait désirer s'approcher des humains.

— Ils sont à vous ?

— Ils sont leurs propres maîtres, mais on s'apprécie.

Elle baissa la tête, là encore pour la première fois.

— Je ne voudrais pas qu'on s'en prenne à eux. Les billes… elles ne représentent sans doute qu'un avertissement.

— Ils seraient capables de faire une telle chose ?

— L'habitude du désespoir est bien bien plus terrible que le désespoir lui-même. Ces six derniers mois, beaucoup de choses ont changé. Rien que le trafic de qat… Tu sais ce que c'est ?

Jeanne songea à Karam.

— Oui, on m'a expliqué.

— On est quelques personnes à essayer de préserver les gamins, mais c'est compliqué, quand participer à tout ça leur procure un frisson qui les sort de leur existence ordinaire. Même les criquets trempent là-dedans. Ça aussi, ça a changé. Au fait, je ne me suis pas présentée. Je m'appelle Issa.

— Jeanne.

— La tempête de sable va se lever pour de bon. Tu veux t'abriter chez moi un moment ? lui demanda-t-elle tout en brandissant ses colliers de perles.

Jeanne ne put qu'acquiescer. Elle devait retrouver Cham, retourner à Shusharrah. Mais seule ? Par ce temps ?

La jeune fille fut très surprise de découvrir une petite habitation à même la pierre, comme celles qu'elle avait aperçues de loin, mais elle n'aurait pas imaginé une hauteur sous plafond de plus de trois mètres. Il y pendait d'ailleurs une dizaine de cages contenant autant d'oiseaux, qui chantaient doucement, comme si la brise venait tout juste de les réveiller. Jeanne songea qu'elle n'avait encore jamais vu d'animaux en ville.

— C'est une drôle d'idée de garder des oiseaux et des chats chez vous.

La vieille dame haussa distraitement les épaules.

— On fait tous comme on peut, ici. C'est une tradition d'autrefois. Je veux dire, pour les oiseaux. Mais il se trouve que dans cette ville, j'ai aussi attiré nos amis à moustaches.

— Vous pourriez libérer les oiseaux, non ?

Issa ricana.

— Depuis combien de temps vis-tu dans le coin ? Tu crois qu'il leur arriverait quoi, si je les libérais ? Ils s'envoleraient, oui. Mais je suis prête à parier que quelqu'un qui se hasarderait à les suivre les ferait tomber raides morts.

Ils savent qu'ils sont certainement les derniers de leur espèce, eux aussi. Ce monde n'est plus pour eux.

Jeanne frémit. *Plus pour eux, ou plus pour nous ?*

— Désolée, je n'ai plus de bougies, rajouta la vieille femme, changeant brusquement de sujet.

— Ce n'est pas grave, répondit Jeanne, s'habituant peu à peu à la pénombre environnante.

Elle s'aperçut alors que le rare mobilier présent, de même que chaque objet, comportait des étiquettes. Et sur ces étiquettes, le nom de chacune de ces choses. Tout en cherchant un bol pour les chats déjà en train de réclamer, la vieille croisa le regard de Jeanne.

— C'est pour m'aider, dit-elle. C'est le seul moyen que j'ai trouvé. Il n'y a rien qui me met de plus mauvaise humeur que de ne pas être capable de donner un nom à quelque chose que j'ai connu toute ma vie.

Jeanne hocha la tête en silence. Elle ne voulait pas s'imposer, surtout pas.

— Il faudrait raconter votre histoire.

— Elle est banale.

— Ce n'est pas une raison. Et je suis sûre que c'est faux, en plus.

Devant cette nouvelle relance, la vieille plissa le nez, tout en cherchant désormais de quoi remplir le bol rouillé qu'elle avait saisi.

— Dis-moi, tu n'as rien de mieux à faire ? Je ne crois pas que Shusharrah vous loge et vous nourrisse pour venir flâner dans la Petite France.

— Vous savez très bien que je ne suis pas envoyée par les autorités de la ville.

— Non, mais je te l'ai dit, il se passe beaucoup de choses.

Jeanne prit une grande inspiration.

— Comme avec le groupe des rebelles ?

Ce fut au tour d'Issa d'acquiescer sans un mot avant de reprendre la parole.

— C'est vrai.

— Pourquoi ils vous tournent autour exactement ?

— Ah, ça... Il faudrait aller voir derrière pour comprendre.

— Derrière ?

La vieille dame lui fit signe d'avancer. Trois mètres plus loin, le plafond gagnait encore un mètre de hauteur et la petite demeure devenait beaucoup plus large. Jeanne constata qu'elle se tenait bouche bée, comme si elle sentait quelque chose de plus ancien, de plus grand, imprégner le lieu tout entier.

— Je m'en suis toujours servi pour mes oiseaux, et le reste. Mais certains ont d'autres idées...

— Ils voudraient récupérer les lieux ? Pourquoi ? On ne peut pas dire que la place manque.

— Depuis quelques semaines, ces affreux ont adopté une nouvelle politique. Je ne sais pas ce qu'ils comptent obtenir, mais on dirait qu'ils ont l'intention de ranimer de vieux fantômes... Ce lieu était une église autrefois. Tu sais ce que c'est ? Elle n'est pas la seule en ces lieux d'ailleurs.

— Mais les églises n'intéressent plus personne en principe, non ?

— Certains ont d'autres idées, comme je viens de te le dire. Et ce sont souvent les plus acharnés. Il y a une nostalgie de ce que cachait le message d'une foi qui était déjà pervertie depuis longtemps. Je ne leur en veux même pas. Chacun trouve du réconfort où il le peut. Et ce n'est pas facile, quand on sait que le monde est condamné. Mais la religion n'apporte pas que le réconfort. La prochaine étape pour eux, c'est la haine.

Jeanne ne put dissimuler un étonnement sincère.

— Vous le pensez vraiment ?

— Pas toi ? répliqua la vieille. C'est peut-être à cause de mon âge, qui sait ? Mais…

Elle marqua une pause, le temps de désigner Shusharrah d'un signe du menton.

— Si ceux que tu côtoies là-haut s'imaginent réellement sauver le monde, ils commettent une grave erreur, à mon avis. Toi, tu n'as pas assisté au déclin de tes propres yeux. Moi et quelques autres, oui. Et je mets ma main au feu que là-haut, ils savent.

Jeanne tira sur les pans de son manteau.

— Si c'est le cas, pourquoi… pourquoi vous occuper de ces chats, de ces oiseaux ? Pourquoi ne pas penser qu'à vous ?

La vieille dame ricana doucement.

— Bien sûr, bien sûr… Ma vie est finie, ma grande. C'est le *mektoub*[10]. C'est aussi simple que ça. Elle s'en va déjà, par bribes. Bientôt, je ne serai plus rien, même pas une coquille vide. Si je peux soulager l'existence de mes petits amis, c'est encore ce que je peux espérer de mieux.

— Je…

---

10. « Destin », en arabe.

— Tu ne comprends pas ?

La jeune migrante secoua la tête.

— Non, je trouve ça admirable, répondit-elle d'une voix tremblante.

— Mais tu ne te verrais pas faire la même chose, n'est-ce pas ? C'est bien de ton âge !

— Je ne veux pas croire que le monde soit perdu, c'est vrai. Mais ce n'est pas seulement la question. Si la situation est aussi grave, à quoi bon se déchirer par-dessus le marché ? Ces rebelles…

Issa plissa les yeux.

— Tu as l'air de t'y intéresser de près.

Jeanne devait-elle se confier au sujet de son frère ? Elle en avait déjà parlé à Dayot, et plus récemment à Cham. Adam demeurait un fantôme, caché dans l'ombre de ses paroles. Mais si les rebelles étaient mêlés à sa disparition, cela ne changerait rien d'en parler avec la vieille dame. Si Jeanne voulait réussir à s'approcher d'eux, à comprendre ce qui était arrivé à Adam, elle devrait y parvenir par elle-même.

— Je ne comprends pas qu'ils aient choisi cette voie.

— La violence n'a pas besoin de terreau pour prospérer.

Jeanne le savait, sans parvenir à l'admettre. Ce qui manquait à Shusharrah, tout comme à ce dédale de poussière, c'était plus qu'une âme, c'était une vision pour tous ceux qui pleuraient à ses pieds. Adam n'avait pas su en trouver une. Mais rien n'obligeait sa sœur à suivre le même chemin que lui.

— Il n'y a pas que ça, soupira Issa. Moi et quelques autres, nous voulons organiser, comment dire… un festival ? Pour rassembler autrement les gens du coin que dans la misère.

— C'est une belle idée ! s'exclama Jeanne, avec un enthousiasme sincère, qu'elle n'avait plus connu depuis longtemps.

— C'est gentil, ma grande. Mais à mon âge…

Dans leur dos, le sable se mit à crisser.

Jeanne fit volte-face, toujours aux aguets. Une silhouette massive était apparue dans l'embrasure de la porte, barrant le peu de lumière qui s'infiltrait encore à l'intérieur de la roche. Les yeux plissés, la jeune fille reconnut la main de métal posée sur l'encadrement.

— Dayot ?

21

Le garçon à la prothèse ne répondit rien mais lui lança un grand sourire, presque innocent, au point que Jeanne faillit se sentir désarmée.

— Comme on se retrouve ! lança-t-il en ôtant sa cape pour ranger son grappin. Je ne savais pas que tu traînais par ici. La dernière fois que l'on s'est croisé…

La jeune fille renifla.

— La dernière fois, j'étais sur le point d'être arrêtée par un Farabot de Shusharrah. Tu ne t'en souviens pas ? Plutôt normal de ne pas se sentir à l'aise, tu ne crois pas ?

Dayot glissa les mains dans ses poches et haussa les épaules.

— J'avais compris.

Jeanne le considéra un moment. Elle pouvait lui tourner le dos, le laisser en plan, ou… tâcher d'en savoir plus.

— Qu'est-ce que tu fais dans ce quartier ?

Dayot agita sa main mécanique.

— Je vais là où le vent me porte… et j'avais une petite réparation à faire. Il n'y a que dans la Petite France qu'on peut trouver ce que je cherchais et j'en ai profité pour venir voir Issa. Et toi ? Je ne m'attendais pas à te recroiser.

— Ça, je m'en doute.

Jeanne aurait voulu désigner le poste médical d'un signe de tête, mais elle n'était pas certaine de savoir dans quelle direction le trouver. Issa s'était tue dans leur dos, mais elle semblait connaître Dayot. En tout cas, sa venue ne l'avait pas surprise. Elle entreprit de lui résumer les événements des dernières heures écoulées.

— Il y a des remous dans le camp, précisa Jeanne. J'étais avec la délégation de Shusharrah et nous avons été pris pour cible.

— Tout va bien, mon garçon, renchérit Issa, dans leur dos. Et encore merci pour les médicaments l'autre jour.

Jeanne tiqua. *Les médicaments ? Se pouvait-il que…*

Dayot, quant à lui, ne releva pas l'information concernant la présence de la jeune fille au sein d'une délégation officielle.

— Qui sont ces gens ? Ils voulaient empêcher une campagne de vaccination, pourquoi ? Vraiment, qui sont-ils ?

— Des esprits contrariés, sûrement. Ils font circuler des rumeurs, comme quoi les vaccins sont un prétexte, qu'il s'agit d'expériences menées sur des habitants du bidonville, parce que nous ne représentons rien. Mais c'est l'une des premières fois qu'ils sont passés à l'action contre Shusharrah elle-même.

— C'est complètement idiot, répondit-elle.

Dayot haussa les épaules.

— La vérité ne les intéresse pas. Elle est trop dure à admettre, il vaut mieux donc se raconter des histoires pour trouver un coupable. C'est souvent le cas avec les vôtres.

— Les nôtres ?

— Les Français.

— Ça existe encore, ça ?

— Ceux-là n'ont pas compris que non.

Le silence retomba entre les deux jeunes gens. Issa s'en était retournée à ses oiseaux. Dans le dos de Jeanne, l'un des chats dormait paisiblement et elle se plaisait à croire que c'était la première fois depuis de longues nuits. Sa respiration rauque résonnait dans la pièce, de plus en plus fort. Finalement, Jeanne finit par poser la question qu'elle avait sur le bout de la langue.

— Alors, c'est pour aider Issa que tu as volé ces médicaments ?

Dayot parut hésiter quelques instants.

— En partie. Mais je ne pouvais pas le faire tout seul et il fallait que je fasse croire aux autres qu'il y avait quelque chose à en tirer pour eux.

— J'imagine qu'ils t'en veulent. Karam au moins.

Dayot leva les yeux vers le plafond.

— Je ne sais pas. J'évite le secteur depuis. Je leur ai toujours dit que c'était chacun pour soi dans le bidonville. S'ils ne l'ont pas cru, tant pis. Ce n'est pas comme si je leur avais promis de les conduire à Shusharrah, par exemple.

Jeanne pinça les lèvres. Il semblait dire ça sans réelle conviction, comme pour s'en persuader lui-même. Mais elle n'était pas là pour le contredire ou le détromper.

— Je vois que tu t'en es bien sortie, finalement.

Pas grâce à toi, songea-t-elle.

— C'est grâce à mon frère que j'ai obtenu cette chance. Visiblement, certains à Shusharrah ne sont pas totalement sans cœur. Ils ont dû se dire que me donner une occasion d'intégrer leur monde « compenserait » sa mort.

— Je vois. J'espère pour toi qu'ils valent mieux que les lysseux.

Jeanne acquiesça d'un signe de tête. C'était une remarque très juste, pour le coup. Pouvait-elle l'affirmer sans détour ? Dayot gonfla les joues avant de soupirer longuement.

— L'agitation n'est pas montée jusqu'ici, mais je suppose que les abords des portes seront sacrément surveillés. Si la délégation avec qui tu es venue est déjà repartie…

— Je ne suis pas assez importante pour qu'ils m'attendent, c'est sûr.

— Alors, si tu veux, je peux t'aider à rejoindre la cité dès ce soir.

Jeanne plissa les yeux.

— Comment ? Même de nuit, on ne peut pas se faufiler au-delà des barbelés… Et même avec un grappin…

Dayot l'interrompit d'un sourire.

— Il ne s'agit pas de prendre un chemin balisé.

Jeanne se sentait encore méfiante à proximité de Dayot, et comment faire taire cette voix intérieure ? Elle n'avait pas oublié que ses belles paroles avaient déjà su endormir sa méfiance. Et surtout, la jeune fille n'avait pas oublié le réconfort qu'elle avait trouvé en sa présence.

— J'ai dit à Issa que j'allais l'aider, se défendit-elle.

— Oh, ne t'en fais pas pour moi, ma grande ! lança la vieille femme dans son dos. Je te l'ai dit, j'ai l'habitude. Et puis, Dayot peut revenir après t'avoir raccompagnée. Il vaut sans doute mieux que tu ne passes pas une nuit complète ici après ce que tu m'as raconté sur l'attaque du dispensaire.

Jeanne salua donc Issa, qui semblait faire confiance à Dayot, et les deux jeunes gens retrouvèrent les ruelles encombrées d'ordures de la Petite France. Des ordures, encore, toujours !

Le sifflement du vent n'était pas retombé, tour à tour railleur et inquiétant, toujours prêt à faire sursauter Jeanne.

Dayot mit un doigt sur ses lèvres pour lui faire signe de garder le silence.

Ils arrivèrent bientôt en vue de la face nord de la montagne, sous un voile de sable. Dayot se figea à l'angle de la venelle suivante. La silhouette à tête d'insecte d'un criquet, arme au poing, se dressait devant eux.

— فرصن ا[11] ! les houspilla-t-il de sa voix métallique. Toi ! fit aussitôt le membre de la milice. Vous êtes deux ? Qu'est-ce que vous foutez dehors ?

Jeanne ouvrit la bouche et fit un pas en avant pour intervenir, prête à faire jouer son statut, aussi fragile soit-il, mais Dayot la retint d'une main et prit la parole.

— Désolé, monsieur, désolé ! On rentre chez nous !

La jeune fille tiqua. Dayot avait répondu en français, mais avec un accent forcé qu'elle ne lui connaissait pas, si fort qu'il en était caricatural. Sa réponse parut en tout cas faire effet, puisque le criquet écarta son arme et se détourna, reprenant sa patrouille.

---

11. « Fichez le camp ! » en arabe.

Dayot s'exécuta, avec de vifs hochements de tête et des remerciements à profusion bien après que le soldat se fût remis en marche. Interloquée, Jeanne préféra ne rien dire. Quelques minutes plus tard, les contreforts de la montagne se dressaient devant eux. On apercevait de vagues sentiers, tous plus abrupts les uns que les autres.

— Et on va où, maintenant ?

Le garçon se retourna sans attendre et entama l'ascension par le sentier le plus à pic.

— À l'intérieur même du pic. Il y a toujours eu des gens dans la région, même il y a trois mille ans. Ils ont tellement creusé la roche que je me demande comment tout ça tient encore debout.

— Vous avez réhabilité des grottes ?

Dayot siffla entre ses dents.

— La génération précédente, ouais. Elles étaient là. Alors, pourquoi ne pas en profiter ? Il y avait même des mines, autrefois. De cobalt, à ce que j'ai entendu dire. Déjà, à l'époque, des gens mouraient ici… Cet endroit n'a rien de bon.

Alors que le vent sifflait, un autre bruit lui parvint bientôt aux oreilles, diffus, mais de plus en plus présent, l'écho d'une brise surgie de la montagne elle-même. Au détour d'un rocher, environ quatre cents mètres plus loin, la jeune fille découvrit l'entrée d'une modeste caverne.

— Il y a quelque chose là-dedans ?

Que pouvait bien cacher cette bouche de grès ?

— C'est vraiment important ?

— Je ne sais pas, c'est ta cachette ? C'est là que tu viens te ressourcer quand tu veux te retrouver seul et te mettre à l'écart du brouhaha du monde ?

Dayot plissa les yeux.

— Tu es tellement ironique. Et en plus, tu te trompes. Tu veux vraiment savoir ?

Comment répondre à cette question ? se demanda Jeanne. Quelque chose l'avait-il vraiment intéressée depuis son arrivée au camp, ou même à Shusharrah ? Au point de faire battre son cœur, de faire naître une étincelle dans son cerveau si souvent engourdi, son corps épuisé, pour ne pas s'abîmer dans ses souvenirs ? Au point de ne plus penser à Ben, à Adam ? Seule la perspective de suivre les traces de son frère était parvenue à éveiller son intérêt.

— Oui. Je veux savoir, répondit-elle finalement. Et puis, il y a beaucoup de vent. J'aimerais bien m'abriter un moment.

Dayot se releva et lui fit signe de la suivre à l'aide de sa main mécanique.

— Viens.

— Pourquoi tu ne parles pas avec le même accent devant les criquets ? lui demanda tout à coup Jeanne, comme si la perspective de pénétrer dans les ténèbres seule avec Dayot lui donnait envie de songer à autre chose.

— Le mépris des accents, c'est le mépris de l'élite envers ceux qu'elle pense inférieurs, répondit Dayot. Si je peux passer inaperçu ou endormir la méfiance de certains en épousant les traits qu'ils attendent de moi, tant mieux.

— Je vois.

— Vraiment ? À part récemment, je mettrais ma main à couper que tu n'as jamais été confrontée à ce problème, dit-il en agitant son bras. Je me trompe ?

Jeanne baissa la tête plus que nécessaire pour pénétrer dans ce qui lui évoquait toujours un tunnel.

— Non, reconnut-elle en marmonnant.

Mais Dayot n'avait déjà plus envie de la titiller.

Jeanne ferma à demi les yeux pour distinguer les parois du tunnel, lisses et légèrement humides. La voie s'élargissait, confirmant qu'ils se trouvaient bien dans une caverne. Levant la tête par réflexe pour estimer la hauteur de celle-ci, la jeune fille trébucha dans la pénombre, Dayot la retint au dernier instant.

— Attention.

Elle avait cru buter sur une pierre, mais son pied s'était enfoncé dans l'obstacle. Dayot se pencha.

— Je ne pensais pas recevoir de visiteur. Donc, je n'ai pas rangé, désolé. C'est de l'osier.

Le bois était toujours chaud sous les doigts de Jeanne et la jeune fille fut tentée de ne pas se dégager.

— Tu fais dans le commerce de paniers, c'est ça ?

Jeanne sentit le sourire de Dayot dans la semi-obscurité.

— Ce serait sûrement une solution plus facile.

La jeune fille commençait à se faire au manque de lumière, mais elle s'y fit d'autant plus quand Dayot finit par allumer une chandelle.

Sa camarade découvrit alors un véritable atelier sous ses yeux. Le rouleau d'osier n'était qu'un parmi d'autres. Ils étaient des dizaines serrés les uns à la suite des autres, le long de la paroi de droite.

Au fond de la caverne, Jeanne nota une bâche, mais bien plus grande que celle qu'elle avait pu apercevoir près de leur feu de camp en plein bidonville. Entre les deux, il y avait de nombreux éléments d'armature, de même que des bocaux de verre, et dans un coin...

— C'est un moteur ? Tu construis un ballon ?

— Une montgolfière, précisa doucement Dayot.

La jeune fille ne dit rien pendant de longues secondes. Elle n'aurait jamais imaginé une telle initiative de la part de Dayot ou de qui que ce fût.

— Ça fait longtemps que tu travailles là-dessus ? Je n'imagine même pas...

— Environ neuf mois, répondit Dayot, baissant la tête, tout à coup beaucoup plus timide. Je n'y connais pas grand-chose en mécanique, alors, pour récupérer les pièces, ce fut compliqué. Je me suis arrangé avec Toc et il est dur en affaires.

Il semblait presque regretter de l'avoir conduite jusqu'ici. Dans un coin, un énorme monticule de toile atteignait les deux mètres de haut, facilement.

— Je n'en parlerai à personne, dit aussitôt Jeanne. Tu peux en être sûr.

Dayot hocha lentement la tête, là encore presque à regret.

— Je te crois.

La jeune fille observa un peu plus les divers éléments et un frisson la saisit.

— Qu'est-ce que tu comptes faire avec ? Rejoindre Shusharrah ?

Cette fois, Dayot rit.

— C'est une idée. D'autres dans le bidonville voudraient certainement s'en servir dans ce but, mais ce n'est pas le mien. Si j'avais vraiment envie de rejoindre Shusharrah, il y a plus discret. Il faudrait déjà que la Résille soit désactivée.

Je t'accorde que ce serait une entrée spectaculaire, mais me faire descendre par les drones de la cité juste pour l'apercevoir du ciel, ça ne me dit pas trop !

Jeanne ne fut même pas surprise de constater qu'il connaissait l'existence des systèmes de protection de Shusharrah.

— Alors, pourquoi ?

— Partir, loin d'ici. Tourner le dos à Shusharrah, au contraire.

Jeanne ouvrit des yeux ronds.

— Quoi ?

— C'est juste que tu sembles tellement à ta place dans le bidonville.

Dayot éclata de rire.

— Je ne sais pas comment je dois le prendre !

— Désolée, je voulais dire « à l'aise ». Mais tu n'es pas venu ici pour chercher refuge ?

Dayot détourna le regard, posant finalement les yeux sur sa prothèse.

— Je me demande encore pourquoi j'ai fait ce voyage, mais je sais pourquoi je veux partir. Cette ville n'a pas d'âme.

Une âme. Un éclair frappa Jeanne, illuminant soudain toute la grotte. Une âme, oui. Voilà ce dont elle avait tellement besoin.

— Donc, tu pars.

Dayot fit deux pas en avant et désigna l'entrée de la grotte.

— Il n'y a plus de frontières depuis longtemps, à part celles que Shusharrah croit pouvoir imposer, invisibles ou pas. Mais pour le constater par soi-même, il faut gagner les hauteurs.

— Tu sais piloter ? Diriger ce ballon ?

Dayot se retourna, et se dirigea vers une caisse fermée, qu'il ouvrit d'un geste avant de se pencher au-dessus un instant.

— Voilà.

La jeune fille s'approcha, toujours incrédule, tendant machinalement les deux mains en avant. Dayot lui tendit un exemplaire d'un livre à la reliure usée, à la couverture de cuir rouge, le premier qu'elle avait l'occasion de tenir entre ses doigts. Chez Cham, elle n'avait pu que les contempler d'un regard avide.

— *Cinq semaines en ballon* ?

— Jules Verne. Tu connais ?

— Oui, mais… ce n'est pas un manuel.

Dayot retira sa main.

— Oh, c'est juste une source d'inspiration, rien de plus. Jules Verne a toujours fait beaucoup de recherches pour ses romans et puisque de toute façon, il n'y a pas de raison d'imaginer que je pourrais avoir accès à une technologie de pointe, je peux me baser sur son design rustique pour me guider.

— Je comprends. C'est astucieux.

Elle brûlait d'envie de lui demander comment il avait pu se procurer un tel livre. Elle-même n'avait jamais lu Jules Verne, même si elle connaissait son nom. L'odeur du papier, douce et piquante à la fois, fit frémir ses narines. Jeanne n'avait pas quitté le livre des yeux et Dayot l'agita doucement de droite à gauche.

— Je vois que tu es captivée. Tu veux que je te le prête ?

— Tu le ferais ?

— Pourquoi pas ?

Une nouvelle fois, Jeanne hésita. Dayot ne se comportait ni de la manière d'un habitant du bidonville – du moins, comme elle se l'imaginait –, ni même comme un citoyen de Shusharrah. Là-bas, elle devait composer avec toute une série de restrictions. Certainement pour la bonne cause, évidemment, mais tout de même.

— Merci, on verra. Je ne sais pas si je peux rentrer en ville avec. Je ne voudrais pas qu'on me le confisque et que je ne puisse pas te le rendre.

Dayot hocha la tête.

— Très bien. Mais si tu veux le lire, fais-moi signe.

Jeanne haussa un sourcil.

— Je ne sais pas si je reviendrai dans le bidonville rapidement.

— Vraiment ? Quelque chose me dit que si.

— En tout cas, c'est un sacré projet, reprit-elle, désignant la nacelle pour changer de sujet. Tu as l'intention de partir seul ?

— La montgolfière devrait pouvoir transporter trois personnes. Peut-être quatre. Mais c'est plus une question de poids. Je ne vais pas partir les mains vides, donc…

— Tu sais où ?

La réponse du jeune homme ne se fit pas attendre.

— Ailleurs. C'est la seule chose dont je suis sûr, tu sais. Où irais-tu, toi ?

Encore une question difficile à affronter pour Jeanne. Rentrer en France ? Non. Shusharrah était devenue sa destination par défaut. Et plus encore, le bidonville et le fantôme d'Adam qui se jouait de ses espoirs.

— Je n'en ai aucune idée.

22

Ils poursuivirent leur *escapade* un moment de plus, avec l'impression aux yeux de Jeanne de ne jamais vraiment s'approcher du sommet. Dayot s'arrêta brusquement au détour d'un rocher, levant sa main mécanique pour faire signe à la jeune fille de l'imiter.

— Que se passe-t-il ? chuchota-t-elle.

— Pas grand-chose, ne t'inquiète pas.

Si les montagnes étaient en réalité criblées de failles et de raidillons, cette dernière étape était pour ainsi dire une ligne droite.

— On ne bouge plus, lui intima Dayot.

Jeanne mit un genou à terre, la tête rentrée dans les épaules. Toujours ce vieux réflexe, bon sang ! Elle n'était pourtant pas comme ça avant. Mais elle avait entendu des voix un peu plus loin, et après une telle journée, se montrer prudente n'avait rien de si étonnant, non ? Qui pourrait le lui reprocher ? Même Adam, s'il était encore là…

Jeanne secoua la tête. Il valait mieux qu'elle tende l'oreille. Le présent était déjà suffisamment dangereux pour ne pas songer au passé. Même si elle ne savait pas à qui appartenaient ces voix, elle comprit bien vite qu'il ne s'agissait pas d'autres habitants du bidonville, mais bien de représentants de Shusharrah, tout comme elle. Le dernier d'entre eux était encore en train de rajuster son uniforme.

Jeanne hésita un instant à s'avancer vers eux, puis renonça. Dayot préférait attendre. Personne ne lui avait indiqué que les membres des promotions ou les candidats avaient le droit de se rendre dans le bidonville. Le petit groupe, de quatre ou cinq jeunes gens *a priori*, tous des garçons, riait ouvertement. D'où venaient-ils ? Comment s'étaient-ils retrouvés là ?

— Je n'ai pas envie de partir ! pleurnichait l'un d'eux, assis sur un rocher, la tête entre les mains.

Un instant plus tard, il vomissait, dans un concert de rires gras rebondissant de rocher en rocher.

— C'est comme ça, crétin, t'as pas ton mot à dire ! lui lança l'un de ses camarades.

— Et puis t'as pas perdu ta nuit, nan ? Ah, elle avait l'air d'être aussi effrayée que toi.

— Pourtant, c'est pas ce qu'il a dans le pantalon qui a dû lui faire peur !

De nouveau, ces rires, comme autant de provocations. Jeanne avait entendu parler du « quartier des plaisirs ». Mais elle ne l'imaginait pas ouvert à des gens de Shusharrah, venus *s'encanailler* et profiter un peu plus de la misère du bidonville. Le mépris nourrit sa colère. L'un d'eux avait peut-être posé la main sur Soundous, la pliant à sa volonté comme si elle n'était qu'une poupée de chiffon et lui un bambin braillard. Et dire que certains de ces « élus » potentiels avaient donc réellement peur de ce qui les attendait en dehors de Shusharrah ! Ils étaient pourtant formés pour ça. Et après ce qu'elle venait d'entendre, Jeanne n'éprouvait aucune sympathie pour ce candidat anonyme qui ne tenait pas l'alcool. L'alcool... Encore quelque chose qu'ils n'étaient pas censés boire, en tout cas, certainement pas pour préparer un tel départ !

Elle lança un coup d'œil à Dayot.

— Il n'y a pas que toi que je guide, murmura ce dernier. Je dois penser à mes arrières.

— Tu permets aux élèves d'aller en ville ? En sachant ce qu'ils font ?

— Ce qu'ils font ne me regarde pas, répliqua-t-il sèchement.

— Si tu le dis...

L'un d'entre eux, le plus grand, se retourna vers eux sans crier gare.

— Ah, voilà notre cher estropié ! Oh, et qui est-ce, celle-là ?

Les candidats les avaient finalement repérés. Le corps tout entier de Jeanne se raidit. Allaient-ils vouloir s'en prendre à elle parce qu'elle avait percé leurs petits secrets ? Mais le garçon qui l'avait interpellée affichait un visage *affable*, les joues rougies, sans aucun doute par l'alcool.

— Toi aussi, t'es sortie faire la fête ? C'est le pied, pas vrai ?

Tous éclatèrent de rire, comme s'ils ne savaient pas quoi faire d'autre. Comment osaient-ils considérer leur comportement avec une telle légèreté ? Laisser crever les réfugiés ne suffisait pas à Shusharrah, fallait-il en plus exploiter leur misère ?

Dayot les salua.

— Vous avez trouvé sans difficulté ?

— Ouais, te bile pas. On s'est fait oublier dans l'après-midi et puis on a baratiné le seul criquet qu'on a croisé en chemin ce soir. Facile. Ça valait le coup de prendre du bon temps, on s'est bien amusé !

Le petit groupe reprit la route. Dayot dut leur intimer le silence à plusieurs reprises au cours des minutes suivantes. Jeanne avait choisi de fermer la marche, dix ou douze mètres derrière leur guide. Enfin, ils rallièrent le boyau qui devait les ramener à l'intérieur du cratère.

— Hé ! C'est assez simple à partir de là, leur indiqua Dayot. Il y a trois voies principales, mais la plus rapide est aussi la plus compliquée à suivre.

— Tu ne viens pas avec nous ? lui demanda Jeanne.

Dayot garda le silence quelques instants, tandis que deux autres recrues pleurnichaient de nouveau sur leur sort. Il parut hésiter.

— Si, murmura-t-il finalement. Mais je m'arrêterai quand on sera vraiment proche de la ville.

Dayot ajouta que personne n'était au courant à Shusharrah de ce genre de secrets. Ou, en tout cas, que les autorités concernées n'avaient jamais découvert les itinéraires qu'il empruntait ou qu'il faisait emprunter aux autres. Difficile pourtant d'imaginer que tout le monde gardait le secret, même s'il s'agissait sans aucun doute de la chose la plus raisonnable à faire. Les élèves qui osaient se faufiler dans le bidonville pour *se divertir* couraient le risque de perdre leur place et de retrouver le bidonville pour... beaucoup plus longtemps !

Jeanne cherchait à ignorer ce qu'elle avait pourtant juste sous les yeux. Pourquoi revenir à Shusharrah ? Pour attendre son tour ? Pour espérer partir dans une autre région inhospitalière qu'elle ne connaissait pas, dont elle n'avait jamais rêvé ? Courir tous les risques pour des gens comme Melchisédech ? Était-ce ce qu'elle désirait vraiment ? Peut-être qu'Adam avait échoué volontairement à ses examens, après tout ! Même si cela ne lui ressemblait pas. Abandonner ses rêves était une chose, mais les objectifs de Shusharrah lui semblaient tout à coup à la fois terribles et vains. Au fond d'elle-même, elle n'avait pas... la foi, ou, à l'opposé, le cynisme nécessaire pour oublier ses *réticences*, fermer les yeux sur ses doutes. Jeanne ne l'avait déjà que trop fait, depuis des mois maintenant, et plus encore ces dernières semaines.

Elle n'en avait encore jamais pris conscience avant cette nuit. Mais prisonnière de la roche et de ses pensées, n'osant plus ouvrir la bouche, difficile de ne pas se mettre à cogiter. Cet examen et tout ce qu'il représentait possédait une dimension presque dérisoire. La jeune fille trébucha sur un caillou, évitant de peu la chute. Le cratère les accueillit enfin. Elle releva les yeux sur la tour centrale, symbole de tant des mystères. Malgré sa taille, là aussi, elle n'était rien par rapport à ce qui les encerclait, un monde de pierre et de sable.

— Nous y voilà.

Jeanne se retourna vers Dayot, jetant un dernier coup d'œil en direction des élèves de Shusharrah, tout à coup redevenus beaucoup plus silencieux en quittant les grottes. Eux l'avaient déjà oubliée, après l'avoir ignorée tout le long du trajet, trop occupés à se chamailler pour se soucier d'une petite nouvelle qu'ils n'avaient encore jamais croisée. Ils partirent de leur côté sans plus attendre.

Dayot, toujours dans l'ombre, s'éclaircit la gorge.

— Je vais y aller.

Les deux jeunes gens se dévisagèrent malgré tout encore quelques instants et Jeanne reprit finalement la parole. Elle avait beaucoup réfléchi pendant leur trajet souterrain.

— Je me demandais si tu pourrais revenir me chercher demain. Je ne sais pas si tu avais déjà prévu…

Dayot l'interrompit net.

— À quelle heure ?

Jeanne réfléchit. Elle avait cinq heures de formation demain matin et n'était pas prête à les ignorer. Elle ne pouvait pas se permettre d'attirer l'attention à peine rentrée.

— En milieu d'après-midi, disons quinze heures. Ce serait possible pour toi ? demanda-t-elle.

Le garçon à la prothèse acquiesça d'un signe de tête.

*

Jeanne se retrouva seule sur les plaines, sous la lueur diaphane des étoiles.

La Voie lactée l'accompagnait, miroir du chemin qu'elle devait emprunter pour revenir au dortoir, laissant Jeanne en tête-à tête avec ses pensées.

Elle releva les yeux sur le pilier central, symbole de la fragilité de Shusharrah. Malgré sa taille, là aussi, il n'était rien par rapport à ce qui les encerclait de toutes parts. Jeanne ferma les yeux et inspira profondément, jusqu'à ce que les arêtes de son nez deviennent presque douloureuses.

Alors qu'elle quittait les ultimes contreforts de la montagne, la tête rentrée dans les épaules, Jeanne eut encore une fois l'impression d'être littéralement écrasée par la démesure du cratère. La cité elle-même paraissait cela dit bien petite face aux flancs à pic qui se dressaient de tous côtés, menaçant de se refermer sur elle. Jeanne battit des paupières.

Même si Cham avait tenté d'engager de véritables gestes envers le bidonville, celui-ci se mourait toujours au pied de la cité. Les migrants s'étouffaient dans le sable, après avoir pour certains failli périr en mer. Et les recrues de Shusharrah n'en avaient de toute évidence que faire. Personne n'était là pour les arrêter dans le quartier des plaisirs et nul doute que les criquets fermaient les yeux. Jeanne songea un instant à Soundous. *Rachel.* Elle qui avait changé de prénom pour tenter de passer inaperçue mais que l'on ramenait toujours à sa condition d'étrangère. Elle qui… Si son destin avait été différent, peut-être que Rachel aurait pris la place de Cham. Là encore, ça ne pouvait pas être son vrai prénom !

Jeanne nota une estrade en construction, près de l'amphithéâtre, sans même parler de rangées de sièges empilés. Encore des échafaudages, montés en pleine nuit ! Jeanne ralentit le pas. Deux personnes se tenaient près de la tribune, deux personnes vêtues de robes de Juge.

Jeanne s'écarta du sentier qu'elle avait pensé prendre. Elle avait l'occasion d'en apprendre davantage si elle parvenait à s'approcher discrètement.

Au bout de quelques mètres encore, elle reconnut Melchisédech et Cham, en train de deviser de façon plutôt animée. Jeanne se cacha derrière un talus pour les observer de plus près.

Melchisédech, toujours entouré de ses drones, désigna les flancs de la montagne.

— Nous surplombons un précipice, ne le comprenez-vous pas ? J'attends de savoir si nous allons disparaître quand tout cédera sous notre poids.

— Il ne tient qu'à nous d'agir.

— Et vous savez très bien ce que représente ce projet.

Le Juge, le visage blême, se retourna vers sa camarade.

— Voilà qui n'a que trop duré, Cham. De toute évidence, vous avancez à tâtons, sans même savoir ce que vous faites. Et pendant ce temps, cette… verrue enfle sous notre nez !

— Vous ne pouvez pas dire ça du camp, ces gens…

— Vous savez très bien que je parle de la Petite France ! Quelle insolence, quel manque de respect ! Faire renaître ce nom, comment osent-ils… Ces mécréants sont prêts à tout pour ne pas oublier leur patrie, pour souiller notre terre, encore, alors que nous les avons accueillis.

— Vous savez que c'est faux, Melchisédech. Nous ne les avons pas « accueillis », bien au contraire. S'ils en sont arrivés là, c'est parce que nos portes sont restées fermées.

— Ils auraient pu aller ailleurs, répliqua le Juge, cinglant. Personne ne les retient, surtout pas moi. Et ce n'est pas une excuse suffisante, vous le savez tout aussi bien que moi, poursuivit-il. Lorsque notre projet a failli s'effondrer, avons-nous sombré dans l'anarchie ? Le chaos ? La sauvagerie ? Non, non, et encore non. Il est beaucoup trop simple de rejeter la faute sur autrui. S'apitoyer sur leur sort n'est qu'une tactique, revendiquée qui plus est. Ce seul surnom est une insulte. Et je les étrille en connaissance de cause, mon père a fait ses études de l'autre côté, il n'en a rien tiré non plus.

— Au départ…

Melchisédech leva la main.

— Non. Je ne veux rien entendre. S'ils sont incapables de laisser derrière eux les oripeaux de leur grandeur passée, ça les regarde. Mais cela va bien au-delà, à présent. J'ai bien conscience que nous avons laissés les pires d'entre eux prospérer. Moi-même, j'ai fermé les yeux. Pour nous assurer la paix en bas, nous leur avons donné les rênes du bidonville, ou en tout cas, voilà comment la situation a évolué désormais, avec ce trafic de qat. Et voyez de quelle façon vous avez été accueillis aujourd'hui ! Ce n'est pas faute de vous avoir mise en garde, maintes et maintes fois.

Cham eut un mouvement de recul.

— On dirait presque que cela vous réjouit…

— Ne choisissez pas cette voie, réagit Melchisédech, le visage plus pâle encore. Que voulez-vous dire ? Que je pousserais ces racailles à la révolte pour asseoir mon pouvoir ? Pour avoir l'occasion de frapper encore plus fort ensuite ? Ce serait tristement banal, non ? La réalité est malheureusement beaucoup plus triste : je parle dans le vide. Personne ne tient compte de mes avertissements. La politique de la main tendue ne fonctionne pas, la preuve en a encore été faite ce matin.

Cette fois, Cham s'était tue et Melchisédech en profita.

— Laisser les rebelles de cette bande gérer la Petite France comme bon leur semble sous prétexte qu'ils empêchent la cocotte d'exploser, voilà qui n'a que trop duré.

— Là, c'est vous qui m'accusez de complaisance.

— Non, justement, je nous mets tous dans le même sac ! répliqua son collègue. Je suis tout aussi coupable que vous, ma chère. Tout aussi coupable. Mais je ne vois pas comment rester les bras croisés plus longtemps. Vous avez eu votre chance.

— Je ne comprends pas…

— Eh bien, c'est simple. On ne peut pas continuer ainsi. Sem s'est perdue et ne pense qu'à ses petites cérémonies en l'honneur de mère Nature, nos concitoyens détournent le regard. Et moi, j'essaie d'assurer la survie de ce projet, pendant que vous ne semblez intéressée que par nos relations avec les cancrelats qui rampent à nos pieds.

— Et vous croyez que c'est en les traitant ainsi que vous allez apaiser leur colère ?

— Leur colère n'est qu'un prétexte. Ne vous voilez pas la face, vous n'en sortirez pas grandie. Il se passe quelque chose là-bas. Je ne sais pas de quoi il s'agit, mais il faudrait nous en inquiéter au plus vite. Nous ne pouvons plus attendre. Vous savez ce que nous devons annoncer dans quelques semaines à peine. C'est l'image même du projet qui est en jeu.

L'image, songea Jeanne. Comme si c'était là la seule chose qui comptait avec lui, bien avant les gens. En avait-elle douté un jour ? Dès sa première rencontre avec le Juge, son côté intransigeant l'avait frappée en plein visage. Elle se passa une main sur la joue, avec l'impression qu'elle cuisait encore, à croire qu'il lui avait administré une véritable gifle.

Le soupir de Melchisédech la fit frémir, lui donnant l'impression que son souffle s'était porté jusqu'à elle.

— Il faut clairement changer certaines choses, Cham. Je ne sais pas si vous pourrez conserver votre mandat, en tout cas, avec vos attributions actuelles. Votre rôle concernant les affaires sociales n'a pas de sens si vous laissez vos penchants interférer.

— Mes penchants ?

— Vous avez très bien compris. J'ai longtemps voulu croire que cela n'avait aucune importance à mes yeux, mais peut-être qu'à force de côtoyer des gens comme vous… Il semblerait que vous ayez quelque peu perdu de vue ce que nous tentons de construire avec Shusharrah. Une arche de vie.

— Pour l'élite.

Melchisédech sourit.

— En tout cas, je constate que vous ne niez pas ce que je viens de dire.

— À quoi bon ? Vous vous êtes fait votre idée, comme beaucoup avant vous. Ces accusations ne me touchent plus.

— Si vous le dites. Que cela vous laisse indifférente ou non, je transmettrai mes inquiétudes au Conseil. Je n'ai rien dit, mais je sais bien pourquoi vous avez voulu accueillir cette gamine. Vos liens avec son frère étaient… peu dignes de vos fonctions. Bref, le Conseil tranchera après tout, il faut nous en remettre à son œil. Comme toujours.

— Comme toujours, bien sûr. Mais il paraît aller très souvent dans votre sens, n'est-ce pas ?

— Vous m'accusez de faire des sous-entendus et vous faites de même.

— J'ai appris auprès du meilleur.

Toujours cachée, Jeanne ravala un gloussement. Malgré la fatigue qui l'avait envahie, elle était tout de même ravie d'entendre Cham résister ainsi à Melchisédech. Elle ne l'en aurait pas crue capable. Personne ne semblait en mesure de lui résister, en vérité. Mais elle tenait bon, quand bien même elle devrait s'incliner une fois leur discussion terminée. Car comment le défier sur la durée ?

— J'ai trop à faire pour pinailler sur ce genre de questions. Je veux bien admettre que vos mots ont dépassé votre pensée, après une journée aussi radicale.

Jeanne s'allongea un peu plus encore dans l'herbe fraîche. Melchisédech en avait visiblement fini de ses réprimandes. Par chance, le Juge aux drones s'éloigna vers l'est d'un pas vif, loin du cœur de Shusharrah. Il s'en était fallu de peu ! Jeanne hésita. Devait-elle se précipiter à la rencontre de Cham ? La jeune fille n'avait aucune idée de l'accueil qui lui serait fait. Après tout, elle avait disparu dans la cohue et Cham avait fatalement dû s'en apercevoir depuis.

La résille d'argent qui protégeait Shusharrah brillait doucement au-dessus de leurs têtes. Jeanne se souvenait de ses leçons avec Sem : la saison des tempêtes avait débuté encore plus tôt que lors des dix-sept années précédentes et elle s'annonçait comme la plus terrible depuis longtemps. Mais ici, sous la Résille, on ne craignait rien. C'était une constante avec Shusharrah. Et c'était aussi ce que Jeanne ne supportait plus : cette permanente ronde ouatée.

Elle se figea et battit des paupières. La Juge, mains croisées sur son ventre, regardait Jeanne. Cham avait deviné sa présence. La recrue s'attendait à tout, des cris, de froides imprécations. Il n'en fut rien.

Si la Juge ne laissait rien paraître, son regard luisant, lui, en disait long.

— Te revoilà ! Quel soulagement. Je n'ai pas pu t'attendre, il a fallu repartir avant que les choses dégénèrent pour de bon. Nous enfoncer dans les ruelles du bidonville à ta recherche aurait pu avoir l'air d'une attaque.

La jeune femme se pencha vers elle et tendit même une main pour la poser sur son épaule. Jeanne frissonna. Elle n'avait pas senti de contact bienveillant depuis… Depuis sa première nuit dans le bidonville. Et encore. Dayot avait voulu ensuite la manipuler. Quant à Rem, dans la salle de bains, leur étreinte était restée fugace.

Jeanne baissa la tête.

— Il ne t'est rien arrivé ? Tu n'as pas été agressée ? Peu importe qui a pu faire cela, je t'assure que si c'est le cas, il sera puni. Personne ne peut s'en prendre à une femme de Shusharrah, crois-moi. Ne doute pas de nous. Vraiment, Jeanne, vraiment.

— J'ai laissé l'orage passer et je suis revenue. Il n'y a rien de bien grave.

Elle décida de ne pas évoquer les galeries souterraines. Si personne ne lui posait la question, autant laisser entendre qu'elle s'était présentée au poste de contrôle.

Dans leur dos, les panneaux entourant la scène, assemblés eux aussi lors des travaux, s'illuminèrent.

— Ce sont les noms de nos disparus qui défilent. De tous

ceux qui ont sacrifié leur vie pour nos projets. Toutes ces promotions ne sont pas revenues couronnées de succès et de gloire. Il y a eu des morts.

Et les gens comme mon frère ? se demanda Jeanne. Étaient-ils eux aussi mentionnés ? Elle en doutait. Les criquets semblaient être déconsidérés aussi bien dans le bidonville que dans l'enceinte même de Shusharrah. Et pourtant, les brillantes recrues dont se vantaient les Juges…

— Pourquoi parliez-vous français tout à l'heure, avec Melchisédech ? J'aurais cru…

— Que l'on discuterait en arabe ou en anglais ? Non. Je maîtrise les deux, mais il a toujours préféré s'adresser à moi dans ma langue natale, comme s'il me faisait une faveur, vois-tu. C'est une façon pour lui de me signifier sa domination.

— Vous auriez pu lui répondre en arabe.

Cham eut un sourire triste.

— Ne crois-tu pas que je l'ai déjà fait ? Melchisédech est encore plus têtu que moi, sache-le. Ou que tu puisses l'être toi, je te le garantis.

— Alors, je devrais sûrement m'inquiéter.

Le sourire de la Juge s'élargit.

— J'ai cru entendre Adam. Oh, pardon, je suis désolée. Je comprends bien que c'est encore tout récent pour toi.

— Je… Il m'avait menti, avoua finalement Jeanne, pour la première fois. Il m'avait toujours affirmé qu'il avait réussi son examen d'entrée, qu'il était un aspirant.

— Sans doute voulait-il te préserver.

Jeanne secoua la tête. Elle voulait parler justement de ceux qui avaient pu causer la perte de son frère.

— C'était un coup des rebelles, c'est bien ça ?

Le soulagement disparut soudain des traits de Cham.

— Assurément Ils ne se cachent plus.

— Shusharrah va réagir ?

— Et comment ? soupira Cham. Nous ne sommes pas une puissance guerrière. Nous n'allons pas mettre le bidonville à feu et à sang pour dénicher une poignée de rebelles.

— Alors, ils ne sont qu'une poignée ?

La Juge secoua la tête.

— Personne ne le sait exactement.

Jeanne hésita.

— Vous comptez punir le bidonville tout entier en ne vous y rendant plus ? Shusharrah fait déjà le minimum.

— Ce camp ne fait pas partie de Shusharrah, quoi qu'en pensent certains de ses habitants. Et je n'ai jamais dit que nous n'allions rien faire de plus. Je retournerai là-bas dès demain pour poursuivre les vaccinations qui n'ont pu être assurées hier.

— Je peux y retourner avec vous ?

— N'as-tu pas un examen à préparer ? répliqua Cham, un sourcil levé. Shusharrah n'est qu'une étape, Jeanne. Tu n'en as peut-être pas conscience, mais ce n'est pas un havre de paix, une fin. Shusharrah a été conçue par et pour des pionniers. C'est un esprit d'autrefois, un souffle, celui qui a poussé tant d'êtres humains.

Jeanne fronça les sourcils.

— Peu importe, moi, je ne suis personne, répondit la jeune fille.

— Tu es la sœur d'Adam.

Adam. Si Melchisédech disait vrai, Cham avait été peut-être plus qu'une simple amie pour son frère.

Toutes les deux étaient trop pudiques pour aborder le sujet, mais Cham pouvait donc la comprendre. La Juge ne cherchait pas son regard, continuant à observer l'horizon barré par les montagnes.

— Je veux savoir ce qui a pu arriver à mon frère. Je pense que je n'ai pas encore renoncé. Et peut-être que je pourrais aider des gens, pour leur éviter justement le sort d'Adam. Je ne dis pas que c'est volontaire de la part de Shusharrah, vous êtes tous tellement pris par vos propres projets, mais en attendant, ces gens sont seuls, là, devant vous.

— Nous ne pouvons pas accueillir toute la misère du monde derrière nos murs, répliqua sèchement Cham.

Le visage de Jeanne se ferma. Toujours cette rengaine.

— C'est si facile à dire parce que ça semble si logique, n'est-ce pas ? Raisonnable, presque.

— Raisonnable, tout court, répondit la Juge. Tu es là depuis peu de temps mais tu devrais avoir déjà compris.

Peut-être n'avait-elle pas tort ; il manquait donc à ces gens une histoire, une âme à laquelle tous pourraient s'identifier. Un projet qui allait au-delà des croyances, des réticences, des partis pris des uns et des autres. Un projet que Melchisédech lui-même n'aurait aucune raison de considérer d'un mauvais œil, à moins bien entendu de faire preuve d'une mauvaise foi allant au-delà des mots.

Mais quelqu'un comme lui devait bien comprendre qu'il manquait encore quelque chose à cette cité, quelque chose que nul algorithme, nulle règle n'était en mesure de combler, ni maintenant ni jamais. Ce n'était pas une question de développement, de moyens, de politique.

Une âme, avait dit Dayot.

23

Au cours des jours suivants, Jeanne tenta de suivre ses cours du mieux qu'elle le pouvait pour donner le change, mais les idées bouillonnaient sous son crâne. Elle n'avait jamais été naïve ; Shusharrah n'était pas un paradis, il suffisait d'un coup d'œil au bidonville pour s'en apercevoir.

Dès qu'elle avait l'occasion de s'éclipser, et sans attendre la nuit tombée, elle prenait le risque d'emprunter les couloirs secrets qui couraient sous la montagne pour rejoindre le bidonville, en compagnie de Dayot. Il lui avait même fourni des vêtements de rechange afin de passer inaperçue au cœur du bidonville. Pas question d'exhiber le symbole du Faravahar ! Chaque fois, malgré la présence du garçon, Jeanne avait l'impression tenace de plonger dans une grotte sans être certaine de parvenir à remonter à la surface. Sans être certaine de pouvoir retrouver la lumière, ou même, lorsque son cœur battait la chamade, de trouver de quoi respirer. Jeanne avait déjà connu ça dans le bidonville justement, avec les tempêtes. À croire qu'il fallait toujours des obstacles sur sa route.

Jeanne avait bien conscience qu'elle se trompait : c'était comme l'un de ces cauchemars où elle se voyait coincée dans un boyau, incapable de reculer ou d'avancer, destinée à mourir sur place, pauvre idiote qu'elle était. Ou peut-être que cette situation ne se révélait pas si loin de la réalité, alors que la jeune fille ne savait pas si elle n'allait pas demeurer coincée entre Shusharrah et le reste du monde. Si ce « reste du monde » avait encore une chance de ne pas finir englouti ! Chaque fois qu'elle disparaissait sous la roche, Jeanne avait donc l'impression sans cesse renouvelée que ces sentes de pierre allaient changer, la piéger, l'arrêter.

Elle avait cependant décidé d'avancer tête baissée. Vent, sable, pierre, elle les affronterait tous. Avec Dayot, ils s'arrêtaient en général dans son « antre », le temps de boire une *décoction* qu'il osait appeler « thé », et chaque fois, avant de repartir, le jeune homme lui demandait si elle était bien certaine de vouloir retourner de l'autre côté des cimes, dans le bidonville. Et toujours, elle répondait oui. Jeanne était déterminée à démontrer aux yeux de tous que la Petite France n'était pas condamnée à sombrer. Et que, peut-être, elle méritait un regard de la part de Shusharrah, un regard bienveillant et non méprisant.

Ainsi, trois jours après l'attaque du dispensaire, Jeanne s'en fut retrouver Toc, seule, pour l'interroger au sujet de la montre qu'elle lui avait confiée. Elle n'avait pas oublié que l'ancien aspirant avait fourni une arme à Karam et qu'il en fabriquait sûrement pour quiconque était en mesure de le payer. Tant pis. Elle ne prétendait pas jouer les justicières.

Désormais capable de rejoindre le bidonville sans être repérée, Jeanne avait une intention bien précise : si elle pouvait tirer quelque chose de sa montre, elle comptait bien aider Issa à faire aboutir son projet de festival. Mais Jeanne avait eu aussi une autre idée, plus personnelle.

Toc le forgeron leva les yeux et ne cacha pas sa surprise.

— Oh, qui voilà ? Toi ! Attends…

— Jeanne.

— Ah oui, c'est ça. Désolé, je vois beaucoup de monde défiler.

La jeune fille hocha la tête.

— Je venais pour ma montre.

— Rien de neuf, malheureusement, répondit Toc, sans marquer la moindre hésitation. Tu es de retour parmi la petite bande ?

Jeanne se raidit malgré elle.

— Non. Ils sont dans le coin ?

— Je ne crois pas. Pas vu ce matin en tout cas.

— J'ai intégré les recrues potentielles de Shusharrah, dit-elle après quelques secondes de silence.

— D'accord.

Toc allait-il s'arrêter net ? Jeanne avait espéré qu'il s'épanche un peu sur le sujet, que ce soit pour lui donner des conseils ou la mettre en garde. S'il avait choisi de partir, il avait forcément quelque chose à en dire !

Il choisit précisément cet instant pour réagir.

— Tu as des questions ?

— Je… Je ne sais pas. C'est…

— C'est dur, hein ? Mais ce n'est pas pour ça que j'ai lâché l'affaire de mon côté, si c'est ce que tu veux savoir.

— Oh, non, je ne pensais pas…

Toc sourit en passant la main dans sa barbe.

— Ce n'est pas grave, hein. Les promotions, les missions… On t'a mise au courant, j'imagine ? J'ai vite compris que je n'avais pas envie de cette vie. Beaucoup se plaignent du bidonville, alors que franchement…

La jeune migrante réfléchissait toujours à sa réponse quand elle entendit son prénom résonner une nouvelle fois à ses oreilles.

— Jeanne ?

Elle eut besoin d'un instant pour reconnaître le timbre de voix de Soundous.

La camarade de Karam et des autres s'était arrêtée devant l'atelier de Toc. Un voile sur la tête pour se protéger de la poussière, elle semblait fatiguée. Sous ses paupières tombantes, ses yeux luisaient.

— C'est bien elle, répondit Toc, face au silence que les deux jeunes filles partageaient.

Soundous semblait chercher ses mots.

— On t'a libérée ?

Jeanne lui expliqua brièvement que ce n'était pas tout.

— Tu vas pouvoir tenter le concours de Shusharrah ? s'exclama Soundous, avant de reprendre à mi-voix. C'est incroyable.

— Je ne sais pas encore, se crut obligée de préciser Jeanne, se souvenant que Soundous avait rêvé d'intégrer la cité. Pour le moment, je suis seulement en formation. On cherche encore à me trouver une place.

— C'est déjà pas mal d'en avoir une.

De toute évidence, les deux migrantes étaient en réalité aussi gênées l'une que l'autre. Jeanne savait qu'il était possible de croiser ceux qui l'avaient accueillie les premiers, c'était même ce qu'elle voulait en fin de compte, mais son esprit avait refusé de l'admettre. Tomber sur Soundous la mettait face à face avec la réalité. Elle incarnait tous les visages qu'elle avait crus amicaux.

Mais elle devait les affronter, Soundous comme les autres. Ce n'était qu'un petit pas à côté de tout ce qu'elle avait en tête.

— Ça tombe bien. Je voulais justement venir vous voir.

Ce fut au tour de Soundous d'afficher une surprise évidente.

Jeanne demanda à la réfugiée de la ramener au repaire rocheux qu'elle avait connu à peine quelques semaines plus tôt. Elle ne fut pas surprise d'apprendre qu'ils n'avaient pas changé de campement. Soundous ne mentionna pas une seule fois Dayot en chemin.

— Comment va Karam ?

Soundous tira sur une mèche de cheveux.

— Je ne sais pas. On ne le voit plus trop.

Elle lui expliqua que son penchant pour le qat l'avait éloigné du groupe, au point qu'il fréquentait désormais les lysseux.

— C'est comme ça, conclut-elle avec un haussement d'épaules.

Les autres réfugiés qu'elle avait pu croiser, du moins la plupart, étaient toujours là. Deux ou trois visages lui étaient inconnus. Jeanne leur expliqua à tous ce qu'elle avait en tête, avant de conduire les quatre ou cinq plus curieux, dont Soundous, vers l'un des tas d'ordures qui jonchaient les environs.

Elle se retourna vers le tas. Elle n'avait aucune envie de se retrousser littéralement les manches pour plonger les mains dedans, mais… que faire d'autre ? Elle avait au moins pensé à emprunter plusieurs paires de gants lors de sa dernière visite dans la serre.

— Tu veux vraiment t'en occuper ?

La jeune fille haussa les épaules avant de répondre et de se courber en deux.

— Il vaut mieux donner l'exemple, non ? Je n'ai pas grand-chose à offrir, mais peut-être que…

Elle jeta un coup d'œil à Soundous, qui fit la moue.

— Bon, je te dois bien ça. Tu n'es pas obligée de me croire, mais je me suis souvent dit qu'on n'avait pas été très corrects de te laisser là-bas.

— Ce qui est fait est fait, sourit Jeanne, se forçant un peu.

Ce n'était pas si difficile. Elle avait appris à mentir depuis qu'elle évoluait à Shusharrah.

— Je vous propose d'abord de collecter les déchets. En soi, c'est le plus important. Vous parlez souvent de bidonville, mais parfois, le coin a surtout des allures de dépotoir, non ? Changer ça, c'est une première étape.

— Pour quoi faire ?

— Eh bien, ne pas vivre dans la crasse, déjà. Le sable a beau cacher plein de choses, les ordures sont toujours là. Cela dit, je ne vais pas vous mentir, si vous voulez vous enrichir, ce n'est pas mon objectif principal. Je vous ai parlé de l'idée de cette vieille femme, dans la Petite France, poursuivit-elle, songeant à Issa. Je veux contribuer à en faire une réalité.

— Pourquoi on l'aiderait, franchement ?

— Vous voulez que les idiots aux lys règnent sur tout le bidonville ? Je ne suis pas certaine que ça vous plaira. Vous pouvez vous plaindre de Shusharrah, mais finalement, ses habitants restent entre eux et se contentent de se désintéresser de vous. Les lysseux… c'est une tout autre histoire, on est d'accord ? Ils veulent diriger cet endroit et imposer leur loi. Vous imaginez s'ils décident de négocier avec les pirates, les marchands d'esclaves ?

Cette fois, personne ne remit en cause ses paroles.

Jeanne se détendit légèrement.

— Bon, c'est pas tout ça…

La jeune fille fit volte-face, saisit un sac, et commença à le remplir. On trouvait toutes sortes de déchets et il faudrait ensuite les trier. Mais dans un premier temps… dégager le passage était impératif.

Plastique, papier, carton, métal… Jeanne égrenait mentalement cette litanie de débris.

— On va se foutre de notre gueule, l'interrompit un marmonnement.

C'était l'un des membres de la bande dont elle n'avait jamais retenu le prénom.

— Ben oui, insista-t-il en remarquant que Jeanne le regardait. Tu crois que les autres s'amusent à ramasser derrière eux ? Nous, en plus, on devrait s'occuper des merdes de tout le monde ? Dès ce soir, on va nous trouver un surnom.

— Karam m'avait bien emmenée chercher des pièces à quatre pattes dans le sable et ce n'était pas la première fois pour lui. Vous pensez que c'est mieux ?

— Mais…

Soundous le fit taire d'un geste.

— Allez, ne perds pas de temps à bavasser. On a dit oui, alors on s'active maintenant.

Jeanne ravala un sourire. Ils devraient ensuite bricoler une charrette, pour emporter tout cela avec eux. Ils utiliseraient ce qui était réutilisable et revendraient le reste s'il était possible d'en obtenir quelque chose. Il leur resterait ensuite à trouver un coin pour entasser le reste. Quant à sa véritable cible, les restes vivriers… Elle secoua la tête en songeant à ses cours. Jeanne avait dû se montrer plus attentive qu'elle l'avait cru.

La jeune fille désigna les environs de la main.

— Du compost. De tout ce qu'on peut ramasser ici, c'est ce qu'il y a de plus simple à recycler. Si mon plan se déroule comme prévu…

La jeune fille interrompit sa phrase, presque surprise par son ambition. Elle avait soudain de réels espoirs, *tangibles*. Et ils prenaient racine au cœur du bidonville, pas dans les salles de cours ou les gymnases de Shusharrah. Jeanne en prenait juste conscience.

— Jeanne ?

— Pardon, sursauta la recrue potentielle. Oui, je me disais qu'on pouvait faire du compost avec les restes de ce genre. Tout ce qui peut se désagréger en fait, pas des morceaux de pneus. Après, on pourra se servir du résultat pour faire pousser vos propres produits, sans tout miser sur Shusharrah.

— Rien ne pousse ici.

— Je suis sûre du contraire, répliqua fermement Jeanne.

— À part nous creuser l'appétit, je ne vois pas ce qu'on va gagner, en maugréa encore un autre.

Jeanne ravala un soupir. Voilà une raison de plus de regretter l'absence de Karam. Il parlait beaucoup, mais semblait toujours de bonne humeur.

Du moins, en apparence. Plutôt que de se laisser gagner par la mélancolie en songeant à ce qu'il était devenu, Jeanne saisit le sac qui ne l'avait pas quittée et en tira ce qu'elle avait pu garder de son petit déjeuner à Shusharrah.

— J'ai pensé à ça, répondit-elle, leur tendant deux barres de céréales enrobées de pâte de caroube.

Aussitôt, les réfugiés abandonnèrent leur travail pour s'approcher de Jeanne.

— Tu nous as ramené à manger de là-haut, sérieux ?

— Ce n'est pas grand-chose. Vous verrez que ça ne vous changera pas de vos galettes, niveau goût. Mais je crois que c'est beaucoup plus nutritif !

— Nutri quoi ?

— Ça vous apportera plus d'énergie. D'accord ?

Jeanne venait de voir que Soundous souriait.

— Non, non, rien. Je me souviens quand tu es arrivée ici, il y a quoi, un mois ? Tu ne semblais pas aussi sûre de toi !

Jeanne lui rendit son sourire.

24

Jeanne retira son casque et se retrouva prise par une sensation de vertige.

Rem, sa collègue de chambre, l'avait prévenue que la première fois était toujours étrange, mais elle n'avait pas voulu se laisser convaincre. Le spectacle irréel projeté sur ses rétines l'avait d'abord émerveillée, pour la première fois depuis son arrivée. Jeanne s'était retrouvée plongée dans un enfer glacé, digne de ce qu'elle avait pu s'imaginer d'après ses lectures. Quatre de ses camarades et elle se trouvaient en réalité dans une salle sphérique, chacun pourvu de ce type de casque étrange.

Ils avaient dû coopérer, tous plongés dans la même vision, alors que l'alimentation en air filtré de leur abri virtuel avait cédé. S'ils ne parvenaient pas à la relancer, ils étaient censés mourir de froid. En dehors de la température, qui n'était pas simulée, le reste était étonnamment réaliste, du moins aux yeux de Jeanne, pour qui c'était une première. Elle avait entendu les autres parler d'une séquence de jungle, en quête d'échantillons de margousiers ou d'ébéniers. Mais si la jeune migrante était convaincue que Shusharrah avait des objectifs importants en tête, la même flamme ne l'avait pas envahie. Elle ne la consumait pas. Jeanne savait maintenant qu'elle n'était qu'une recrue parmi d'autres, une donnée, une variable : la preuve, elle avait appris en rentrant l'autre jour avec le petit groupe éméché que Cham n'avait lancé aucune alerte. La Juge avait préféré la laisser se débrouiller plutôt que de risquer de subir les foudres de ses pairs.

— Putain, c'était pas facile ! geignit l'une des recrues, une fois de retour dans leurs vestiaires.

Jeanne s'était éloignée du groupe, comme toujours lorsqu'il était question d'intimité. Mais elle les écoutait attentivement, à distance. Sans les comprendre. Tout comme cet entraînement en « réalité virtuelle », le cursus que lui proposait d'intégrer Shusharrah lui semblait de plus en plus déconnecté de ce qu'elle vivait au jour le jour, de l'autre côté des montagnes.

Mais il en allait de même pour les travaux pratiques dans les jardins de la cité.

La jeune fille observait en cet instant ce qui ressemblait à un petit bosquet d'acacias, dont les contours mouvants sous la brise encerclaient une série de dômes de verre, du moins, en apparence. Elle les avait déjà repérés, mais les incessants commentaires de Sem l'avaient détournée de leur observation. Une unique silhouette se tenait cette fois au milieu des arbres. Elle agitait les bras tandis que tourbillonnaient autour d'elle de véritables essaims.

Les élèves s'avancèrent en direction des premières ruches dispersées sous le couvert des branches. L'homme au centre du cercle ne paraissait pas les avoir vus, ou du moins, il les ignorait sciemment. Fascinée par ses mouvements dignes d'un danseur, Jeanne eut besoin de quelques instants pour comprendre ce qu'elle contemplait réellement. Elle ouvrit de grands yeux en se retournant vers Sem.

— Ce ne sont pas…

— De vraies abeilles ? Et non. Ce que tu vois, ce sont de minuscules engins électroniques, chargés de la pollinisation de nos arbres fruitiers.

— Donc, ce ne sont pas des ruches non plus, ajouta la jeune fille en désignant du doigt la structure la plus proche, aux allures de cloche de verre.

— Non, seulement ce qui leur sert de hangar, si je puis dire. Joachim les dirige à la main. Ce sont des biodômes. On pourrait le faire avec une simple télécommande, mais nous avons chacun nos petites marottes, n'est-ce pas ?

— Certains aiment bien attirer l'attention, grinça Jeanne.

Malgré ses réserves, elle regarda l'essaim principal fondre sur un arbre, puis un autre, puis encore un autre. Sem leur expliqua que Shusharrah avait également développé un système de pollinisation par bulles.

— Il suffit de mélanger le pollen à la solution et de produire des bulles, qui iront délicatement se déposer sur les pistils des fleurs que vous voulez féconder. Nous avons obtenu un taux de réussite de 89 %.

Jeanne la regarda sans mot dire. La Juge semblait si fière de pouvoir se passer du moindre essaim d'abeilles !

À croire qu'il fallait se réjouir de leur disparition puisque l'on s'évitait quelques piqûres.

Elle savait que son raisonnement par l'absurde était injuste. Sem ne pensait certainement pas comme ça, du moins, pas vraiment. Mais chaque jour l'éloignait un peu plus des plaines, que Jeanne le veuille ou non.

*

Pendant deux semaines encore, alors que ses camarades ne cessaient de discuter du prochain grand discours de Melchisédech sur le devenir de Shusharrah, Jeanne retourna systématiquement dans le bidonville. Elle avait finalement pu récupérer quelques graines de la part de Dayot tandis que son idée de jardin prenait forme, ailleurs que sous son crâne. Enfin ! Encore fallait-il à présent mettre Issa au courant de ses intentions. Jeanne avait besoin de la bénédiction de l'ancienne, à défaut de ses encouragements. Mais si la jeune fille parvenait à lui rendre le sourire et le goût de la lutte, ce serait encore mieux !

Au cours des jours suivants, Jeanne prit ses marques dans la Petite France, avec ou sans grappin pour déambuler dans ses rues. Les rebelles aux lys profitaient du malheur des gens pour prospérer, se gargarisaient d'une histoire qu'ils n'avaient en rien bâtie pour justifier leurs actes et asseoir leur pouvoir. Mais ils ne faisaient qu'écraser ou détruire ceux qui leur résistaient, sans chercher aucunement à améliorer les choses. Ils auraient au contraire perdu leur pouvoir si la situation de la Petite France et du bidonville tout entier avait pris un meilleur tour.

Ils n'étaient que des marchands de peur, pas d'espoir.

Pour ne pas risquer de compromettre davantage Issa, il n'était pas question pour la jeune fille de s'installer près de chez la vieille dame. Jeanne s'était donc mise en quête d'un bout de terrain abandonné, ce qui ne manquait pas. Au départ, elle ne trouva personne pour l'empêcher d'aménager l'espace qu'elle s'était approprié, on la croyait probablement repartie pour de bon à Shusharrah.

— Mais qu'est-ce qu'on va faire de tout ça ? J'aimerais bien que tu nous expliques, quand même, lui avait fait remarquer Soundous lorsque Jeanne avait réussi à les convaincre de la suivre dans la Petite France.

Tous contemplaient un tas de planches, pour la plupart vermoulues.

— Suivez-moi, leur indiqua Jeanne d'un geste de la main.

— C'est quoi, tous ces bouts de bois ? Tu veux te construire une cabane rien qu'à toi ?

— Non ! La Petite France n'est qu'une plaque tournante de trafics en tous genres, et le bidonville encore plus. Mais si j'ai appris quelque chose à Shusharrah, c'est que l'on peut tenter d'améliorer les choses.

— On n'a pas leurs moyens.

— Et on n'en a pas besoin, répliqua Jeanne, gardant sous silence le fait que cela aurait facilité les choses évidemment. Regardez mieux.

En réalité, la jeune fille ne les avait pas attendus pour élever une sorte de butte de terre, entourée d'une bordure. Elle ne s'était pas contentée de le faire une fois, mais cinq. Les bordures comptaient aussi bien des cailloux que des bouteilles, des tuiles en terre cuite… Une partie de ce que

Soundous et elle avaient eu l'occasion de ramasser ces derniers jours.

— Je suis sûre qu'on pourrait y planter quelque chose…, murmura Jeanne, avec un regard en coin vers les hauteurs.

— Qu'est-ce que c'est que ce truc ? demanda l'un des gamins.

— Un jardin en trou de serrure.

— Un jardin, t'es sûre de ça ?

Le doute dans la voix de Soundous était palpable.

Jeanne pencha la tête sur un tuteur en bambou. Aucune quantité de terre ne parviendrait à enfouir complètement les traces de ceux dont le destin s'était fracassé en mer mais ce n'était pas le but de ce lieu.

La jeune fille détourna les yeux.

— Tout à fait. Ça se fait beaucoup à Shusharrah et en fait, c'est très facile à concevoir. L'espace au centre du cercle, c'est un composteur. Il favorise les échanges entre l'espace de compostage et le substrat de plantation tout autour. Les vers de terre peuvent circuler librement, par exemple. Et on peut l'alimenter avec toutes sortes de déchets.

Jeanne se retourna vers le petit groupe, les mains sur les hanches.

— Il faut justement utiliser les planches pour isoler les composteurs. Ça vous dit de m'aider ?

Même à plusieurs, ils en avaient encore pour des jours de travail. Il fallait consolider les bordures extérieures de chaque jardin, trouver plus de bois pour tailler des piquets, les remplir et surtout ne pas oublier de quoi créer une cheminée d'humidification, pour tenter de capter le peu de rosée qui existait ici. Jeanne grimaça. Bien sûr, tout cela aurait mieux fonctionné à l'abri d'un voile comme la Résille de Shusharrah. Mais il faudrait faire avec, comme toujours.

En moins d'une heure, elle parvint à leur expliquer la marche à suivre, et tous se mirent au travail. Après tout, ici, ils étaient à l'ombre et c'était déjà mieux que leurs après-midis habituels qui se décomposaient lentement sous les rayons ardents du soleil.

— Tu pourrais utiliser des bouteilles en plastique ! lui suggéra l'un des gamins.

— Comment ça ?

— Dans certains secteurs du bidonville, j'en ai vu qui s'en servent pour construire des murs. Des gars du Sud. Tu les remplis de sable, tu les empiles et tu les relies entre elles avec des ficelles.

— C'est malin !

Le garçon lui adressa un clin d'œil goguenard.

— Ben oui, tu pensais que tu étais la seule à avoir des idées ?

Jeanne sourit mais interrompit cette discussion pour s'adresser à Soundous, en train d'attacher ensemble deux piquets.

— Continuez comme ça, je reviens tout de suite.

Jeanne quitta son bout de terrain et arriva bien vite en vue de la modeste demeure d'Issa. Ses chats étaient tous là pour l'accueillir, tout comme la vieille dame.

— Personne n'est revenu vous embêter depuis la dernière fois ? demanda aussitôt la jeune migrante.

Issa renifla.

— Ça ne va peut-être pas durer, mais j'ai encore un peu d'influence par ici, ajouta-t-elle en se penchant pour caresser l'un de ses chats. Il en faut beaucoup pour m'énerver, mais une fois que c'est le cas, attention.

— Je tâcherai de m'en souvenir.

Le félin au pelage marbré s'approcha de Jeanne, tout comme Issa.

— Je sais déjà que les chats t'apprécient, tu n'as donc rien à craindre.

— Ce sont les gardiens du temple, c'est ça ?

Issa sourit de nouveau, mais cette fois, ses traits étaient las.

— Eux n'ont pas toujours le mot « France » à la bouche. France, France, France. Tellement que ça devient rance. Mais même ceux qui sont nés là-bas, comme toi, ne comprennent pas : ce qu'ils ont connu avant la traversée, ce n'est pas la France. Ni l'Europe. Ni rien de tout ça, dit-elle en désignant d'un geste les environs immédiats du bidonville. Ils ont une vision idéalisée de ce qui n'est qu'un passé révolu. Et quand ils arrivent ici et qu'ils comprennent que ce qu'ils pensaient trouver est un mirage… Tout le monde n'est pas armé pour savoir comment réagir. Il faut parfois longtemps pour ravaler sa colère. Le temps d'y perdre ses illusions, ou pire, des gens qu'on aime.

Jeanne ne répondit rien. N'était-ce pas ses propres sentiments, ses tourments, qui l'avaient attirée jusqu'ici ?

Et pas seulement le fantôme de son frère.

— Tu ne m'as toujours pas expliqué ce que tu es venue faire dans le quartier.

Jeanne retint son souffle, jusqu'à sentir son cœur protester.

— C'est simple ! Tous les crétins que j'ai croisés passent leur temps à se plaindre, à rejeter leur frustration sur les autres, à accuser tout le monde… Mais s'ils sont encore si fiers de leur culture, alors pourquoi ils ne font rien du tout pour la faire accepter ? Pour la faire découvrir ? Votre idée de festival est une bonne piste, j'en suis convaincue. Mais je me disais… qu'on pouvait faire quelque chose de plus. Comme un hommage à tous ceux qui ont perdu la vie pour un rêve.

— Te voilà bien bien ambitieuse, ma belle. Mais tu sais que cet endroit n'est franchement pas tendre avec ceux qui l'habitent.

Jeanne était certaine qu'elle en savait suffisamment à présent pour apporter sa pierre à l'édifice. Pourquoi devrait-elle attendre ? Pourquoi devrait-elle mettre en pratique ce qu'elle apprenait à Shusharrah à des centaines ou des milliers de kilomètres de là ? Ces quelques semaines étaient censées avoir posé des bases réelles, tangibles, lui avoir appris des choses utiles. Elle était convaincue de pouvoir agir ; il le fallait.

Pour la première fois depuis longtemps, les mots bouillonnaient dans son esprit et ne demandaient qu'à sortir.

— Je voudrais créer un lieu qui puisse réunir tout le monde, sans question d'origine ou de langue. Pour se recueillir. Ne pas oublier, mais faire la paix avec soi-même. C'est… c'est ce qui me manque à moi aussi, avoua-t-elle à demi-mot, songeant à Ben et à Adam. Je crois que Shusharrah cherche aussi à rassembler les gens, mais ils le font, je ne sais pas… comme s'ils rangeaient des outils dans un établi ? Tous au même endroit, c'est vrai, sauf que chacun reste à sa place. Avec ce jardin, j'aimerais que les morts soient en paix eux aussi. Bien sûr, ce ne serait que symbolique. Mais si tous les rêves finissent ici, qu'ils puissent au moins être conservés.

Jeanne se tut, anxieuse. Comment allait réagir Issa face à un tel discours ? Son avis lui importait bien davantage que celui de n'importe quel Juge, y compris Cham. La jeune fille douta de longues secondes.

Et la vieille dame esquissa un sourire.

25

Au fil des jours, Jeanne entreprit de mieux cerner les contours de la Petite France. Elle avait envie de s'approprier ses fêlures, ses détours et ses surprises. Au-delà d'une poignée d'enseignes qui se complaisait dans une vision surannée d'une France ou même d'une Europe révolues, la Petite France évoquait bien davantage le bidonville. Il s'agissait d'un quartier presque invisible, littéralement à l'ombre de Shusharrah.

Et surtout, lentement, elle approcha les gens.

Elle cibla donc les exilés venus comme elle de l'autre côté de la mer. Lorsque le contact semblait à première vue relativement facile, la jeune fille leur parlait ouvertement de son idée de jardin du souvenir. Certains d'entre eux avaient-ils des choses à proposer, des histoires à partager ?

— Si vous voulez, on pourrait raconter vos histoires, à tous. Comment vous vous êtes retrouvés ici, qu'est-ce que vous attendez de l'avenir… Les espoirs de chaque génération, expliquait Jeanne à l'un d'entre eux.

Certains des graffeurs qui avaient décoré les murs de la ville avaient sans doute des choses à raconter. Pourquoi ne pas imaginer de nouvelles fresques ? La jeune fille interpella aussi plusieurs artistes de rue, surpris en train de se lancer dans une nouvelle œuvre sur un mur en partie écroulé à la suite d'un éboulement, quelques mois plus tôt. Certains racontaient même que Shusharrah provoquait de tels glissements de terrain pour chasser les migrants. Mais Jeanne n'avait que faire des rumeurs infondées. Pourquoi ne viendraient-ils pas participer à son festival de rue ? Jeanne ne pouvait pas leur promettre de retombées positives, mais après tout, ils dessinaient déjà sans rien obtenir en échange, à part évacuer leur frustration. Comme souvent, même si beaucoup s'habituaient peu à peu à sa présence ou ne s'en souciaient pas, Jeanne percevait la méfiance dans leurs regards, leurs gestes et leurs mots.

Mais trois ou quatre personnes lui répondirent sans lui fermer la porte, ou même sans évoquer les rebelles, qui semblaient surveiller les habitants de la Petite France de façon de plus en plus intense.

Une balle de chiffon rebondit soudain le long des méandres de la ruelle, avant de finir sa course aux pieds de Jeanne. Presque par réflexe, la jeune fille s'accroupit pour la ramasser à deux mains. Comme elle se relevait, deux silhouettes menues avaient surgi à leur tour à l'autre bout de la ruelle.

Deux enfants dégingandés, comme la plupart de ceux qui hantaient ces venelles, et qui semblaient ne jamais quitter les ombres – à croire qu'ils n'avaient aucune existence réelle et qu'ils n'apparaissaient que pour mieux se fondre dans un recoin quelconque la seconde d'après.

Les deux enfants, aux vêtements rapiécés plus d'une fois, s'arrêtèrent, s'agenouillant eux aussi, à bonne distance de Jeanne. Mais ils ne l'imitaient pas pour se moquer ou pour la déconcerter. Ils semblaient réellement prudents, presque craintifs. Un peu plus loin, dans la ruelle, des cris. Sans doute des amis à eux qui leur demandaient de revenir avec le ballon au plus vite. Pas besoin de comprendre tous les mots pour comprendre le sens de ces imprécations.

— C'est ça que vous voulez ? leur dit-elle, tendant la balle devant elle.

L'un des deux enfants toujours plongés dans la pénombre recula d'un pas, entraînant bien vite l'autre dans son sillage. Jeanne se retrouva seule avec cette boule de chiffon, alors qu'elle s'apprêtait à les interpeller une seconde fois, la bouche encore entrouverte.

La jeune fille hésita. Elle pouvait poursuivre sa route, ou bien…

Un instant plus tard, elle s'élança à leur suite, d'un pas déterminé, la balle sous le bras gauche. Elle déboucha sur une autre placette, une de plus dans la Petite France, découvrant un terrain improvisé, qui ne comptait qu'un seul but. Ils devaient sans doute jouer au football, ce jeu qui avait rempli des stades entiers un siècle plus tôt à peine. Mais les deux équipes s'étaient déjà volatilisées.

Jeanne balaya les environs du regard. Personne en vue, mais elle ne doutait guère d'être observée. Elle se tourna vers la cage, en réalité deux caisses en bois éventrées et disposées l'une à côté de l'autre.

Lorsqu'elle était enfant, elle y avait parfois joué avec Adam. L'un de leurs seuls souvenirs heureux, quand frapper la balle contre un mur permettait de tout oublier. Jeanne posa la balle devant elle, puis recula de trois pas. Elle se trouvait à environ quinze mètres des buts. Plissant les yeux, Jeanne choisit la lucarne opposée à son pied droit… La balle de chiffon s'envola et retomba en feuille morte, juste sous la barre. La jeune fille se détendit légèrement. Elle avait eu chaud, même si un raté aurait sans doute pu également provoquer une réaction de la part des spectateurs invisibles.

Jouer correctement avec de simples sandales n'était pas chose aisée. Jeanne avait du mal à donner les effets voulus à la balle, mais elle n'osait pas jouer pieds nus, contrairement à la plupart des autres enfants présents. Le plaisir de se dépenser autrement qu'en enchaînant les courses était toutefois bien là. Se prenant au jeu, la jeune fille en arriva même à mettre de côté quelques minutes la raison de sa venue, goûtant les joies simples d'une bonne suée.

— Je peux recommencer tout l'après-midi, si vous voulez ! Ou vous pouvez venir jouer ! lança-t-elle tout en allant récupérer la balle en sautillant presque.

Pendant une petite minute, Jeanne n'obtint aucune réaction, si bien qu'elle posa la balle devant elle une seconde fois, mais en se plaçant cette fois à gauche du but. Mais alors qu'elle reculait, plus lentement, elle vit réapparaître les deux silhouettes aperçues un peu plus tôt, toujours dans l'ombre. Tout de suite, trois autres enfants arrivèrent.

Des adolescents, se corrigea Jeanne, qui devaient faire près d'une tête de plus que les deux premiers.

— Alors ? Ça vous dit, un joueur de plus ?

Elle n'était pas sûre de se faire comprendre. De là où elle se tenait, impossible de distinguer leur couleur de peau, qui le plus souvent ne pouvait rien signifier, d'après ce qu'elle avait eu l'occasion de constater au cours des dernières semaines.

Elle recommença, en français cette fois, après avoir tenté de parler arabe. Elle donna même un coup de pied latéral pour leur rendre la balle. Après tout, c'était la leur. Tout pouvait s'arrêter là, sur-le-champ.

Mais l'un des trois ados lui répondit alors, récupérant le ballon.

— Pourquoi pas, mais t'es vachement grande, quand même. Suffit de balancer la balle sur ta tête et ça fait un but assuré.

— Ouais, c'est de la triche ! renchérit un second.

Ils avaient parlé en français, avec un accent lui rappelant celui de Karam.

Les deux plus jeunes n'avaient toutefois toujours pas bougé et ce fut eux que Jeanne regarda en répondant.

— Et vous, vous avez l'habitude de jouer ensemble. Chacun ses points forts.

Deux autres gamins firent à leur tour leur entrée sur la placette. Avec Jeanne, ils étaient donc désormais huit, dont deux autres jeunes femmes ; de quoi organiser deux équipes de quatre.

Jeanne n'avait pas joué en équipe depuis des années, mais elle n'eut pas de réelle difficulté à trouver ses marques, positionnée à l'avant. Ses trois coéquipiers, dont les deux autres filles, se montrèrent hésitants au cours des deux ou trois premières minutes de jeu, mais elle marqua sur sa première incursion offensive et cela changea tout. Visiblement, les filles étaient habituées à être reléguées dans la même équipe, et surtout à perdre.

— Il n'y a pas de raison de se laisser malmener, leur lança Jeanne, les mains sur les hanches.

Enfin, elle avait osé enlever ses sandales, savourant la sensation du sable entre ses orteils, chaud, doux. Presque une caresse. L'effort l'avait toutefois laissée plus essoufflée qu'elle ne l'avait imaginé. Mais elle était parvenue à se faire accepter de ce petit groupe et c'était le plus important à ses yeux, de très loin.

Ce n'était pas seulement en vue de ses plans. Jeanne s'aperçut très vite qu'elle trouvait ici ce que Shusharrah ne pourrait lui offrir, elle en était même convaincue. Une sensation de liberté, à l'ombre de la montagne, comme si la brise qui circulait dans ses ruelles à pic avait quelque chose de libérateur et non pas de destructeur. Adam avait peut-être trouvé la même chose ici même auparavant…

Avant de disparaître.

Elle cligna des yeux en s'apercevant qu'une fois de plus, ses pensées l'avaient rattrapée. Pendant ce temps, le petit groupe s'éloignait déjà, sans l'attendre.

— Désolée ! lança l'une des deux.

Jeanne n'eut pas le temps de les interpeller de nouveau. Une odeur de plastique brûlé lui parvint, surgie dans son dos, s'enroulant autour d'elle comme les anneaux d'un serpent, et, tout de suite, elle comprit. Ces enfants l'avaient piégée.

Les lysseux.

Ils avaient fini par les repérer, elle et son projet.

Jeanne s'en retourna sur place d'un pas presque mesuré, sans même courir. Elle savait. Il était déjà trop tard.

Les yeux écarquillés, presque douloureux, Jeanne courut jusqu'à son jardin et contempla ses cultures. Ces pauvres pots, les graines tout juste plantées, dans une terre encore si peu accueillante. Et dire qu'elle avait cru pouvoir... Réduits à l'état de brasiers à la taille ridicule, ils la ramenaient, tous, autant qu'ils étaient, à leur nature vaine, capables de disparaître d'une flambée.

« Tu aurais dû t'en douter, aurait pu lui dire Issa. Je t'avais prévenue, non ? Ils sont sans pitié. Ils ne veulent aucune contestation face à eux. Tu aurais pu imaginer ce que tu voulais comme initiative, eux n'ont qu'une idée en tête : contrôler cet endroit. Tout contrôler. Puisque Shusharrah ne veut pas investir les lieux, il fallait s'y attendre. Quelqu'un allait fatalement prendre la place, et sans surprise, le pire est là.

Et ça ne peut pas continuer ainsi. »

Non.

Le souvenir d'Adam se manifesta une fois de plus dans les flammes dansantes. C'était à cause des pathétiques jeux de pouvoir de ces imbéciles que son frère avait trouvé la mort dans ces mêmes rues. C'était à cause de leurs agissements qu'elle ne le retrouverait jamais, quels que fussent ses efforts. Mais elle ne pouvait pas s'arrêter de vivre. Elle n'avait pas voulu le faire. Et elle ne le ferait pas. Elle avait d'autres histoires à aller chercher chez les uns et chez les autres, peu importe ce que d'autres voudraient entendre.

Peu importe les soutiens ou les absences. Elle n'avait jamais voulu qu'on lui dicte son histoire, y compris lorsqu'elle avait tenté de dissuader Adam de venir ici. Ce n'était pas pour se laisser dicter sa voix à présent.

Ou sa voie ? Elle sourit presque malgré elle. Jeanne ne comptait pas rendre les armes aussi vite. L'odeur de la cendre et des ordures encore en cours de décomposition venait maintenant lui chatouiller les narines, comme pour se moquer d'elle, mais là encore, la jeune migrante ignora ce nouveau signe.

Jeanne cligna des yeux quand une bourrasque ensablée la cueillit. Ce n'était pas seulement la faute du vent ; une feuille de papier, intacte, était passée juste sous son nez, avant de poursuivre sa folle course un peu plus loin en contrebas. La jeune fille baissa la tête par réflexe et vit une autre feuille, exactement la même. Un tract, orné du lys des rebelles.

Jeanne se pencha pour le ramasser.

Et ne sentit pas le coup venir, net, derrière la tête.

26

Elle se souvenait être tombée la tête la première, avalée par le vide.

Les bras écartés, la jeune fille avait percuté le fond d'un puits, pour s'enfoncer aussitôt dans une couche de boue. Elle l'avait cru à sec, mais l'humidité était bien présente.

L'eau.

Elle ouvrit la bouche pour crier et la boue s'engouffra dans sa gorge, augmentant sa panique. Jeanne battait des pieds. Il y avait au moins un mètre de boue, peut-être plus. Elle crut entendre les rebelles lui crier quelque chose, mais elle ne comprit pas leurs paroles. Sans doute des insultes ou des moqueries, encore. Le cœur battant à tout rompre, la jeune fille parvint à se redresser, jetant une main contre la paroi face à elle. Jeanne n'osait lever la tête, le puits tout entier résonnant de son souffle court, de ses quintes de toux.

Elle serra les dents, goûtant encore la boue, fraîche, si fraîche, sur sa langue. Jeanne remonterait à la surface.

La jeune fille devait s'en convaincre. Ses constructeurs avaient briqué le fond du puits, mais les briques s'arrêtaient à peu près à la hauteur de la boue. Personne n'avait poursuivi les travaux. Le vent siffla au-dessus de sa tête, charriant avec lui de nouveaux grains de sable, prêts à l'ensevelir sous une pluie dorée.

Accrochée là, elle reprit lentement son souffle, avant de se raidir. Une autre respiration résonnait au fond du puits. Degré par degré, elle tourna la tête.

Dayot.

Dayot était là, avec elle.

— Jeanne ?

Le garçon ouvrit péniblement les yeux et Jeanne constata avec horreur qu'il avait perdu sa prothèse.

— Dayot, que s'est-il passé ? chuchota-t-elle d'une voix rauque.

— Je crois que tes nouveaux amis les lysseux ont remarqué que je traînais souvent avec toi. Comme j'ai un petit peu d'influence moi aussi, ils ont sans doute vu ça d'un mauvais œil. Karam les a aidés, c'est lui qui m'a donné rendez-vous, et… Ils ont dû se dire qu'ils n'avaient qu'à nous réunir ici.

Jeanne se passa une main sur le cou. Elle n'avait aucune envie de patauger dans cette mixture une minute de plus.

— Tu es là depuis combien de temps ?

Dayot secoua la tête. Il avait visiblement du mal à garder le menton relevé.

— Je ne sais pas. Deux heures ? Quatre ? Mais je n'ai pas vu le soleil se coucher ou la nuit arriver, donc moins d'une journée.

— À deux, on devrait arriver à remonter, c'est sûr !

Le jeune homme sourit, mais ne dit rien.

Jeanne frissonna, décidant de tenter de grimper la première, seule, sans l'aide de son ami. Si elle y parvenait, elle n'aurait qu'à trouver une corde à lui lancer ensuite. Son cœur se serra. Et Adam ? Avait-il lui aussi fini dans un puits ? *Ce* puits ? Tout portait à croire qu'on l'avait assassiné. Bien sûr, les rebelles n'étaient pas les seuls suspects mais ils représentaient la piste la plus évidente.

Jeanne gronda entre ses dents, puis cracha dans ses paumes. La température semblait avoir encore chuté au fond du puits. La jeune migrante n'avait aucune intention de se laisser changer en statue d'argile. Bientôt, l'obscurité totale envahirait ce trou et peut-être même un torrent de sable. Jeanne n'avait d'autre choix que de se hisser vers la lune. Dans son dos, Dayot s'était mis à claquer des dents. La colère bouillonnait dans les entrailles de Jeanne. Dayot n'avait même pas eu besoin de l'aider pour se retrouver impliqué, livré à la merci d'une bande d'idiots. Une petite voix tentait de se faire entendre, de lui glisser à l'oreille que ce n'était pas de sa faute, tout comme la mort de Ben n'était pas de sa faute. Elle n'avait pas appuyé sur la détente ni poussé Ben à agir. Mais les faits étaient bien là, froids, absolus, incontestables.

Hors de question que Dayot souffre une minute de plus. S'arrachant à la boue, Jeanne poussa sur ses jambes, cherchant du bout de la main droite une prise, tandis qu'elle demeurait en équilibre sur un rebord saillant qui devait faire deux centimètres à peine. Ses doigts tâtonnaient en vain. Ses jambes tremblaient déjà. Ses cuisses, tendues, se contractaient au rythme de ses balancements. Elle se laissa retomber d'elle-même, avant d'être emportée. Elle n'avait pas trouvé de prise.

Jeanne recommença, deux fois, trois fois ; elle changea d'angle, de point de départ, embrassant bien vite tout le pourtour du puits. Sans succès, toujours. Elle réprima un râle de rage pure, puis se mit à crier. En français, en arabe, en anglais. Puis juste des cris, primaux, bruts. Si leurs échos parvenaient à s'échapper du puits, personne ne se manifesta.

La jeune fille manqua tressaillir. Cela faisait bien dix bonnes minutes que Dayot n'avait pas ouvert la bouche.

— Tu tiens le coup ? demanda-t-elle, radoucie. Je suis désolée pour ta prothèse.

Dayot haussa les épaules d'un air las.

— Ce n'est pas si grave. J'ai bien réussi à m'en faire fabriquer une, je pourrai recommencer.

Jeanne fut surprise de voir Dayot relancer de lui-même leur discussion.

— La première fois qu'on s'est vu, tu m'as demandé comment je m'étais fait ça. Tu veux toujours savoir ?

— Je ne sais pas, avoua Jeanne.

Le cœur de la jeune fille se serra. Elle avait la sensation terrible que Dayot voulait se confier au cas où il ne quitterait pas ce puits.

— J'ai fait une promesse, dit-il enfin. Et je dois la tenir.

— Tu as laissé de la famille derrière toi ?

— Je vivais très loin au sud, reprit Dayot, sans vraiment lui répondre. Les gens de mon village… Ma famille aussi… Moi, tous, nous avons fait comme les autres. On s'est attaqué à la forêt parce que c'était la seule solution pour s'en sortir. Dans la région, il fallait partager les terres avec des chimpanzés. Je ne sais pas si tu vois ce que c'est. Ce sont des singes plus petits que des gorilles. On peut les trouver moins impressionnants, mais ce sont de vraies boules de muscles. Longtemps, tout allait bien, enfin, plus ou moins. Mais les dernières années… Il y a quatre ans, on comptait déjà une dizaine d'attaques. Les chimpanzés ont toujours été très curieux et quand nos villages ont commencé à empiéter sur leurs territoires, on les a croisés beaucoup plus souvent, si bien que parfois, ils enlevaient des enfants. Des petits, pas plus de trois ou quatre ans. Il y a eu des blessés, mais aussi des morts. C'est…

Jeanne se tourna lentement vers lui. Elle n'avait encore jamais vu le jeune homme afficher un tel visage. Sa gorge était nouée, ses lèvres tremblaient.

— Tu n'es pas obligé…

— Il le faut ! l'interrompit-il. Je veux le faire. Un jour, c'est mon petit frère qui a été enlevé par une jeune femelle. J'étais tout près, mais je n'ai pas pu l'en empêcher. Alors, je me suis lancé à sa poursuite, dans la forêt. J'ai réussi à la rattraper, à l'obliger à lâcher mon frère. J'ai vu son corps rouler, jusqu'à un fossé, sans bouger, comme une balle de chiffon. Ses cervicales avaient dû se briser.

— Je suis sûre que ce n'était pas de ta faute, tu…

— Tu n'en sais rien. Et moi non plus. *Personne*, répéta-t-il, plus fort, ce dernier mot résonnant d'autant plus dans le puits. Mais je n'ai pas réfléchi. Au lieu de me précipiter pour récupérer Aïti, j'ai foncé droit sur la femelle. J'avais réussi à la faire trébucher et elle a dû se blesser. Ensuite… j'ai frappé. Je ne me suis pas arrêté avant d'avoir la gorge en feu à force de hurler. Les chimpanzés nous ressemblent beaucoup plus qu'on pourrait le croire. Mais là, quand mes yeux ont à nouveau voulu regarder ce que j'avais fait, j'ai vu... J'ai vu... C'est à cause de moi qu'elle pleurait, après ce que j'avais fait. Je ne sais pas pourquoi elle avait voulu enlever mon frère. Peut-être qu'elle avait perdu son petit, peut-être qu'elle avait vu d'autres membres de son groupe enlever des enfants. Mais je sais une chose : je n'aurais jamais dû faire ça. Et j'ai été puni. Je m'étais attardé trop longtemps sur place et le reste de la horde m'a retrouvé. Je n'ai même pas pensé à me défendre. Je n'aurais pas eu le temps, de toute manière.

— C'est là...

Dayot hocha la tête, le regard toujours perdu sur un horizon bien au-delà des parois du puits.

— Oui. Ma propre famille est arrivée et m'a sauvé la vie. Mais pour mon bras, il était trop tard. J'avais même perdu connaissance. Je me suis réveillé et il avait fallu m'amputer. Impossible de faire autrement, c'était la seule solution. Je n'ai pas pu rester, poursuivit-il en baissant la tête.

— À cause de ta famille.

— À cause de *sa* famille, murmura-t-il. Je ne voulais pas rentrer au village, risquer de les croiser. Ce serait forcément arrivé, surtout que la déforestation ne m'a pas attendu pour s'amplifier encore. Mais je ne voulais pas être un poids pour les miens, c'est vrai. Je ne suis pas venu à Shusharrah en cherchant un refuge. J'ai atterri là comme j'aurais pu finir mon voyage ailleurs.

— Tu ne cherchais pas une prothèse ?

Il brandit bien haut son moignon couvert de boue, dans une parodie de signe victorieux.

— Même pas. Bon je n'ai pas dit non quand j'ai pu sauter sur l'occasion. Je ne ressentais pas l'envie de me punir à ce niveau. À quoi bon ?

— Et donc, tu veux repartir parce que…

— Parce que Shusharrah n'est rien pour moi. Mais je ne me sens pas l'âme d'un explorateur. Je ne suis pas Phileas Fogg ou le professeur Lidenbrock.

Pensive, Jeanne réfléchit quelques instants. Elle n'était pas certaine de connaître le second, mais ce n'était pas important. Elle se dit tout à coup qu'elle n'aurait sans doute pas l'occasion de le découvrir, si Dayot partait bientôt.

Un ruban de chanvre surgit tout à coup entre les deux jeunes gens, se balançant d'un côté à l'autre de la paroi. Jeanne leva la tête, incrédule. Les rebelles étaient-ils revenus ? N'avaient-ils fait tout ça que pour les intimider ? Peu importe. Elle n'allait pas laisser passer cette chance.

Trempés, le souffle court, les deux jeunes gens eurent besoin d'une bonne quinzaine de minutes pour remonter à la surface. Jeanne serrait les dents pour soutenir Dayot, qui devait supporter tout le poids de son corps de son seul bras valide.

Une fois affalée contre le tas de terre excavé, Jeanne vit un tract rouler jusqu'à ses sandales. Encore ! Elle le retint d'une main, puis le froissa entre ses doigts à la peau encore ridée par l'humidité.

Elle serra la feuille jusqu'à ce que ses jointures blanchissent.

Une nouvelle silhouette se dressait devant elle.

Adam.

27

La salle voûtée où l'on conduisit Jeanne n'avait plus rien d'une simple grotte.

Bien que ne leur prêtant aucune attention, elle aperçut sur les parois des fresques en grande partie effacées, représentant des gens vêtus de robes et à la tête couronnée d'anneaux. Sans doute des saints de l'ancien temps. Des tentures au drapé élimé étaient jetées par endroits, sur toute la hauteur des murs, pour dissimuler de possibles ouvertures. Au centre de la pièce, une volée de marches taillées dans la pierre menait à un bassin asséché, qui lui-même était situé juste au-dessous d'une ouverture dans la voûte donnant sur le ciel étoilé.

Adam l'attendait de l'autre côté.

Bien vivant. En chair, en os, tout en muscles, comme avant, le visage à peine plus creux, les yeux toujours aussi vifs, alertes. Une cicatrice lui barrait la joue droite, courant jusqu'à sa tempe.

Et pourtant, même en tenant compte de cette balafre, Jeanne n'avait jamais vu son frère ainsi. Trois années les avaient séparés, mais elle avait l'impression que c'était bien plus que cela en vérité.

Le regard d'Adam brillait d'un mépris dont l'origine ne pouvait se trouver qu'ici, sous les murs de Shusharrah.

— Pourquoi es-tu là ? Je ne voulais pas te voir. Mais lorsque j'ai compris que c'était toi qui te cachais derrière toute cette agitation, j'ai dû agir.

Jeanne frissonna. C'était bien la voix de son frère qui s'exprimait, mais avec une dureté là encore inédite, même au jour de son départ. Comment ses lèvres pouvaient-elles accepter de laisser échapper de tels mots, pour les lui jeter au visage ?

— Tu n'es qu'une rêveuse, Jeanne. Tu vivais déjà dans un univers d'illusions chez nos parents et rien n'a changé. Tu ne sais pas faire la différence entre la vraie vie et les livres.

— Ah oui ? Tu crois ça ? Si tu savais…

— Ce que tu as vécu pour me rejoindre ? Oh, mais je le sais. Moi aussi, j'ai traversé. J'ai *vu*. Shusharrah n'est pas une oasis perdue dans le désert, Jeanne, Shusharrah n'est qu'un mirage, petite sotte ! Un mirage ! Un miroir sur lequel tu projettes tes illusions ! Voilà pourquoi elle te plaît autant. Tiens, tu aimerais croire qu'ils ont trouvé de quoi produire de l'eau, mais ils ne font que pomper le lac. Je le sais, j'en ai trouvé la preuve !

La jeune fille manqua s'étouffer. Adam semblait si sûr de lui ! Que pouvait-elle bien faire à présent ? Elle se heurtait à un véritable mur, aussi solide qu'invisible. Elle pouvait hurler, frapper, mais il ne céderait pas. Il ne lui restait que ses questions.

— Pourquoi tu as fui, bon sang ?

— Fui ? C'est ce que l'on t'a raconté, n'est-ce pas ? La version officielle. Il en fallait bien une. Je ne suis pas n'importe qui, quel que soit le camp concerné.

L'orgueil. Encore un trait de caractère que Jeanne ne lui connaissait que trop.

— Alors, c'est là toute ton ambition ? Devenir un pauvre trafiquant de drogue ? C'était ça, ton rêve, quand tu es parti ? On sait tous les deux que non.

— Ça a toujours été ton problème, Jeanne, tu crois savoir beaucoup de choses.

— Et toi tu joues avec le ressentiment des gens à l'égard de Shusharrah, mais en vérité, sans cette ville, tu n'es rien. Ton prétendu pouvoir, c'est d'elle que tu le tires, c'est tout. Tu mèneras ton petit trafic à l'orée du désert avec la pauvre bande de débiles que tu as réuni autour de toi ? Je doute qu'ils te suivent sans rien dire si tu les éloignes de la cité.

— Arrête de parler de Shusharrah ainsi. Ce n'est pas une cité comme tu le crois.

— Première nouvelle.

— C'est pourtant vrai. Tout cela n'était qu'un leurre. Nous ne serons jamais à notre place ici et je ne parle pas que des Français. Parce qu'il n'y a de place pour personne. Ce n'est qu'une loterie. Cette ville… Si j'échoue, c'en est fini pour beaucoup.

Jeanne siffla entre ses dents. Que racontait-il encore ? Se prenait-il pour un prophète, un chef de guerre ? Il n'avait jamais été à l'aise avec les mots et se cacher dans l'ombre semblait être la seule solution pour lui.

— Tu penses vraiment que les habitants se prennent pour des élus ?

— Peu importe les habitants eux-mêmes, ils ne décident rien. Voilà ce que j'ai fini par comprendre, Jeanne. Shusharrah est si fragile, elle ne peut te protéger.

— Et c'est pour cette raison que tu veux la fragiliser encore plus ? Parce que tu n'as pas réussi à l'intégrer ? Tu crois que tu vas aider qui ? Sûrement pas tes amis. Ce sont eux qui ont le plus à perdre. Comment peux-tu ne pas t'en apercevoir ? La Terre ne veut plus de nous, qui te dit que nous ne sommes pas parmi les derniers survivants non pas d'un continent, mais de la Terre entière ?

— Justement, Jeanne. Tu as tout à fait raison. Cette planète ne veut plus de nous. Mais je ne compte pas attendre de mourir la gueule ouverte. Shusharrah avance masquée depuis toujours, donc je n'ai qu'à m'en prendre qu'à moi-même.

— De quoi parles-tu encore ?

— Cette cité n'en est pas une, petite sœur.

— Oui, elle n'a pas d'âme, elle ne pense qu'aux intérêts d'une poignée de privilégiés, je connais ta rengaine.

— Et tu te trompes ! C'est au-delà de tout ce que tu peux imaginer.

Il s'interrompit tout à coup avant de désigner d'un doigt tendu un point lumineux dans le ciel, toujours le même.

— Connais-tu le terme de *skyhook*, toi, le singe savant ?

— Non…

Il baissa la tête et lui lança un sourire ravageur.

— Je m'en doutais ! C'est un crochet, suspendu à près de cent kilomètres dans les cieux. Juste au-dessus de Shusharrah. Et tu sais pour quelle raison ?

— Tu vas te faire un plaisir de me l'expliquer, je crois, maugréa sa cadette, déstabilisée par la tournure de la conversation.

— Absolument. Au bout de ce crochet, on trouve un câble. Un câble de mille kilomètres de long et un second autour de la Lune, jusqu'aux étoiles.

— Les étoiles sont beaucoup plus loin que ça…

— Arrête ! la coupa-t-il sèchement. Imagine une catapulte. Et avec ce système, il est possible d'envoyer dans l'espace des vaisseaux beaucoup plus grands que ce qui était fait dans le passé, sans avoir besoin de tonnes et de tonnes de carburant. Et je ne te parle même pas de la durée des voyages !

Jeanne ne put retenir un ricanement moqueur.

— Des voyages ? Dans l'espace ? Mais pour aller où ?

— N'importe où plutôt que de rester ici, tu ne crois pas ? Cela fait des années maintenant que les autorités de Shusharrah travaillent à cette fin. Tout ce qu'ils créent, tout ce qu'ils testent, tout ce qu'ils arrachent à cette terre, c'est pour mieux la fuir, pas pour tenter de la sauver ! Des Shusharrah, ça ne manquait pas aux quatre coins du monde ! Toutes cherchaient à préparer ce voyage. Et leurs recrues triées sur le volet ne sont là que pour représenter la survie de l'espèce humaine, rien de plus ! Shusharrah n'a jamais voulu sauver la Terre ! Seulement l'homme !

Cette fois, le rire de Jeanne mourut dans sa gorge. Adam pouvait-il avoir raison ? Ou bien avait-il perdu pied avec la réalité pour de bon ? Tout à coup, les paroles de Cham, des semaines plus tôt, lui revinrent en mémoire, tranchantes et sans pitié. *Oh, nous nous battons. Pour nous, c'est tout.*

Notre mission ne concerne pas la Terre, mais l'humanité. Lui avait-elle dit la vérité aussi simplement, sans aller au bout de ce qu'impliquait un tel choix ?

— Quand j'ai découvert la vérité… On ne me regardait pas à Shusharrah. J'étais invisible, un cancrelat parmi tant d'autres aux yeux des gens comme Melchisédech. Mais c'était *parfait* pour fouiller partout ! Je me suis rapproché de Cham et j'ai commencé par apprendre toutes les petites combines de Shusharrah. L'eau pompée dans le lac, les abus des recrues, comment le bidonville est laissé à l'abandon volontairement pour voir qui est capable de s'en sortir, qui a *vraiment* envie de survivre… Mais ce n'était rien face au reste et ce qui se trame dans ces hangars ! On t'a dit que j'avais fait une mauvaise rencontre dans la Petite France ? Mais c'est à Shusharrah que je l'ai faite ! Tu crois que la survie de la planète leur importe ? Tout ce que Shusharrah supervise, ce sont des tests, des expériences, pour son avenir sur la Lune ou dans les étoiles. Les recrues s'imaginent destinées à devenir des héros, mais vous n'êtes que des cobayes.

— Adam, tu délires… Écoute-toi un peu !

— Non, *toi*, écoute-moi ! Quand ils ont su que j'étais sur le point de tout dévoiler, on m'a laissé quasi pour mort dans ces taudis. La voilà, ta vérité. Mais j'ai survécu. Et je me suis vengé. Le qat, les trafics, la religion bientôt, pourquoi pas… voilà mes armes. En arrivant ici, je pensais avoir trouvé un refuge, pouvoir t'aider… Mais Shusharrah n'est pas ainsi !

— Et tu veux te venger, c'est ça ?

— Que faire ? Attendre la mort sans rien faire, comme tant d'autres ?

— Mais tu mens toi-même à ceux qui te suivent, dans ce cas. Le lys, la France...

À la lueur des bougies, les flammes auraient pu couronner la tête d'Adam.

— Rien à foutre de ce symbole. Mais tu me connais, j'ai toujours su utiliser tout ce que j'avais sous la main, et quand j'ai trouvé ces vestiges, quand j'ai vu à quel point la plupart de ceux qui traînent ici n'attendent qu'une chose, qu'on leur donne un os à ronger, je l'ai fait. C'est aussi simple que ça.

— Vous ne passerez jamais les portes, grinça Jeanne entre ses dents serrées.

— Tu crois ? répliqua Adam, toujours aussi goguenard. Mais si ton camarade était avec toi dans le puits, ce n'est pas par hasard. Quand on a compris que les recrues de la ville ne venaient pas en passant par les portes, on a commencé à s'y intéresser. Et même si je suis ambitieux, je ne voulais pas qu'on s'en prenne à elles directement.

Les jambes de Jeanne se raidirent.

— Qu'est-ce que tu as fait à Dayot ?

Elle l'avait laissé près du puits, certaine toutefois que les hommes de main d'Adam n'allaient pas en rester là avec son ami.

— C'est ton nouveau Ben ? Il est déjà loin, sans doute. Finalement, rassure-toi, nous n'avons pas besoin de lui.

Le sourire d'Adam s'agrandit, tandis qu'il saisissait quelque chose au fond de sa poche.

— Ça te dit quelque chose ?

Les mâchoires de Jeanne se firent douloureuses. Sa montre. C'était à Adam que Toc l'avait vendue.

— Oui, répondit-elle. C'est quelque chose que tu n'as jamais réussi à obtenir. Alors, ça te fait quoi ?

Le visage d'Adam se renfrogna.

— Parce que tu l'as gagnée, toi, peut-être ? En tout cas, elle fonctionne désormais ! Grâce à elle, nous pénétrerons en ville sans difficulté, sous le nez des gardes. En cet instant même, nous avons déjà des infiltrés sur place. Nous allons faire tomber Shusharrah. Tu as senti la tempête dans l'air ce soir ? Que se passerait-il si on désactivait la Résille, tu imagines un peu ?

— Tu ne peux pas faire ça.

— Pourquoi pas ? Tu ne crois pas ton propre frère ?

— Tu l'es encore, Adam ? Vraiment ?

À ces mots, le jeune homme se retourna, les mains dans le dos.

— Je ne sais pas. Mais cette question n'a plus d'importance. Je ne peux pas te laisser continuer tes petites interventions ici.

Jeanne fit un pas en avant.

— Alors, tu veux m'évincer comme on l'a fait avec toi, si je te suis bien ?

— Qui te dit que je ne veux pas te protéger ? rétorqua Adam. Tu dois quitter la ville.

— Tu n'es pas sérieux.

— Au contraire, répondit-il en tendant devant lui son Faravahar. Cet objet ne représente rien pour moi. Ce n'est qu'un bout de métal. Toi, tu y vois quoi ? C'était le symbole de l'entreprise du fondateur de Shusharrah, de son grand projet ! Un simple logo ! Là encore, les Juges comme Melchisédech ont brodé toute une histoire pour séduire les idiots dans ton genre ! Vous piéger en vous racontant de belles histoires ! Et tu aimes ça, les belles histoires.

— Crache-moi dessus autant que ça te chante. Tu as peut-être changé, mais pas moi. Et tu me connais, n'est-ce pas ? Tu viens de t'en vanter encore à l'instant ! Si tu me connais, tu devrais savoir que je ne vais pas me laisser faire. Alors, renvoie-moi si tu en as le pouvoir. Mais sache une chose, je reviendrai. Pas parce que j'aspire à une vie meilleure, quoi que tu penses. Pour toi.

Pour la première fois depuis leurs retrouvailles, Adam parut frappé par une sensation de malaise diffus.

— Pour toi, insista sa sœur. Tu ne te débarrasseras pas de moi aussi facilement. Tu le sais. Tu me connais.

Enfin, elle souriait.

— Je reviendrai vers toi une deuxième fois, une troisième, une dixième même, s'il faut en arriver là ! Tu m'as bien compris ? C'est toi que je viendrai chercher et c'est toi qui quitteras Shusharrah si c'est la seule solution pour que tu ne tombes pas définitivement entre les griffes de ces fous dangereux.

— Ces fous dangereux comme tu dis, c'est moi qui les dirige ! C'est *moi* leur chef !

Lentement, au fil des mots de Jeanne, le visage d'Adam était devenu aussi sombre que par une nuit sans lune.

— Tu ne me laisses pas le choix, siffla-t-il entre ses dents.

— Non, c'est toi. Je n'en reviens pas que tu sois vraiment devenu le chef de cette meute de voyous. Et que tu en sois fier en prime. Comme si tu voulais une nouvelle médaille, tiens ! se gaussa-t-elle, désignant le Faravahar d'un signe de tête. Et tu dis que tu veux me protéger et me renvoyer d'où je viens, alors que tu penses la planète condamnée ? Tu ne trouves pas ça ironique ?

— Nous pouvons encore survivre une génération ou deux. En tout cas, assez longtemps pour que tu mènes ta vie.

Que faire ? Que tenter de plus pour le ramener à la raison ? Il avait passé sa vie à fuir. Elle se souvint de leurs dernières paroles avant son départ, plus acerbes encore ce soir.

Tu leur as juré de veiller sur moi. Sur leur lit de mort.

Père et Mère étaient faibles. Autrement, ils ne seraient pas morts.

— Tu ne m'as même pas demandé des nouvelles de Ben, lui lança-t-elle.

Elle avait chuchoté, mais la jeune fille était certaine qu'il l'avait entendue. Il suffisait de soutenir son regard pour s'en apercevoir.

— Je sais qu'il n'est pas là. Je sais qu'il est mort. Te le demander n'aurait rien changé à cela. Et c'était ton ami plus que le mien.

Jeanne dut s'employer pour ne pas vaciller.

— Ben était notre ami, que tu le veuilles ou non. C'est fou comme tu es un miroir de cette ville. Tu prétends que Shusharrah veut réécrire l'Histoire, mais c'est exactement ce que tu fais dans le cas de Ben. Et je suis certaine qu'il serait capable de te pardonner, s'il était là. S'il est venu, c'est à cause de toi.

— Je ne crois pas, répondit Adam, calme pour la première fois. Tous les deux, on sait très bien pourquoi il a choisi de t'accompagner. Et il a trouvé la mort en chemin. Comme des milliers d'autres avant lui. Comme beaucoup en ce moment même.

Jeanne voulut répliquer, mais Adam ne lui en laissa pas le temps.

— Ce que je ne supporte pas, c'est le mensonge. Tout le monde nous a abandonnés, Jeanne. Papa et maman.

— Ils sont morts de maladie ! explosa sa sœur, les poings serrés. Pourquoi tu laisses toujours ta peur de finir seul te guider ?

Adam ne répondit pas.

Et Jeanne se retourna.

Une escouade de criquets venait de faire son entrée dans la salle avec Cham en personne à leur tête.

— On dirait bien que tout est fini, Adam, siffla Jeanne.

Cham leva la main droite, cherchant clairement à la faire taire d'un geste. Si les criquets tenaient Adam en joue, Cham ne l'avait pas quitté des yeux elle non plus, mais son regard, le seul visible sous son voile, était étrange. Jeanne y reconnut d'ailleurs colère et surprise. Mais il y avait autre chose au fond de ses prunelles.

Une émotion que Jeanne aurait pu partager aussi, mais…

— C'est fini, oui, reprit Adam, apaisé pour la première fois. Pour toi, Jeanne.

La jeune fille, bouche bée, ne résista pas, trop abasourdie, quand les criquets la saisirent par les épaules. La prenaient-ils pour la complice d'Adam ?

Mais Cham semblait prête à oublier tout le reste pour son frère.

Y compris Shusharrah.

La Juge hocha la tête, puis observa les alentours.

— Alors, c'est ton antre…

— Viens-en au fait, répondit Adam, tendant les mains en avant.

Cham se pencha en avant.

— Arrête ton petit jeu. Je sais tout ce que j'avais à savoir pour vous briser et tuer dans l'œuf vos misérables combats.

Adam se contenta d'un hochement de tête et Cham sourit en levant les yeux sur la voûte brisée.

— J'étais venue pour ta sœur. Nos espions nous avaient prévenus de ce qu'elle concoctait, tout comme les tiens t'ont averti. Et je ne voulais pas qu'il lui arrive malheur.

— Moi non plus, répliqua sèchement Adam.

La Juge pinça les lèvres.

— Le crois-tu sincèrement ?

— Je ne savais pas que cette nouvelle venue était Jeanne. Sinon, je n'aurais jamais laissé mes hommes s'en prendre à elle. Ils l'ont payé cher, d'ailleurs. Quand j'ai su, j'ai tout de suite demandé à ce qu'on me conduise au puits.

— Elle a dû être aussi surprise que moi en te découvrant en chair et en os.

— Et ce n'est pas grâce à toi.

Il s'était exprimé de façon plus douce mais également plus froide. La jeune femme perçut ce changement, d'autant plus qu'Adam n'avait pas cherché à le dissimuler, bien au contraire.

— Je m'en veux de ne pas avoir cherché plus longtemps. C'est Jeanne qui m'a redonné foi. Tu méritais au moins que l'on sache ce qui t'était arrivé. J'avais préféré me taire, détourner le regard. Je tenais trop à mon statut. J'ai été égoïste. Quand les rebelles ont commencé à changer de stratégie, à se faire plus audacieux, mieux organisés, j'avoue que l'idée m'a traversé la tête que tu aies pu survivre, mais je n'ai jamais osé vérifier.

— Parce que cela signifiait que tu aurais dû admettre que les autres *administrateurs* du projet n'avaient que faire de toi et qu'ils avaient agi dans ton dos, sans te tenir au courant de quoi que ce soit. Peut-être parce qu'ils savaient aussi pour nous, qui sait ? Et que ce n'était pas acceptable, même si tu es une étrangère toi aussi. Les maîtres de Shusharrah, si puissants, si doctes. Infaillibles, n'est-ce pas ?

— Si j'étais infaillible…

— Tout le monde va comprendre que nous ne sommes pas qu'une bande de voyous, de petites frappes sans cervelle.

Relevant la tête, il tendit la main à Cham.

Et la Juge la saisit. Sa paume était ferme, chaude. Si chaude. Juste ce qu'il fallait pour oublier la fraîcheur de la nuit. Elle n'adressa pas un seul regard à Jeanne, en larmes, tandis qu'on l'escortait hors des lieux, parmi les rires et les huées des rebelles réunis sous le commandement de son propre frère. Contrairement à la sœur d'Adam, elle n'avait pas su faire taire ses sentiments, ses sentiments qui l'avaient corrompue au fil du temps.

Cham n'avait jamais cessé d'aimer l'ancien criquet.

Dehors, une nouvelle tempête de sable, peut-être la plus terrible de la saison, s'annonçait.

— L'haboob est avec nous ce soir, murmura Cham.

— Et nous *sommes* la tempête, répondit Adam.

28

Environ cinq cents personnes étaient réunies devant l'estrade, au pied de la tour, tandis qu'une bonne vingtaine de Juges avaient déjà pris place. Chaque membre de cette assemblée pouvait admirer au loin les hangars illuminés. Melchisédech était lui aussi en position sur la scène.

Le grand soir était arrivé. Les annonces tant attendues par Shusharrah allaient tomber, enfin.

— Je vais devoir les rejoindre, murmura Cham.

La jeune femme se trouvait encore près de l'une des allées conduisant à la scène, Adam à ses côtés. Le frère de Jeanne avait revêtu la tenue d'un criquet qu'il avait si souvent portée. Une dizaine d'autres membres du service d'ordre avaient été remplacés par ses fidèles. Deux autres avaient emmené Jeanne dans une cellule de fortune. En misant sur l'effet de surprise, approcher de Melchisédech devrait suffire.

— Bien sûr, vas-y. Tu sais ce que tu as à faire. Je ne voudrais pas qu'il t'arrive quelque chose.

— Ah oui ? Si je n'avais pas suivi ta sœur, aurais-je su que tu étais toujours vivant avant cette attaque ?

Adam pencha la tête sur le côté.

— Cela aurait changé quelque chose ? Aurais-tu renoncé ?

Il vit la jeune femme baisser la tête et contempler ses mains serrées sur sa robe pourpre. Adam savait bien ce qu'elle pensait au fond d'elle-même. Elle n'avait jamais été à sa place ici. Bien sûr, elle avait cru le contraire. Cham avait tenté d'accomplir l'impossible, quitte à se couper des uns et des autres au fil du temps. Elle ne représentait qu'une caution, un lien factice avec une population dont Shusharrah n'avait de toute manière jamais voulu. Désirait-elle réellement voir les Juges détrônés ? Elle y perdrait son propre statut.

Mais elle en obtiendrait un autre, grâce à lui.

— Non, répondit-elle simplement.

Adam sourit sous son masque.

Sur l'estrade, Melchisédech levait les deux mains, d'abord comme pour embrasser la foule, puis au-dessus de sa tête.

— Il faut que j'y aille, répéta Cham, d'une voix plus pressante.

Tous les deux s'avancèrent alors dans l'allée centrale.

*

— Vous êtes prêts ? demanda Melchisédech.

Cham le rejoignit tandis que le garde qui l'accompagnait se rangeait avec les autres, dans leur dos.

Le Juge s'avança vers le micro au centre de l'estrade.

— C'est une nouvelle étape aujourd'hui, une grande célébration, déclara-t-il. Nous voilà rassemblés pour un grand jour. Un jour qui, je l'espère, va changer notre destinée. Votre destinée ! s'exclama-t-il en se retournant vers les différentes promotions réunies.

Tous les regards se levèrent alors vers la Résille.

Melchisédech tira sur son bouc et leva les yeux. La Résille… La Résille venait de changer de couleur, parcourue d'une vague irisée.

— Que se passe-t-il encore ?

Il se retourna vers le pilier central.

— Envoyez une patrouille. Et vite.

Une seconde vague frappa la Résille, mais cette fois, le Juge leva la tête car un crépitement inquiétant l'accompagnait.

— Il ne manquait plus que ça ! Et aujourd'hui, vraiment ?

Si la Résille cédait… Impossible. Elle avait toujours fonctionné, chaque jour, chaque minute, chaque seconde depuis le début de ce projet. Avec elle, toute sa vie s'effondrerait. Leurs vies à tous.

— N'ayez crainte !

Mais son discours s'interrompit aussitôt, ses mots se perdant dans la douce brise qui baignait la campagne. Dans le ciel, au-dessus des montagnes, une tache sombre était apparue. Il ne pouvait s'agir d'un drone, elle était bien trop grande. Impossible. Un ballon ?

Lentement, le Juge se leva, irrésistiblement attiré en direction du bord de l'estrade.

— De quoi s'agit-il ?

Melchisédech se retourna vers les criquets.

— Au rapport ! Et plus vite que ça !

Mais aucun d'entre eux n'esquissa le moindre geste. Du coin de l'œil, Melchisédech vit Cham reculer d'un pas, s'éloignant sur le côté de l'estrade. Alors, l'ensemble des criquets, sauf trois, saisirent leur matraque et l'un des soldats se jeta droit sur Melchisédech. Le Juge leva les bras par réflexe, ses drones s'agitant devant lui. Le garde en écarta un, deux, puis trois, rejetant les boules de métal à terre.

*

Adam hurla.

Ce n'était pas prévu comme ça. Il ne devait pas frapper si tôt, à la vue de tous. Mais que pouvait-il faire d'autre? Il ne savait pas qui était apparu dans le ciel. Certainement pas un sauveur. La seule apparition à laquelle il aurait pu croire, c'était un cavalier de l'Apocalypse, leur assurant qu'il avait eu raison, que le monde allait disparaître.

Mais il ne pouvait pas le croire.

En vérité, il ne le voulait pas.

Et il était trop tard. Les drones ne cessaient de revenir se dresser sous ses pas, encore et encore, pour protéger leur maître. Et pendant ce temps, les quelques membres de son groupe étaient eux aussi débordés par le nombre. Les Juges avaient quitté l'estrade, désormais sous la protection de leurs troupes. Si ses soutiens n'arrivaient pas dans les prochaines minutes, ils finiraient encerclés.

Il leva des yeux ronds sur le ballon. Jeanne se trouvait à bord de la nacelle! Comment avait-elle pu s'échapper ? Une douleur inattendue le frappa entre les épaules et Adam étouffa un juron. Il n'avait pas entendu le criquet approcher.

Le chaos régnait.

*

Jeanne bondit hors de la nacelle avant même que celle-ci se soit stabilisée, manquant la faire basculer en avant. Elle n'accorda pas un regard à Dayot. Le jeune homme, héroïque, était parvenu à la libérer en s'infiltrant dans le repaire des lysseux à leur insu et tous deux avaient décidé d'« inaugurer » sa montgolfière en tentant de rallier le cratère. Puisque Adam avait dit qu'il ferait tomber la Résille, c'était encore la solution la plus rapide ! Mais Jeanne n'avait pas un instant à perdre. Melchisédech. Jeanne l'avait repéré dans la foule depuis plusieurs minutes. Avec horreur, elle avait vu Adam se précipiter sur lui. Maintenant, son frère avait été repoussé. À genoux, il était entouré d'un véritable essaim de criquets. Les rebelles risquaient bien de se faire massacrer.

Malgré l'urgence qui faisait battre son cœur, elle songea un bref instant à l'un des romans préférés de sa mère. *Tistou les pouces verts*. Si seulement elle avait pu faire surgir des fleurs des canons de toutes ces armes levées !

Mais elle n'était pas dans un roman. Elle ne l'avait jamais été.

*

— Je connais votre petit secret, cracha Adam, défiant le Juge du regard. Non seulement vous nous avez menti, vous avez menti à tout le monde, mais en plus, vous avez voulu vous débarrasser de moi.

— Tu n'étais qu'une recrue potentielle parmi des centaines. Qu'avait-on à craindre d'un âne tout juste bon à tenir une arme ?

Adam sourit en se retournant vers les chaises renversées, la foule dispersée, les affrontements encore en cours.

— Rien, on dirait bien.

Le bouc du Juge frémit.

— Tais-toi, parasite. Si ceux comme toi n'avaient pas découvert ce lieu et imaginé que Shusharrah devait être ce *qu'eux* désiraient, nous n'en serions pas là ! Je n'ai jamais voulu occuper ces fonctions, pauvre imbécile. Je n'étais qu'un administrateur parmi d'autres, je...

— Moi, je dirais que vous vous êtes vite pris au jeu.

Adam se retourna vers la foule désunie. Il avait perdu. Mais il était encore trop difficile de se taire et de l'admettre.

— Dites-moi juste pourquoi, murmura-t-il entre ses dents. Pourquoi vouloir rejoindre les étoiles ?

Melchisédech ne nia pas, levant les yeux sur la Résille.

— Pourquoi ? Parce que c'est la seule chose que l'on peut espérer. Cette planète est condamnée, oui, c'est notre conviction. Les fondateurs de Shusharrah étaient peut-être des génies, mais ils avaient surtout les poches pleines. Ce sont eux qui ont fondé cette... expérience, ce campus. Tu sais ce que c'est, un campus, imbécile ? Bien sûr que non. Certains ici se sont dit qu'il fallait abandonner ses rêves, qu'il fallait se concentrer sur tous ces gens que nous devrions fouler aux pieds. C'est aussi simple que ça.

La jeune fille s'était frayée un chemin jusqu'à la scène dévastée. Entre son frère et elle se dressaient encore une dizaine de criquets. Jeanne n'en revenait pas. Un véritable vaisseau dormait-il dans les hangars ?

— Alors, tout est vrai ? Vous voulez vraiment quitter la Terre ?

Melchisédech porta une main à sa poitrine.

— Oui. Je ne le fais pas pour nous, mais pour l'humanité ! La Lune nous attend. Là-haut, toute l'histoire de la Terre devait être conservée. Pour qu'on l'emporte avant de partir plus loin. Partir ! Vous pensiez que nous étions les seuls sur Terre ? Enfin, réfléchissez ! Cet endroit était une initiative privée, comme plusieurs autres aux quatre coins du globe. Et nous sommes les derniers encore debout ! La dernière chance ! Mais qui aurait été prêt à l'entendre ? Qui ? Nous ne sommes pas faits pour accueillir tous les damnés de la Terre, qui s'imaginaient que le Faravahar était autre chose qu'un logo. Tout dépend de nous et ce serait de notre faute si ce monde s'écroule ? Ma génération…

— Votre génération n'a rien empêché.

Toutes ces expérimentations, ces recherches, ces expéditions à la recherche d'espèces qui pouvaient être encore sauvées… Jeanne avait cru que Shusharrah était une arche censée accueillir tout ce que le monde était sur le point de perdre. Mais ce n'était qu'un tribut.

— Vous ne savez pas du tout si quelque chose vous attend encore là-haut. Vous n'avez aucun lien avec cet endroit.

— Pour le savoir, il faut le tenter. Peut-être que l'arche qui a été bâtie sur la Lune n'a pas résisté au temps, elle non plus. Partir les mains vides en quête d'une nouvelle Terre ? Nous ne sommes pas fous. Il fallait organiser toutes ces missions pour parer à toute éventualité. Et nous ne partirons pas nous-mêmes. Contrairement à ce que ton frère imagine, ce n'est pas une façon de vous abandonner là. Je mourrais probablement sur cette Terre que je hais. Ce qui attend les recrues sélectionnées, c'est une nouvelle Terre à trouver, après celle que nous avons gâchée.

— Mais on pourrait encore se battre pour la Terre au lieu de baisser les bras !

— Toujours à protester... Tu crois que nous n'avons pas déjà tout pesé ? Shusharrah ne dispose pas des ressources sans fin que tu imagines. Rester ici, c'est attendre la fin, dans des conditions meilleures que chez la plupart, certes, mais c'est tout. Nous sommes condamnés à disparaître. Plus tard, mais de la même manière.

Melchisédech se redressa, rivant un index menaçant sur Adam. Plus puissante que les cris ou n'importe quelle clameur, une rumeur inédite défiait les montagnes, comme pour faire taire les uns et les autres. L'haboob était de retour, plus affamé encore ce soir. À croire que la tempête avait senti que la Résille était en train de céder.

— Si tu ne t'en étais pas pris aux gens rassemblés ici, tu aurais peut-être pu assister à tout cela. Je ne te laisserai pas nous emporter avec toi dans la mort.

*

La rumeur enfla, incapable toutefois de rivaliser avec le grondement qui remontait des profondeurs de la plaine. Un grondement avec le complexe des hangars en épicentre.

— Voici ce que nous attendions tous, reprit Melchisédech, quand bien même personne ne pouvait plus l'entendre.

Les portes du plus grand de ces entrepôts s'écartèrent, dévoilant aux yeux de l'assemblée un oiseau de métal, dont les ailes rappelaient inévitablement le Faravahar. Le Juge se retourna vers la navette.

Le vaisseau paraissait déjà prêt à décoller vers les étoiles.

— Non ! s'écria Jeanne.

— Quoi donc ? glapit Melchisédech. Tu fais partie de cette opération ?

La jeune fille se retourna pour embrasser la foule du regard. Tous ces gens ! Elle qui avait passé son temps à fuir la compagnie des autres, de Ben à ceux qui auraient dû faire partie de ce que les Juges avaient appelé sa promotion. Étaient-ils là, eux aussi ? Que pouvait-elle bien faire, à présent ? Mais si elle restait paralysée par le silence et la peur, son frère risquait de finir en prison, ou pire encore, d'être exécuté sur-le-champ.

Un instant, Jeanne se dit qu'il mériterait peut-être une telle sentence.

Elle se redressa, le dos bien droit, les poings serrés. Ses mâchoires roides avaient du mal à réfréner sa colère.

— Ça suffit ! Tous autant que vous êtes, ça suffit ! éleva-t-elle la voix, en arabe, puis en français. Qu'est-ce que Shusharrah ? Vous ne pouvez pas fuir avec elle. Vous ne pouvez pas vous enfermer à l'intérieur en pensant que le monde ne frappera pas à vos portes. Mais qui sommes-nous ? Qui sommes-nous, pour vous ? Un défilé sans fin d'*harragas* ?

Jeanne tendit la main vers la flamme du brûleur du ballon, qui brillait toujours.

— Autrefois, le feu servait à illuminer les ténèbres, à nous tailler un chemin au cœur de celles-ci. Aujourd'hui, chacun s'en sert pour détruire. Nos histoires sont toutes différentes, mais nous sommes tous des survivants. Même les privilégiés. Il n'y a rien à espérer de cette vie, si c'est celle que vous visez, croyez-moi. Qui a envie de jouer les bons petits soldats ? Quel que soit le camp que l'on vous propose ! Réfléchissez ! Il y a une chose que nous partageons tous, quelles que soient nos épreuves, nos limites, c'est notre esprit ! Le savoir que nous avons tous accumulé au fil des siècles. Et oui, il y a urgence, mais urgence de mettre en commun nos forces, nos talents ! Nous sommes déjà en possession de tout ce dont nous avons besoin. Vraiment, vous ne le voyez pas de vos propres yeux ?

— Ce n'est pas une gamine…

— Et pourquoi pas ?

Jeanne fit taire Melchisédech de cette simple réplique.

— Vous avez eu votre chance si souvent par le passé, vous et tous ceux qui vous ont précédés. Vous avez dirigé, façonné tant de civilisations. Personne n'a su contester votre place, tant mieux pour vous. Mais une seule personne ou même un conseil entier ne peuvent pas imposer leurs vues à tous. Rien ne vous donne le droit de décider de la prochaine étape. Nous sommes tous concernés.

La jeune fille se retourna vers la foule, bras levés. Le vent, avide de s'engouffrer dans la brèche, avait hissé ses langues dorées au-dessus des pics. Déjà, une fine pluie de grains de sable retombait à l'intérieur du cratère, sur les rangées de sièges, les précieux vêtements des élus de Shusharrah, sur la langue même de ceux qui se disputaient en hurlant la domination de cette cité qui n'en était pas une.

— Réveillez-vous ! Je pourrais être votre sœur, votre fille. Ou simplement la prochaine personne que vous croiseriez dans votre vie. N'est-ce pas suffisant pour m'écouter, plutôt que de détourner le regard et d'ignorer votre semblable ? Nous l'avons tous fait, moi la première. Mais ce n'est pas la solution.

— Il n'y a pas de solution, Jeanne, siffla le Juge. Tu peux déblatérer tes beaux discours, cela ne changera rien au verdict.

— Parce que vous l'avez accepté sans rechigner, rétorqua la jeune fille. Mais je comprends. Tout le monde a envie de s'offrir le beau rôle et c'est ce que vous avez voulu faire.

Elle secoua tristement la tête. Un instant, Jeanne crut même discerner un faciès grimaçant au cœur de la tempête, l'incarnation de cette ultime punition. Rien ne pourrait lui résister, et certainement pas cette navette qui se voulait monstre de métal mais n'était finalement qu'une misérable aile volante, clouée au sol à jamais.

— L'orgueil rapproche tous les camps qui s'imaginent pourtant si différents, n'est-ce pas ? Vous êtes tous restés aveuglés par vos préjugés. Souhaitez-vous à ce point que l'Histoire se répète ? Mais il n'y a plus personne pour témoigner de vos prétendus exploits. Si vous tentez de quitter la Terre pour de bon, vous ne serez pas des pionniers, les plus grands explorateurs de l'humanité. Vous deviendrez simplement ses fossoyeurs. Et si vous cherchez à faire tomber Shusharrah… Ce n'est pas une guerre. Ce n'est pas une croisade. Personne ne fêtera votre victoire. Vous ne ferez que créer un nouveau cycle de destruction, jusqu'à ce qu'il ne reste plus personne. Personne.

Tout le monde s'était tu au pied de la tour. Chacun retenait son souffle. Adam et Melchisédech échangèrent un ultime regard.

— En attendant, vous allez finir vos jours en détention, siffla le Juge.

Cham intervint alors.

— Je ne crois pas. Regardez.

À l'autre bout de la plaine, une foule immense s'avançait, suivi d'un nuage de poussière digne de la tempête qui faisait encore rage au-delà des montagnes et qui s'abattrait bientôt sans pitié sur Shusharrah si personne n'agissait de concert pour rétablir la Résille. Jeanne écarquilla les yeux. Les portes. Les lysseux avaient bel et bien réussi à ouvrir les portes de la cité, à prendre d'assaut Shusharrah. Ils avaient déjà dû se battre avec une bonne cinquantaine de gardes, peut-être plus. S'ils se précipitaient maintenant sur les plaines, fous de rage, ivres de pouvoir, ce pouvoir dont ils rêvaient tant, encouragés par son propre frère depuis des mois…

— Laissez-moi leur parler, Melchisédech. Vous ne voulez pas d'un bain de sang, dit Jeanne.

ÉPILOGUE

Enfin, la jeune fille ouvrit les yeux.

La cellule n'était guère différente du reste de la cité. Elle avait demandé à pouvoir rencontrer son frère, au moins une fois avant son procès. Car il y aurait un procès, impossible pour lui d'y échapper, pas après ce qu'il avait fait. Adam n'aurait pas de passe-droit.

Il avait eu raison dans sa folie, ce qui ne faisait que le rendre plus déterminé encore. Le projet de Shusharrah était bien de permettre à une poignée d'élus de s'envoler vers les étoiles. Personne n'était toutefois encore parti à destination d'une autre planète. Le vol prévu par Melchisédech représentait un vol d'essai, le premier depuis plus de vingt longues années, afin de vérifier si le crochet et sa technologie étaient encore viables, et sans danger mortel. Ni la Lune ni aucun des postes d'avant-garde du grand projet des fondateurs n'avaient jamais donné signe de vie, mais peut-être que l'on pouvait encore rejoindre ses avant-postes, et mieux, y vivre ?

Mais tout cela était déjà du passé : avec l'ouverture des portes de Shusharrah, il avait déjà fallu éviter un massacre. Hors de question de donner l'ordre de tirer dans la foule et, par ailleurs, l'intérieur de la cité n'était pas équipé de moyens de défense. Mais cette foule n'était pas menée par les lysseux, emportés par le nombre. Jeanne avait même aperçu Issa au premier rang. Les habitants du bidonville, venus réclamer un peu de considération. Le dialogue s'était révélé bref. Personne ne voulait subir, souffrir. Personne ne l'avait jamais voulu. La Résille avait été réactivée et tous, enfin, avaient pu se protéger de la tempête.

Et maintenant, Jeanne contemplait le visage de son frère.

— Parfois, quand on vit longtemps avec la colère, trop longtemps, on finit par oublier que l'on peut s'exprimer autrement. On finit par porter cette colère comme un manteau, toujours là pour vous tenir chaud, si confortable, si rassurant. On finit par se complaire dans cette colère. Elle est là depuis si longtemps qu'elle est devenue comme une seconde peau. Comprends-tu ? C'est tellement plus facile de s'abandonner à ce que l'on connaît si bien. Je l'ai fait, pendant longtemps. Mais c'est une impasse. Tu dois en prendre conscience. Rien ne changera après, crois-moi. Tu ne te sentiras pas plus fort, et sûrement pas satisfait. C'est normal d'imaginer le contraire, je le comprends très bien. Seulement, ce n'est qu'une illusion, Adam. C'est toi qui me parlais de mirage, n'est-ce pas ? Tu es plongé dedans, bien plus que tu ne le crois.

Dans d'autres circonstances, Jeanne aurait pu baisser la tête, ravaler des larmes. Mais elle se contenta de sourire. Un sourire triste, mais un sourire dont elle espérait qu'il puisse atteindre Adam. Lui faire comprendre que, pour elle, c'était un adieu.

— On se reverra de toute façon, en prison. Ici, les hommes et les femmes sont logés à la même enseigne, c'est le cas de le dire.

Jeanne ne répondit pas. Elle n'avait aucune envie de se moquer de lui, de briser ses illusions, encore moins de lui donner l'impression qu'elle avait de quoi triompher. En vérité, elle n'en avait pas encore terminé avec cette histoire.

— J'espère te revoir, Adam, c'est vrai. Et j'espère que tu auras changé à ce moment-là. Je crois qu'il n'est pas trop tard. Se persuader du contraire, c'est déjà se soumettre à un destin qui n'existe pas.

Son frère releva la tête.

— Ne perds pas de temps avec de belles paroles. Les discours n'ont jamais fonctionné avec moi, j'ai toujours préféré les actes.

Et on voit où cela t'a mené, songea Jeanne. Mais elle ne dit mot. Elle s'en voulait déjà de n'avoir pas su garder le silence. Le temps de leur rencontre était passé. Adam continuerait à invectiver n'importe qui, elle ou quiconque ne voulant pas se ranger derrière sa logique. Elle le savait, mais sur ce point en tout cas, elle n'avait pas changé. Elle n'était pas encore prête à l'accepter et elle ne le serait peut-être jamais.

Raison de plus pour quitter sa cellule et retrouver les couloirs de la prison. Elle n'aurait jamais cru être soulagée de laisser Adam derrière elle après avoir œuvré tout ce temps pour rendre possibles leurs retrouvailles, mais ce n'était plus son frère.

Seulement le prisonnier de ses peurs.

*

Le ressac ne lui avait pas manqué.

En France, il semblait si plat, si triste, avant même de s'engager dans la traversée qui l'avait conduite à son destin. À l'autre bout, sur la côte, l'océan… Là-bas, les vagues étaient bien différentes, majestueuses, indifférentes, sûres de leur pouvoir.

Ici, à environ trois cents kilomètres de Shusharrah, le ressac n'était pas assez fort pour couvrir les complaintes des morts et des disparus, qui montaient encore et toujours des profondeurs. Jeanne s'était imaginé cette mer comme une sorte de lac, mais elle avait appris depuis qu'elle comptait des failles pouvant atteindre des milliers de mètres de profondeur et avaler les morts tout aussi sûrement que l'océan, même si elle avait encore bien du mal à le croire.

À ses oreilles, ils murmuraient toujours.

La jeune fille s'avança au bout du promontoire. De là, elle était capable de contempler la baie tout entière, surplombant le port qui servait maintenant de base arrière à Shusharrah.

Alors, tu t'es décidée ? fit une voix dans son dos.

La jeune fille ne se retourna pas. C'était inutile. Ben n'était pas vraiment là. Mais elle devait lui répondre.

— Oui.

Tu ne me retrouveras pas.

Elle sourit.

— Je n'y vais pas pour ça.

Tu rentres à la maison ?

— Je n'ai plus de maison, soupira la jeune femme.

Et c'était vrai. Mais sa demeure vivait toujours en elle, ce qu'Adam n'avait pas su, ou voulu, comprendre.

— Je vous porte tous au fond de mon cœur, reprit-elle à mi-voix. Toi, Adam…

Il n'est pas mort.

— Celui que j'ai connu, si. Mais j'espère qu'un autre Adam pourra réapprendre à vivre en ce monde, un jour prochain. Je ne pouvais pas rester pour l'aider.

Jeanne leva les yeux vers le ciel. Elle n'était pas renvoyée en France. On ne l'avait pas punie ni condamnée à rejoindre son frère en prison. Au contraire, on l'avait investie d'une mission. L'accès à Shusharrah n'était pas une fin, mais un moyen. Sur ce point, Adam avait eu raison.

Il y en a beaucoup d'autres à aider, n'est-ce pas ?

Elle savait à qui il devait faire allusion. Les morts, tous ceux pour qui la traversée avait résonné comme une condamnation. C'était pour eux qu'elle avait bâti son projet. Le jardin du souvenir avait déjà bien changé à son départ. Il se trouvait toujours à l'extérieur du cratère, là où Jeanne avait voulu le voir naître, mais il avait largement embelli depuis sa destruction. Pour pénétrer son enceinte aux murs blancs, il fallait baisser la tête en signe de respect. Des allées étaient maintenant recouvertes de faïences peintes à la main et les coupes en argent disposées sur les tombes étaient destinées aux oiseaux plus qu'aux visiteurs, qui eux pouvaient s'asseoir sur des bancs, blancs là encore. Il fallait donner à tous, vivants comme morts, un autre air à respirer. Jasmins, bougainvillées, orangers…

Sem en personne était venue aider à disposer ses plants.

Jeanne, tout comme Sem et d'autres, espérait que des oliviers garniraient bientôt l'enceinte à leur tour. Autrefois, eux poussaient aussi bien des deux côtés de la mer. Les tempêtes de sable n'avaient pas cessé comme par magie et ne cesseraient probablement jamais. Mais on pouvait les combattre, et pas seulement déblayer jour après jour. Déjà, les forces de Shusharrah, leurs exosquelettes en tête, contribuaient à la création d'une barrière verte à la place du bidonville, au-delà des limites du lac. Du moins, une partie de ses forces. Il faudrait du temps pour que les peupliers et les autres espèces locales grandissent, mais Shusharrah avait décidé de se donner du temps, enfin.

Après l'arrivée des réfugiés sur les plaines du complexe, les Juges n'avaient eu d'autre choix que de les accueillir. Dans l'urgence, des gens comme Toc ou Karam, eux, n'avaient pas été inquiétés, contrairement à Adam et une poignée d'autres lysseux parmi les plus radicaux. Le programme spatial ne s'était pas interrompu pour autant, au contraire. Il s'agissait toujours de l'objectif revendiqué et assumé de Melchisédech et de la plupart des « Juges », en réalité de simples administrateurs qui s'étaient cachés derrière des noms de code mythiques et toutes sortes de légendes pour donner des allures d'arche de Noé à Shusharrah, alors qu'il n'était question au départ que de ça, un simple nom de code.

Le projet était né d'un effort international qui se voulait coordonné, entre grandes puissances, grandes fortunes. Et tous les autres sites basés sur le même moule étaient tombés, les uns après les autres. Shusharrah était le seul encore debout. Tous ses anciens « maîtres » avaient toutefois renoncé à leurs habits de lumière et à leurs cérémoniels. Ils n'avaient plus de raison de se faire passer pour les garants d'un savoir ancestral. Leur retour à la nature était bien différent de l'image que l'on pouvait s'en faire. Mais ceux qui voulaient toujours partir le pouvaient. Les autres… se battraient pour les vestiges révolus qu'ils ne parvenaient pas à oublier.

Jeanne porta la main à son bras et baissa les yeux sur le port.

Cette fois, elle ne serait plus la victime des maîtres du pont. On s'adresserait à elle bien différemment.

En capitaine.

Je vais partir moi aussi, lui dit encore Ben. *Mais tu le savais déjà en revenant ici, n'est-ce pas ?*

Jeanne choisit à son tour de ne pas répondre.

Il était temps pour elle de redescendre.

Un équipage l'attendait, son équipage. Ne plus avoir peur. Ne pas se replier sur soi en pensant que l'on éviterait tout risque ainsi. Partager, s'ouvrir. Était-ce naïf ? Peut-être. Quelle importance ? Jeanne n'avait plus de temps à perdre avec de telles considérations. Ils avaient tous mieux à faire. Les migrants qui se pressaient encore aux portes de la mer étaient en chemin et il fallait les accueillir, pas les contraindre à courber l'échine.

Le respect, d'égal à égal. Voilà le message que transmettrait Jeanne à toutes celles et tous ceux qu'elle croiserait à présent. Shusharrah était une chance.

Dans son dos, une traînée de vapeur blanche s'élevait en ligne droite bien au-dessus des nuages. Dayot lui aussi était parti, finalement accepté au sein de Shusharrah et parmi les premiers à tenter de rejoindre les étoiles, pour un voyage sans retour, mais pas sans espoir. Une ombre, *fugace*, passa sur le cœur de Jeanne. Dayot avait fait son choix, tout comme elle, et tant d'autres.

Un nouveau départ pour chacun.

Retrouvez aussi
chez ScriNeo

GLACE

Christine Féret-Fleury

Alors que la Terre se meurt, survivre est devenu une lutte quotidienne…

Depuis que ses parents sont morts et que Kay, son meilleur ami, a été enlevé par les Glacés, Sanna se réfugie dans ses souvenirs pour se protéger du désespoir. Quand tout allait bien, quand Kay était encore là, quand le soleil brillait et que ses rayons réchauffaient le cœur. Lorsque Rahil, la grand-mère de Kay, meurt à son tour, Sanna se retrouve seule. Elle décide alors de partir à la recherche de son ami disparu. Après tout, qu'a-t-elle à perdre ? Il ne lui reste plus rien.

Pour la jeune fille, c'est le début d'un long voyage semé d'embûches et de rencontres, parfois improbables, parfois inquiétantes… Qu'y a-t-il au-delà des montagnes et du bouclier climatique érigé par les Glacés ? Kay se trouve-t-il là-bas, captif de l'incarnation maléfique des contes qui ont bercé son enfance, l'immortelle Reine des Neiges ?

Une réécriture dystopique et envoûtante du célèbre conte d'Andersen.

LE TROISIÈME EXODE

DANIEL MAT

Guidé par un réseau d'intelligences artificielles surpuissantes, l'essentiel de l'humanité a quitté la Terre pour partir à la conquête des étoiles. Un siècle plus tard, les Oubliés ont repris une vie normale, mais se questionnent encore sur le destin des voyageurs qui ne sont jamais revenus les chercher.

Ezra, adolescent orphelin et solitaire, ne trouve pas sa place dans la ville où il a grandi. Condamné à survivre par ses propres moyens, il parcourt quotidiennement les ruines d'une ancienne cité afin d'en ramener des objets à revendre.

Céleste, jeune fille surprotégée par ses parents, ne veut pas de la vie aisée qui s'offre à elle. Privée de la liberté dont elle rêve, elle s'évade de plus en plus dans les excès et les mauvaises fréquentations. Un jour, Ezra découvre une tablette électronique de l'ancien monde qui ne semble s'activer qu'au contact de Céleste. Ils font ainsi la connaissance de Tera, une intelligence artificielle abandonnée. Elle devient pour eux une chance d'échapper à leur condition.

Mais pourquoi les ancêtres de Tera l'ont-ils laissée sur Terre ?

Et si c'était pour guider ce qu'il reste de l'humanité…

Un avis, une suggestion ?

Inscrivez-vous sur notre site **www.scrineo.fr** et téléchargez des bonus, recevez nos newsletters et toutes les informations sur nos prochaines parutions !

Vous pouvez également nous suivre sur nos réseaux sociaux pour être au courant de nos dernières actualités :

@EditionsScrineo

@scrineo

@scrineo

Imprimé en France par Aubin Imprimeur

Cet ouvrage a été imprimé sur un papier issu de forêts gérées durablement, de sources contrôlées.

Droits de traduction et de reproduction réservés pour tous les pays. Toute reproduction de cet ouvrage, même partielle, est interdite (loi 49.956 du 16.07.1949).

Loi n° 49-956 du 16 juillet 1949 sur les publications destinées à la jeunesse, modifiée par la loi n° 2011-525 du 17 mai 2011.

IMPRIM'VERT
Votre imprimeur agit pour l'environnement

PEFC
10-31-1601
Certifié PEFC
pefc-france.org